여자 주인공들

여자 주인공들
이것은 불멸의 이야기

1판 1쇄 펴냄 | 2024년 12월 10일

지은이 | 오자은
발행인 | 김병준·고세규
편 집 | 정혜지
디자인 | 위드텍스트·백소연
마케팅 | 김유정·차현지·최은규
발행처 | 생각의힘

등 록 | 2011. 10. 27. 제406-2011-000127호
주 소 | 서울시 마포구 독막로6길 11, 2, 3층
전 화 | 02-6925-4183(편집), 02-6925-4188(영업)
팩 스 | 02-6925-4182
전자우편 | tpbook1@tpbook.co.kr
홈페이지 | www.tpbook.co.kr

ISBN 979-11-93166-80-2 (93800)

여자 주인공들

오자은

이것은 불멸의 이야기

생각의힘

차례

일러두기

1. 이 책은 저자가 기발표한 논문을 바탕으로 고쳐 쓰고 새로 썼다. 해당 논문
   명은 각 장이 끝나고 나오는 미주에 적었다.

2. 본문과 인용 자료의 표기는 다음을 따랐다. 단행본은 겹화살괄호(《》)로, 단
   편·논문·신문·잡지 등은 홑화살괄호(〈〉)로 구분했다.

3. 인명, 지명 등 외래어는 국립국어원 외래어표기법을 따랐으나, 일부는 관례
   와 원어 발음을 존중해 그에 따랐다.

문제적 여성의 이름을 부른다는 것

소설은 왜 읽는가. 이미 낡아버린 질문이다. '텍스트'로 된 이야기의 힘이 다해가는 21세기에. 그럼에도 불구하고 소설 연구자로서 답해본다면, 소설은 현실을 반영하고 현실에 대한 사람들의 믿음과 인식을 반영한다는 데에 그 본질적인 의미가 있다는 대답을 하고 싶다. 여기에 그치지 않고 소설은 현실에 대한 새로운 믿음과 인식을 개척하여 현실을 변화시키고 형성해가기도 한다. 조건을 하나 더 달아본다. '여자'가 주인공인 소설이라면? 현실이라는 단어에 여성을 넣더라도 똑같은 논리가, 아니 더 강력한 논리가 성립한다. 한국 사회에서 '여성'의 자리는 오랜 시간 '약자'의 자리였으며 '결핍'된 자리였다. 시대와의 긴장과 대결이 소설의 운명이라고 할 때, 가장 큰 결핍에서 가장 강한 이야기가 만들어진다는 것 역시 운명일 것이다. 그러니까 우리는 '여자'가 주인공인 소설을 통해 가장 뜨거운 이야기를 만날 수 있다는 것.

  이 책은 한국 현대소설이 지난 50년 동안 어떻게 여성을 상상해왔는지에 관한 책이다. 그것은 단순한 상상이 아니라 여성에 대한 사회적 의식과의 긴장에 찬 교섭 과정이었으며 때로는 사회의 전형적 여성상에 잊을 수 없는 문학적 기념비를 세워주기도 했고, 때로는 여성에 대한 일반 대중의 통념과 대결하면서 새로운 여성상을 주조하고 다가올 미래를 선

취하기도 했다. 그런 의미에서 이 책은 현대 한국 여성의 삶과 마음, 운명이 걸어온 역사에 관한 책이다. 소설이라는 프리즘을 통해 본.

본문에서 다룬 소설은 상당히 다양하다. 박완서, 조해일, 이문열, 김향숙, 신경숙, 은희경, 서영은, 최은영까지 여러 세대 여성 작가들의 작품과 여성을 주인공으로 한 남성 작가의 작품도 그 목록에 포함된다. 1970년대부터 2000년대까지, 시대별로 중요한 작품을 두세 편씩 배치하였으나 그 중요도는 반드시 문학적 '정전'의 의미에 국한된 것은 아니다. 오히려 각 시대의 전형성이나 정상성에 공모하면서도 거기에 저항하는 문제적 여성들의 경우에 이 책의 중요한 자리를 내주었다. 따라서 유명 작가의 유명하지 않은 작품을 다루기도 했으며 대중소설로 폄하된 작품이나 잘 알려지지 않은 작품들에도 관심을 기울였다.

이 책은 1장 'K-장녀의 존재론'이라는 제목으로 1970년대 박완서의 《나목》을 분석하여 최근 'K-장녀'로 불리는 한국 큰딸들의 성장 서사를 재구해보고 싶다는 욕심으로 출발한다. 자율적인 존재로서의 개인이라는 이념 속에서 진정한 자기 자신을 찾는다는 것이 성장 서사의 핵심이 되었지만, 그것은 자율성이 더 많이 허락된 남성적 주체의 성장 모델이었고 그 틀에 여성 주인공을 그대로 편입시키는 것은 쉽지 않았다. 어떤 의미에서 여성은 사회적으로는 여전히 과거의 신분의 굴레에 비견될 만한 강제 속에서 무엇보다 여성이 될 것을 요구받았고, 이에 따라 소설 속 여성들도 성장을 위해서는 무엇보다 성장을 방해하는 강력한 장벽과 맞서야 했다.

그런 의미에서 여성의 성장은 성장을 단념시키는 것과 대결하고 시대와 싸워가는 가운데 이루어지는 성장이다.

1장을 한국 소설에서 찾아보기 드문 여성의 성장 서사를 보여준 《나목》으로 시작한 것은 이 책 전체를 관통하는 문제의식과 맞닿아 있다. 전쟁의 아수라장 속에서 《나목》의 이경이 'K-장녀'식 성장법과 그 고투를 보여준다면, 사실상 다른 장들은 1930년대 초반 생인 이경 세대 이후 여성들이 1980년대, 1990년대, 2000년대 각각의 시간 속에서 또 어떤 다른 방식으로 시대와 조우하고 혹은 시대를 극복하며 살아갔는지를 보여준다. 같은 문제의식의 연장선에서 2장에서는 박완서의 《도시의 흉년》을 통해 '여아 살해'라는 과거의 임신 중절 이슈를 경유하여 남아선호의 세계에서 어떻게 딸들이 탈출했는가를 확인했다. 3장에서는 대중소설인 《겨울여자》의 이화가 당대의 호스티스 담론을 전복하면서도 동시에 남성 대중의 환상에 어떻게 공모했는지 그 이중적 양상을 읽었다. 70년대 세 편의 소설을 분석하는 데 있어서 중요한 핵심은 아직 가부장적 전통이 강력하던 시기, 남성 중심적인 세계에서 여성들이 어떻게 각자의 방식으로 성장하고 실패하고 또 일어서는가를 살피는 데 있다고 할 수 있다.

4장과 5장은 1980년대 소설에 할애되었다. 4장은 요즘의 독자들에겐 잘 알려지지 않은 이문열의 《레테의 연가》를 통해 '문학소녀 길들이기'라는 주제 아래, 80년대에 불어닥친 문화적 개방과 여성 인권 향상의 흐름을 위협으로 받아들이는 보수의 논리를 들여다보면서 그것이 어떻게 여성을 순치하려 했으며 또 어떻게 여성은 그로부터 벗어나는가에 대해 다루었다. 5장에서는 김향숙의 단편들을 통해 남성 중심의 운동권 문화와는 또 다른 '중산층 가정의 데모하는 딸들'의 모습을 살펴보고 이를 중산층 가정의 정치성 차원에서 읽어냈다. 주지하다시피 80년대는 뜨거운 시대였다. 문화적으로도 70년대보다는 훨씬 열려 있었고 민주화에 대한 열기도 그만큼 큰, '대중적이면서 정치적인' 시대였다. 그러한 정치와 여성이 어떻게 길항하는가를 보여주는 것이 4장과 5장의 과제였다고 하겠다.

1990년대를 다룬 6장과 7장에서는 이 시기 가장 유명한 베스트셀러 작가였던 신경숙과 은희경, 두 여성 작가의 작품을 대상으로 했다. 90년대는 여러모로 혼란의 시기였다. '이념'과 '노동'이라는 80년대식 운동성이 아직은 미지근한 열기로 남아 있던 동시에 한편으로는 개인의 자유와 내면성을 추구하는 담론과 함께 '성'과 '몸'을 둘러싼 금기를 깨려는 움직임도 뜨거웠다. 그런 의미에서 6장과 7장은 여전히 노동자, 그중에서도 여성 노동자를 이야기하는 소설과 성적 자유를 주장하는 중산층 엘리트 전문직 여성을 그린, 양극단의 소설을 배치했다. 6장은 신경숙의 《외딴방》을 70년대 여공수기와 여공 담론을 경유하면서 읽어내고, 한때 '문학 여공'이었던 90년대의 소설가가 이들의 삶을 재현하는 데 어떠한 윤리적 딜레마를 겪는지에 대해 살폈다. 7장은 은희경의 《마지막 춤은 나와 함께》의 진희를 고유한 개인을 넘어서 90년대라는 시대적 특이성을 기입한 상징적 인물로 간주하고, 진희의 냉소와 사소함에 대한 집착을 80년대에 대항하는 시대적 정서로 의미화했다.

2000년대는 다소 결이 다른 두 여성 작가의 작품을 대상으로 했다. 서영은과 최은영은 나이 차이도 많이 날뿐더러 작품 스타일도 다르고 발표 시기도 2000년대 초반과 2020년대로 시차가 벌어진다. 서영은의 《그녀의 여자》는 남성 중심 예술가소설의 오래된 전통을 전복하는 여성 예술가의 비타협과 급진성을 다루고, 최은영의 《밝은 밤》은 '무해함' 열풍이 부는 2020년대적 마음의 근원을 '여성적 관계의 의미란 무엇인가'에서 찾는다. 《그녀의 여자》가 예외적 여성의 강렬한 파괴성을 보여준다면 《밝은 밤》은 평범하고 약한 여성들의 우정과 사랑을 보여준다는 점에서 서로 반대편에 놓여 있다. 그러나 두 작품 모두 여성과 여성의 만남을 통해 남성적 전통과 관계에 대한 근본적 문제 제기를 담고 있다는 점을 생각해보면 20년이라는 시차가 그리 멀게 느껴지지 않을 것이다.

　이 책에 실린 여자 주인공들은 어디선가 한 번쯤 들어보았을 흔한 이름과 독특한 이름이 섞여 있다. 이경, 수연, 이화, 희원, 희재, 진희, 석화, 지연······. 장마다 일부러 여자 주인공을 힘주어 호명하는 듯 그 이름을 눌러썼다. 여러 이름을 가진 복수의 인물이지만 이 책을 다 쓰고 난 내게는 마치 단 하나의 여자로 느껴지기도 한다. 그 여자는 이 책을 쓴 나이기도 하고, 이 책을 읽을 여성 독자들이기도 하고, 남성 독자들에게는 그의 머릿속에 떠오르는 그녀이기도 할 것이다. 그 이름들을 하나씩 불러보는 것에는 공모와 저항 사이, 그 문제적 여성 인물들을 통해 여성소설사를 재구하겠다는 나의 큰 욕심도 담겨 있다.

이 책은 내가 쓴 것이지만 온전히 나로부터 나온 것은 아니다. 그동안 쓴 논문과 새롭게 쓴 글이 모여 이 책이 완성될 때까지 적지 않은 시간 많은 이에게 빚을 졌다. 밝은 눈으로 이 책의 시작과 끝을 함께 해준 정혜지 편집자에게 깊은 감사를 드린다. 문학을 공부한 이후 많은 가르침을 주신 서울대 국문과, 인문대학의 교수님들, 세미나를 함께하며 여러 생각을 나누었던 동료들, 늘 걱정스러운 눈으로 나를 지켜봐주신 부모님과 동생에게 고맙다는 말을 남기고 싶다. 그리고 이 책을 쓰는 동안 제일 먼저 원고를 읽어준 첫 번째 독자인 나의 반려에게, 세상에서 첫 번째로 사랑하는 나의 딸 율리에게 깊은 감사의 마음을 전한다. 마지막으로 소설의 힘을 아직도 믿는 나 자신에게, 오랜 시간 그 믿음이 나를 외롭게 하기도 했지만 버티게 하기도 했다는 말을 전하고 싶다.

2024년 12월 10일
오자은

1장

K-장녀의 존재론

린 아직은 살아 있어요. 살아 있는 건 변화하게 마련 아녜요. 우리도 최소
증거로라도 무슨 변화가 좀 있어얄 게 아녜요?" 나는 목이 긴 여자를 생각
깨가 되어 흐르는 그 유려하고도 따스한 고장에 내 얼굴을 묻을 수 있었으
을 못 도망칠 줄 알구. 나도 한번 도망쳐 보일 테다. 더러운 거짓이 기둥목처
집구석. 나를 자유롭게 하라. 부디 나를 자유롭게 하라. 물색 중인 완전
들로부터, 엄마기   부탁해준 인공의 순결로
막대한 지참금   할머니의 불길한 저주
에 하라. 나는   듣고, 영화 보고,
푼돈 모아 만   녀을 초대할 수
고 정결한 새로   가 태어난 고장
로운 인생으   내 세상의 슬픔

《나목》의 이경

. 거창한
슬픔. 그 말   으로 울려퍼졌다.
으리라곤,   갑자기 시인이
묻지 않으세요? 이   쯤잖은 편지 한
강렬하게 되살아날   선생님 때문이
세 사랑할 수 있는 자

호의는 고맙지만 자기 앞에 놓인 삶   신경 써서 만년 문
." 그 여자는 정말이지 온갖 역할을 다하   것이었다. 목욕탕에 갈 때
서부터 가끔씩 토해내는 딸의 자잘한 신경질 쓰레받기, 팝송을 좋아하는
. "엄마 눈에…… 제가 마치 괴물처럼 비춰든 것 같은데요." 우혜는 턱을
 그러는 동안 딸과 어머니의 눈길이 얽혔다.

게든 영원히 살아있는 나가 되고 싶다. 아니 죽어서도 살 그러한 일을 하
도 좋으니 문학작품을 남기고 싶다. 남이 읽고 언제까지라도 잊지 않
고 싶다. 그래서 나는 그런 업적을 남기기 위하여 앞으로 험하디 험한 먼
잡기 위하여 죽도록 노력하리라.

1. 한국 문학에서 '장녀'의 자리

해방 이후, 1960~1980년대에 이르는 한국 소설의 가장 큰 서사적 특징을 꼽아본다면 무엇이 있을까? 바로 '자수성가 모티프'라고 할 수 있을 것이다. 이를테면 김원일의 《노을》에서처럼 과거에 배곯기를 밥 먹듯 하던 백정의 아들이 출판사 중견 사원으로 성장하고, 서울의 변두리에나마 어엿한 자기 집을 갖고, 4인 중산층 가정을 일군 현재에 이르렀다는 설정에는 전형적인 자수성가의 서사, 어엿한 중산층 남성으로의 성장 서사가 함축되어 있다.[1] 이러한 개인의 성장담은 발전하는 자본주의 사회 속에 중산층으로 새롭게 진입하여 안착한다는 의미에서 '중산층 성장 서사 문법'의 프레임에 포함될 수 있다. 그리고 이러한 프레임은 소설의 서사에 다양하게 영향을 미쳤다. 전형적 성장 서사의 문법에 포함되거나 혹은 저항하거나, 아니면 그러한 서사가 억압하고 은폐한 것들을 되묻는 방식의 소설들이 출현한 것이다.

이청준, 박완서, 오정희, 김원일, 윤흥길, 이문열 등 이 시기에 작품을 집필한 한국 현대소설사의 걸출한 작가들에서부터 대중적인 작가들에 이르기까지, 이들의 소설 속에서 대부분 이촌향도의 '중산층 되기' 서사나 '자수성가 서사'가 등장하고 있다는 것은 이를 잘 보여준다. '점잖은 복장과 성실한 표정으로 사무직 직장에서 일하며 한 가정을 거느리는 중년 남성의 신산했던 과거 성장담'이 당시 대중에게 불러일으킨 위력은 컸다. 그러한 집단적 감응에는 전후의 폐허, 배곯던 가난을 극복하고 고도 경제 성장의 기적을 이루었다는 한국 사회 전체의 자부심이 놓여 있었음을 부정할 수 없을 것이다. 대중은 이로 인해 주인공의 성장담에 강하게 호응할 수 있었다.

또한 6.25 전쟁 그리고 단기간의 압축성장이라는 특유의 역사적 맥락 때문에, 서구 중산층처럼 긴 시간에 걸쳐 이상적 역할 모델을 학습하거나 기존 혈통 귀족에 대항하는 등 확고한 자기 정체성 구축의 기회가 없었던 한국의 특수성도 고려될 필요가 있다. 6.25 전쟁을 통해 물질적·정신적 유산이 붕괴된 이후, 강력한 국가주도형 경제개발 아래 산업 부르주아 미발달의 파행적인 양상을 보이며 근대화가 진행되어 왔다는 점[2]을 생각해보자. 이는 소설 속에서 본받을 만한 대상이나 이상적인 자아의 모델이 부재하는 상태에서 주인공이 '오로지 자기 힘으로 성장'했다는 자의식, 즉 **자수성가**라는 모티프로 구현된다.

> 이제 그 겨울을 이야기할 수 있을 것 같다. 나는 이미 한 가정을 거느렸고, 매일매일 점잖은 복장과 성실한 표정으로 나가야 할 직장도 있다. 또 나이는 어느새 서른을 훌쩍 넘어 감정은 많은 여과를 거쳐야 하며, 과장과 곡필로 이루어진 미문美文의 부끄러움도 알게 되었다. [3]

위 구절은 1980년대의 걸출한 베스트셀러 작가였던 이문열의 《젊은 날의 초상》에 등장하는 대목이다. "장기 베스트셀러"로서 "이문열의 아성을 구축"[4]하며 "베스트셀러와 스테디셀러를 동시에 기록"[5]한 《젊은 날의 초상》은 이십 대 초반의 (아마도 서울대학교로 추정되는) 명문대 남성 영훈을 주인공으로 한다. 최고 명문대에 재학 중인 남학생이라는 설정 그리고 그가 경험하는 지적 방황 같은 예외적 상황, 무척이나 사변적이고 난해한 서술들이 80년대 대중에게 얼마나 친근하고 가깝게 느껴졌을지 알 수 없으나 어쨌든 이 소설은 상당한 인기를 얻었다. 영훈의 성장담 자체가 결국엔 의지할 데 없는 가난한 청년에서 안정적인 중년으로 성장한 '자수성가 서사'라는 강력한 감응의 핵을 갖고 있었기 때문이다. 주인공의 아버지는 이미 소설 초반부터 부재할뿐더러, '문학청년'이던 주인공은 낯선 고장을 방황하며 현실과 이상 사이의 번민 끝에 일정한 해답을 찾은 뒤, 그 방황을 밑거름으로 하여 서울로 돌아와 '정상적인' 중산층 엘리트 남성으로서의 성장을 한다.

즉 가난하고 고단했던 청년 영훈이 가졌던 불안과 소명은 현재, '점잖은 직장인이자 가장인 명문대 출신의 중년 남성'이라는 최종 목적지에 도달한다. 소설은 대학생 영훈이 고민 끝에 자살에 대한 생각을 거두고 서울로 돌아오기로 하는 데서 끝나기 때문에 구체적으로 어떻게 그의 삶이 현재에 이르게 되었는지는 알 수 없지만, 어쨌든 현재의 도착점은 회고담 전체의 의미를 규정하는 소실점으로서 영훈의 방황 이면에 자수성가와 중산층을 향한 남성의 보편적 욕망이 동반되고 있음을 암시한다.[6]

그렇다면 시간을 조금 더 앞으로 돌려 6.25 전쟁 휴전 시점 10년 이후로 가보자. 전후의 완전한 폐허, 모두 다 가난하던 '가난 공동체'에서 시간이 흘러 조금씩 사회적 기반이 회복되면서 물질적 상승에 대한 욕망이 여기저기에서 발아하던 시절, 우리는 김승옥의 1964년 작 〈무진기행〉의 기념비적인 주인공 윤희중을 떠올릴 수 있겠다. 가난한 홀어머니의 독자로 태어난 시골 청년 윤희중. 윤희중은 서울로 나가 제약회사의 딸과 운 좋게 결혼을 하고, 그 덕으로 회사의 중역 자리를 꿰차기 직전 고향으로 돌아온다. 고향 무진은 그가 서울에서의 규율적이고 속물적인 생활에 지치거나 염증을 느낄 때면 가끔 찾는 안식처이자 자기 마음대로 행동할 수 있는 충동의 공간이다. 그리고 그러한 그가 마지막으로 무진에서 한 번 더 벌이는 청춘의 '방황'은 적당한 추억담으로 남는다. 무진에서 만난 음악 교사 인숙과의 무책임한 연애는 윤희중이 그녀를 버리고 서울행을 선택함으로써 그의 추억담에 등장하는 한 편의 에피소드로 끝이 나고, 이후 윤희중은 완벽한 '서울의 남자'가 되어 제약회사 임원으로 성공적으로 변신한다.

그러니까 1960년대의 〈무진기행〉에서부터 시작된 원형적 서사―이촌향도한 남자 주인공의 서울 생존기와 속물로의 편입 과정이 이후 많은 소설에서도 반복된다는 것은 의미심장하다. 특히 이 시기 대부분의 소설에서 더 넓은 도시와 사회로 진출하고 세계와 대결하는 위치는 역시 주로 남성 인물에게 주어졌다. 인정받을 수 있는 안정된 직장, 자가 주택, 마이카, 경제적 여유 등으로 대표되는 '중산층'의 삶, 즉 '중산층으로의 진입'은 이 시기 남자 주인공들의 욕망이자 사회적 요구였다. 예를 들어 (당시 인구 과잉으로 인한 국가의 산아제한 정책에 따라) '정관수술을 해야만 입주할 수 있는 특혜를 주는 아파트'에 살게 된 남자 주인공의 '처량한' 신세를 통해 1970년대에 아파트 장만이 어떤 의미였는지 풍자적으로 그린 이청준의 〈거룩한 밤〉이나, 앞서 설명한 낭만적 감수성을 지닌 전형적인 대학생 성장소설인 이문열의 《젊은 날의 초상》과 같이, 언뜻 서로 큰 공통점이 없어 보이는 소설도 사실 그 저변에는 남성의 자수성가 서사를 공유하고 있다.

그리고 바로 여기에서 한 가지 꽤 강력한 공통분모를 짚어볼 필요가 있다. 이 남자 주인공들은 대부분 '장남'의 자리에 놓여 있었다는 점이다. 아버지를 잃었거나 혹은 그렇지 않다 하더라도 역할을 제대로 하지 못하는, 즉 사실상 아버지가 부재하는 상태에서 장남이기에 가져야 했던 심적 부담과 책임감이 그 핵심이 된다. 그리고 그로 인해 자신의 욕망과 자의식을 억누르고 과하게 규율하면서, 한편으로는 그렇기에 더욱더 자신의 '성장'에 대해 강한 애착과 집착을 갖는 내면이 형성될 수밖에 없었으리라. 우리가 이러한 장남의 '내면'을 **전후 한국 현대소설의 내면**으로서 가장 많이 접해왔고 읽어왔음을 크게 부정하긴 어려울 것이다.

이를테면 김원일의 《마당 깊은 집》에서 월북한 남편을 둔 홀어머니는 줄줄이 동생이 딸린 주인공 장남에게 절절하게 당부한다.

"길남아, 니 아부지가 있으모 우리가 이런 설움 당하겠나. 여자 혼자 바느질해묵고 산다고 정기사가 사람 깔보는 거 바라. (중략) 길남아, 길은 오직 하나데이. 니가 크야 한다. 질대(왕대)같이 얼렁 커서 뜬뜬한 사내 구실을 해야 한다. 그래야 혼자 살아온 이 에미 과부 설움을 풀 수가 있다."[7]

수없이 되풀이되는 홀어머니의 당부, 집안의 장자라는 기대를 충족시켜야 한다는 장남으로서의 부담감. 그 속에서 고통스럽게 굴절된 내면을 우리는 그동안 측은하고 애틋하게 읽어왔으나 또 한편으로는 그러한 내면 풍경이 만들어내는 일종의 자아도취적 면모에 지루해하기도 했다. 그러니까, 동생들을 건사하고 집안을 통솔하기 위해 부실한 아버지 대신 조숙하게 고속 성장해야 했던 '형'이자 '오빠'들에 대한 측은함과 고마움 너머, 그것이 이미 한국 소설에서 수없이 많은 형태로 반복되어 왔으며 어느 정도 확고한 정형의 서사로 자리 잡았음을, 적어도 그것이 우리에게 매우 익숙한 이야기임을 모두 알고 있다는 뜻일 것이다.

그렇다면 이제 우리는 한 가지 구체적인 궁금증을 갖게 된다. 아버지의 조력 없이 혼자 세상을 헤쳐나간 장남의 자수성가 이야기 말고, 장녀의 이야기는 왜 없는가? 전쟁통에 죽거나 사라진 아버지와 오빠 대신, 홀어머니를 모시고 생계를 책임져야 했고 동시에 그 아수라장에서 스스로 성장해야 했던 장녀의 이야기는 어디 있다는 말인가? 실제로 전후에는 직간접적으로 전쟁에 참여한 많은 남성들의 사망과 부상으로 생긴 경제적·물리적 공백을 여성들이 메꾸는 경우가 많았다. 전쟁으로 인한 남성의 부재와 실업 증가는 여성들에게 가족을 부양하는 책임을 부과할 수밖에 없었다. 다만 그것이 '한시적인 일'인 것처럼 비가시화되어 정당한 노동으로 대우받기 어려웠을 뿐,[8] 많은 딸들이 아버지와 오빠를 대신

하여 생계를 부양하고 있었다. 그러면서도 부재하는 아버지와 오빠의 그늘에 가린 채 고독하고 외로웠던, 자신이 속한 세계로부터 위성처럼 겉돌 수밖에 없었던 장녀들이 그 자리에 있었다. 전후 한국 현대소설에서 장녀 성장 서사의 원형, 가장 원천적인 지점이라고 할 수 있는 박완서의 《나목》에서부터 이 이야기를 시작하도록 하자.

2. 영원히 반복되는 단 하나의 이야기

모든 작가는 결국 단 한 편의 소설을 쓴다는 말이 있다. 전 생애에 걸쳐 수십 편의 작품을 발표한 노련한 소설가라 할지라도 사실 그가 진실로 하고 싶었던 이야기는 단 하나라는 것. 작가에게는 영원히 반복해서 말하고 싶은, 깊은 우물같이 끊임없이 샘솟는 어떤 이야기의 원천이 있고 그 원천이 여러 형태로 변형되어 생명을 얻어 지상에 나오게 된다는 뜻이다. 이를테면 앞서 언급한 '장남의 성장 과정'에서 중요한 계기가 되는 것 중 하나인 '제 역할을 하지 못하는 아버지' 또는 '아버지의 부재 상태' 역시 한국 현대소설의 강력한 모티프 중 하나인 '부친 콤플렉스'와 연관된다. 《마당 깊은 집》의 작가 김원일의 소설에서 다양한 모습으로 나타나는 가족을 버리고 떠난 '빨갱이 아버지'의 이야기, 이문열의 소설 전편에 등장하는 '월북한 아버지'의 여러 변주를 생각하면 이해하기 쉽다.

　그리고 만약 작가 박완서에게 문학의 원천을 묻는다면,

등단작 《나목》을 선정하는 데 이견을 가질 이는 거의 없을 것이다. 박완서 문학을 거칠게 한마디로 정리한다면, 6.25 전쟁 경험을 관통한 세대와 그 세대가 70~80년대 한국식 압축적 경제개발 속에서 중산층으로 전이해가며 어떤 역동을 겪는지를 형상화한 서사라고 할 수 있다. 그러나 여기에서 가장 흥미로운 것은 그 수많은 서사 속에서 우리는 단 한 명의 여자 주인공과 계속 마주치는 듯한 신기한 경험을 하게 된다는 것이다. 엄마의 교육열에 등 떠밀려 신여성이 되는 꿈을 꾸던 소녀였으나 전쟁통에 오빠의 죽음으로 날개가 꺾여버린, 졸지에 가장의 무게를 짊어지고 생존하기 위해 버티고 살아야 했던 어떤 여성, 성실하지만 자신의 예술적 내면을 온전히 이해받기에는 부족한 '생활인' 남편과 결혼하여 가정을 꾸리고 어느 정도 세상과 타협해 살면서도, 또 한편으로는 여전히 세계와 불화하는 다소 예민하며 자의식이 살아 있는 어떤 여성. 아마도 카랑카랑하고 당찬 목소리와 약간은 신경질적이지만 세상의 부조리를 발견하는 섬세한 눈빛을 가졌을 것 같은 여성.

　이를테면 대표작인 《엄마의 말뚝》 연작에서 주인공 소녀는 전쟁을 버텨내고 안정된 중산층 주부가 되지만, 북한 인민군의 총살로 아들을 잃은 고통에서 끝내 헤어 나오지 못하고 평생 그 망령을 붙들고 살았던 엄마를 온전히 이해하는 것을 삶의 과제로 삼아야만 했다. 엄마는 사대문 안 학교에 보내고자 억척스럽게 대처로 이사할 만큼 딸을 아꼈지만, 아들의 죽음과 그 죽음이 남긴 고통 앞에선 이러한 애정도 한없이 무의미한 것이었다. 수십 년이 지난 후에도 오빠의 죽음 속에서 살고 있는 어머니와 그런 어머니를 가장 잘 알기에 미워할 수도 계속 사랑할 수도 없는 애증의 상태.

한편 단편 〈부처님 근처〉에서 그 소녀는 모든 것을 이겨내고 결국 소설가로 성장했지만, 이면에는 오빠가 '빨갱이'로 총살당했다는 사실을 영원히 숨겨야만 했던 고통이 놓여 있었다. 그리고 그 고통을 어떻게 해소할 수 있는가를 삶의 숙제처럼 품고 있어야 했다. 이러한 사실이 알려지는 순간, 남은 모녀까지 연좌제의 굴레에서 벗어날 수 없었기 때문이다. 이는 모두 죽은 오빠를 놓지 못하는 엄마와 그 곁에서 끝까지 엄마를 견뎌내며 땅에 발붙이고 현실의 삶을 살아가야만 하는 어떤 장녀의 이야기이다. 이제 바로 그 장녀 이야기의 가장 깊은 원천,《나목》의 여자 주인공 이경에 대해 이야기할 때다.

3. 장녀로 산다는 것: 엄마를 이해할 수 있을까

이경은 한국 전쟁 중에 미군 부대 PX 초상화부에서 사환으로 일한다. 이른바 '환쟁이'들이 모여 앉아 미군이 주문한 초상화를 그리는 초상화부는 PX를 중심으로 발달한 잡다한 선물 가게 중 하나였다. 그곳에서 이경이 친구도 없이 외롭게 근무를 하다가 집에 돌아가면 전기세 아깝다는 이유도 불도 한번 안 켜고 캄캄한 방에서 넋 놓고 있는 어머니가 있다. 이경은 어머니와 매일 똑같은 기계적인 대화만을 나눈다. 모녀의 대화는 '어두우니 밤에는 불을 켜라', '돈이 아까우니 불을 꺼야 한다' 따위의 기능적인 수준에 머문다.

이경의 엄마는 백발을 한 채, 찌들은 행주 같은 옷만을 입고 혁이 오빠와 욱이 오빠와 같이 살던 고가에서 한 발짝도 벗어나지 않고 산다. 조금의 변화도 거부한 채. 오빠들이 전쟁 중 폭격으로 세상을 떠난 이후 엄마는 모든 생의 의지를 상실했고 그 곁을 혼자 남은 딸 이경이 지키면서 보살피고 있다. 이경의 엄마는 전통적인 엄마들이 지닌 사고방식처럼 결코 '딸 덕을 보고 싶지 않다'는 의지가 확고했으나 금쪽같은 아들을 잃고 어쩔 수 없이 이경에게 기대고 있는 상태이다. 이에 이경은 생계를 책임져야 했으므로 당시 사람들이 곱지 않은 시선으로 보던 미군 PX 근무를 자처했고, 환쟁이들에게 일당을 계산해서 지불하는 사환 일을 하게 된 것이다. 초상화부의 환쟁이들은 스카프나 액자용 화폭, 손수건 같은 소품에 미군이 주문한 여인들의 초상화를 그려 넣는다. 조금 더 화려하고 야한 색감을 사용하는 보통 환쟁이들과 달리, 어딘가 황량한 풍경의 눈빛을 가진 '진짜 화가' 옥희도가 이경 앞에 나타난 것은 바로 그 초상화부에서였다.

미군에게 은근슬쩍 선물을 요구하는 기술이 도가 튼 다이아나 김과 어울리면서도 그녀의 속물성에 거리를 두고 환멸을 느끼는 이경. 본국으로 돌아간 미군이 다시 선물을 보내올 만큼 화끈하고 섹시하게 자신을 그려달라는 경박한 요구들 속에서, 옥희도는 이경에게 '진짜 불우한 예술가', '진짜 화가'로 다가온다. 먹고사는 것만이 중요한 생존의 아수라장에서, 속물이 될 수밖에 없는 주변 사람들 속에서 부대낄 때마다 주문처럼 '그는 딴 사람과 다르다'라고 이경이 연신 읊조리는 이유는 진짜 예술을 하는 품위 있는 화가 옥희도의 존재가 황폐해진 이경의 삶을 비추는 등불과도 같았기 때문이다. 특히 아버지를 일찍 여읜 이경, 어머니와는 어떤 정서적 소통도 어려운 이경에게 옥희도는 그녀가 꿈꾸었던 이상적이고 인자한 부성의 대리인이자 이 세계의 속물들 사이에서 자신의 품위를 지키는 외로운 고독자로 다가온다.

> "아버지는 돌아가셨단 말예요. 6.25 바로 한 달 전쯤, 평화롭고 화창한 날, 아들딸들이 임종을 지켜보는 가운데 편히, 무책임하게시리 우리만 남겨놓고, 나만 남겨놓고……."
> 나는 악을 썼다.
> 그는 처음엔 놀란 듯하다가 차차 인자하고 측은해하는 빛이 역력해졌다. [9]

이경은 삶에 대한 의지를 상실한 엄마, 오빠들이 죽은 고가의 망령에 사로잡힌 엄마를 포용하고 또 견뎌내야만 하는 인생의 무게를 감당하긴 어려운 어린 나이였다. 무엇보다 '미군 PX에서 일하니 시집도 못 가겠다'는 오명을 뒤집어쓰면서까지 자신이 부양하고 있는 엄마는 영원히 '나의 엄마'가 아니라 '오빠의 엄마'였다. 엄마는 어린 이경의 귀가 시간이 아무리 늦어도 신경도 쓰지 않고 오로지 생전에 아들이 쓰던 방에서 아들의 기타를 쓰다듬으며 옛 기억을 되새길 뿐이다. 엄마를 현실로 돌리기 위해 이경은 오빠의 기타를 부수어버리고 과거와의 단절을 꿈꾸었으나 그 시도는 매번 수

포로 돌아간다. 이경이 원가족으로부터 독립하는 것, "자립이든가 그런 걸 막연이나마도 생각해본 적"이 없으며 "그 점은 좀 뻔뻔하다"(123쪽)고 느끼며 앞으로 더 나아가길 주저하는 이유는 바로 망령에 사로잡힌 엄마, 생계에 대한 책임, 전쟁통에 생존에만 목을 매고 속물이 되어버린 사람들의 세계에 발이 묶여 있기 때문이다.

> "엄마, 우린 아직은 살아 있어요. 살아 있는 건 변화하게 마련 아녜요. 우리도 최소한 살아 있다는 증거로라도 무슨 변화가 좀 있어얄 게 아녜요?"
> "왜? 우린 이대로도 살아 있는데."
> "변화는 생기를 줘요. 엄마, 난 생기에 굶주리고 있어요. 엄마가 밥을 만두로 바꿔만 줬더라도……. 그건 엄마가 할 수 있는 아주 쉬운 일이잖아요. 그런 쉽고 작은 일이 딸에게 싱싱한 생기를 불어넣을 수도 있다는 걸 엄만 왜 몰라요?"[10]

이경이 사랑하지도 않는 남자인 미군 조와 생애 첫 성 경험을 감행하는 위악적인 선택을 한 이유도 역시 마찬가지 맥락에 놓여 있다. 자신의 결단으로 자신이 속한 여러 겹의 굴레로부터 벗어날 수 없다면, 다른 이의 완력을 빌려서라도 서둘러 해결하고 싶은 마음. 이경은 그러한 실험을 자신 내부에서의 탈피라고 생각했으나 막상 조와 함께 누운 침대 위에서 총 맞아 죽은 오빠의 환영을 보고 도망쳐버린다. 실패로 돌아간 것이다. 전쟁 중에 인민군의 눈에 띄지 않게 행랑

채 벽장에 안전히 숨어 있으라고 오빠에게 제안한 것은 이경이었다. 그러나 비극은 총칼을 들고 집 안을 수색하는 식으로 찾아오지 않았다. 아무도 예상하지 못했던 폭격이 일어나 오빠가 숨은 행랑채 위로 포탄이 떨어지고 말았다. 가슴 깊이 죄책감을 남긴 그 일로 이경은 단박에 어른이 되어야만 했다. 그녀가 어른이 된다는 것은 오빠만 자식으로 마음에 남겨둔 엄마를 견뎌내고 버텨내는 일이었다.

> "어쩌면 하늘도 무심하시지. 아들들은 몽땅 잡아가시고 계집애만 남겨놓으셨노."[11]

4. '지연된 성장'으로부터 벗어나기

가족의 생계를 부양해야 한다는 짐을 짊어지면서도 부재하는 아버지와 오빠의 그늘 속에서만 살아야 했던 이경에게 어떻게 보면 **성장**이라는 것은 사치였다고 할 수 있다. 세상과의 교감, 다양한 경험, 미래에의 도약을 위한 실패와 방황 같은 청년의 특권은 이경에게 허락되지 않았다. 물론 이러한 점은 '장남'들의 성장에 있어서도 마찬가지였을 것이다. 그러나 가족의 생계를 책임져야 하는 장남에겐 비록 과도한 부담은 있었다 할지라도 이는 온 가족의 지극한 사랑과 지나친 기대로 인한 것이었다. 반면 이경의 경우는 이와는 전혀 다르다. 이경이 처한 국면은 마치 아무도 관심 갖지 않는 집 안 구석의 오래된 정물화처럼 눈에 띄지 않게 늘 그 자리에 있으면서, 계속해서 돈을 벌어오는 동시에 가족을 정서적으로 보살피는 감정노동까지 해야 하는 이중구속의 상황이었다. 이는 예술을 동경하는 예민한 자의식을 가진 그녀에게 견디기 어려운, 그러나 끊어내기엔 너무 오래되어 자신의 몸에 붙어버린 '정든 족쇄'와도 같았다.

어쩌면 **그래서** 이경은 전쟁통에 만난 옥희도와 사랑에 빠진다. 정확하게는 중년의 화가 옥희도의 품위, 그의 정진과 몰두, 그가 가진 진지한 세계 그 자체를 사랑하게 된다. 사람을 사랑하는 것은 그처럼 그의 세계 전부가 자신에게 육박해오는 일. 한국 전쟁의 상흔 속에서 둘은 잎사귀가 다 떨어진 나목처럼 서로를 알아본다. 그러나 그들이 그렇게 서로의 세계를 알아본들 무엇을 할 수 있었을까? 전쟁으로 더는 자신의 그림을 그리지 못하고 미군 초상화부에 취직해 라이터 따위에 초상화를 그려야 하는 옥희도에게는 부양해야 할 다섯 아이와 조강지처가 있었다. 그리고 이경에게는 "어쩌다 계집애만 살아남았노"(307쪽)라고 말하는, 전쟁 중에 죽은 오빠의 망령 속에서 반쯤 정신 나간 엄마가 있다.

침팬지 인형이 전시된 문구점 앞에서 그들은 약속도 없이, 아니 일부러 약속을 하지 않고 매일 저녁 우연히 마주친다. 거기에 가면 그가, 그녀가 서 있을 테니 우연을 가장하여. 이경은 자신이야말로 다섯 아이가 딸린 가난한 화가 옥희도의 빈곤한 색채를 채워줄 수 있는 존재라고 생각하지만, 옥희도에게는 그의 가난을 메우기 위해 끊임없이 노력하는 아내가 있고 그런 그녀를 절대 버릴 수 없다. 그러나 동시에 그는, 아버지와 오빠를 잃고 생계를 위해 미군 PX에서 일하며 자포자기하듯 살아가는 어린 이경에게도—그것이 부성이든 사랑이든—설명할 수 없는 어떤 감정을 느낀다.

한국 소설을 많이 읽어본 독자들은 익히 알겠지만, 식민지 시대부터 어느 시기까지 한국 소설의 사랑 서사에는 일정 부분 '선생님 역할을 하는 연상의 남성과 그의 제자인 젊은 여성' 혹은 그와 비슷한 구도의 이야기가 종종 보인다. (당시 작가들이 생각했던) 계몽의 구조를 가장 잘 보여줄 수 있는 구도이기도 했으며, 무엇보다 둘의 사랑이 육체적으로 깊어질 때쯤 이를 '사제지간'이라는, 가르치고 배우는 건강한 관계로 전이시킴으로써 서사의 도덕성을 회복할 수 있게끔 만드는 편의적인 구조이기 때문이다. 두 사람은 애매모호한 연정을 나누면서도 후반부에는 윤리적인 관계로 전환됨으로써, '학생' 역할인 여성이 '선생님' 역할인 남성을 통해 진리를 깨치며 각성되고 계몽되는 방식으로 끝이 난다. 쉽게는 한국 최초의 근대소설인 1917년 작 이광수의 《무정》에서부터 시작된, 아주 오래된 서사 구조라고 보아도 좋을 것이다.[12]

이를테면 《무정》의 여자 주인공 영채는 형식과 정혼한 사이이며 둘은 어린 시절부터 우정과는 다른 연정의 감정을 갖지만, 형식은 영채를 떠나 신여성 선형과 약혼한다. 영채로서는 정절을 지키고 살아온 믿음을 배신당한 것이나 마찬가지였을 것이다. 그러나 이내 마음을 거둔 채 형식의 약혼자인 선형과도 친해지며, 결국 이 삼각관계의 주인공들은 함께 유학을 떠나는 기차에서 우연히 만나 화합을 이룬다. 영채와 형식의 지난 인연을 생각해보았을 때 이러한 관계는 매우 부자연스러운 것이지만 의외로 서사 내적으로는 상당히 자연스럽게 진행된다. 이는 형식이 애초부터 영채의 정신적 선생 (소설 속에서 형식의 직업 역시 학생들을 가르치는 영어 교사이다) 역할을 동시에 하고 있었다는 데에서 기인한다. 둘 사이에 오갔던 모호한 연정은 어느새 사제지간의 애틋함으로 비약 한다. 영채는 비록 원통함에 괴로워하기도 하지만 이내 삶의 목표 지점을 한 남성에 대한 사랑에서 나라에 대한 애국으로 변경한다. 마지막에 삼랑진 수해 장면에서 영채, 형식, 선형, 영채의 친구인 신여성 병욱이 수재민을 돕기 위해 한마음 한 뜻으로 자선 음악회를 열고, 모든 개인적인 감정은 완전히 없애버린 채 "우리가 하지요!"라고 외치며 조선인 계몽과 구 제에 나서겠다고 하는 장면이 어색하면서도 서사 내적으로 는 수용이 되는 이유는 바로 여기에 있다.

이렇게 본다면 《나목》 역시 이러한 전통적인 구도에서 완 전히 자유롭지는 않은 셈이다. 그러나 질적으로는 약간 다른 층위를 가진다. 소설 속에서 이경과 옥희도의 관계는 육체적 으로는 단 한 번의 입맞춤과 포옹으로 묘사되었을 만큼, 박 완서는 이들을 본격적인 '불륜'의 관계로 설정하고자 하는 의도는 없어 보인다. 무엇보다 그들의 관계가 애초부터 유사 사제지간으로 설정되어 있었다는 것, 그래서 보다 손쉽게 완 전한 파탄의 유혹에 빠지지 않고 각자 건전하게 자신의 삶을 꾸려가는 식으로 마무리되었다는 측면에서는 《무정》의 구도 와 유사하다. 그러나 여기에서 끝나는 것이 아니라, 《나목》 에서는 오직 이러한 특수한 관계에서만 발생할 수 있는 보다 풍요로운 관계의 결들이 묘사된다.

너무 피곤해 더 생각을 이을 수가 없었다. 쉬고 싶다, 집 아닌 곳에서, 다시 가로수의 거친 몸을 안았다. 볼이 사정없이 따가웠다. 나는 목이 긴 여자를 생각했다. 그 긴 목이 어깨가 되어 흐르는 그 유려하고도 따스한 고장에 내 얼굴을 묻을 수 있었으면.

나는 며칠 전에 그녀에게 미움 살 짓을 거침없이 저지른 것을 잊고, 다만 그녀에게 푹 안기고만 싶다고 생각했다.

나는 집으로 가기를 그만두었다. 오버 깃에 고개를 묻고 그녀를 생각하는 것만으로도 마음이 누그러졌다. [13]

그러니까 이 소설 속 이경과 옥희도의 관계에서 가장 특별하고 아름다운 점은 다른 어떤 것이 아니라, 놀랍게도 이경이 옥희도의 아내마저 사랑한다는 데에 있다. 물론 이경은 그녀를 유치하게 질투하기도 하고 옥희도 그림의 모델은 나이 든 그의 아내가 아니라 젊은 자신이어야 한다고 생각하기도 한다. 그러나 이경은 자신이 가장 고독하고 불행한 순간에 모딜리아니같이 긴 목을 가진 여자, 옥희도의 아내에게 찾아가 마치 딸처럼 응석을 부리듯 사랑을 갈구하며 그녀의 품에 안긴다. 어떤 가난한 화가의 예술을 위해 20년간 옆에서 그를 지킨 여자. 그녀의 정결한 세계. 그녀의 가슴에 안기어 혼곤히 잠들 수 있기를 이경은 간절히 바라고, 마침내 부부의 방 귀퉁이를 차지해 잠이 든다.

난데없이 집에 들이닥친 어린 이경을 비좁은 방에서 편하게 재우기 위해, 옥희도와 그의 아내는 각자의 몸을 꼭 맞대고 서로를 서로의 품에 밀착시킨다. 자신이 그토록 사랑하는 남자와 그의 아내가 만들어내는 움직임과 뒤척이는 소리를 들으며 부부의 방구석에서 이경은 잠이 든다. 이런 아이러니 한 아름다움. 한 사람과 또 한 사람이 사랑하는 데에는 얼마 나 다양한 방식이 있는 것인가.

이경은 사랑하는 남자의 아내에게서 자신이 원하는 어 떤 '어머니상'을 기대하고 또 실제로 발견한다. 자신의 딸 이 삐뚤어져 못된 짓을 하더라도, 심지어 세상의 비난을 받 을 만한 사랑에 빠져 있다는 사실을 안다고 하더라도 품어 줄 수 있는 마음. 실제 이경의 엄마는 전쟁통에 아들이 아니 라 딸이 살아남은 운명을 저주하는, 오로지 '오빠의 엄마'이 기만 한 존재이다. 죽은 아들의 망령에 붙들린 엄마에게 중 요한 것은 폭격 맞은 고가일 뿐, 엄마는 딸의 남은 인생과 미 래에 관심을 갖고 애정을 기울일 여유조차 없는 화석과도 같 다. 성장 과정에서 딸이 당연히 겪어야 할 방황을 따스하게 지켜볼 어떤 정신적 여유가 없는 엄마는 이경에게는 일면 그 저 피부양자나 마찬가지인 셈이다. 그렇다면 결국 이경이 옥 희도와 사랑에 빠지는 것은 일종의 정신적 독립이라고 볼 수 도 있지 않을까. 옥희도라는 전혀 다른 세계로의 탐험은, 밉 지만 이해할 수밖에 없는 애증의 대상인 엄마로부터 정서적 으로 독립하는 것이며 이경으로 하여금 정체되었고 지연되 었던 성장의 성장판을 비로소 열리게 하는 것이다.

그러나 이것이 비단 꼭 1950년대 이경만의 이야기일까. 이경의 엄마는 남편을 먼저 떠나보내고 생떼 같은 아들도 전 쟁으로 잃었다. 이경의 엄마가 경험한 것과 같은 극적인 사 건들의 조합이 아니라 할지라도 이러한 정서적 기근은 당시 한국 사회의 많은 어머니들이 공통으로 갖고 있던 불행이 아니었을까. 남성 중심적 사회, 가부장적 남편과 시가의 문제로 인한 스트레스와 전후의 극심한 경제적 궁핍 상태는 많은 어머니를 정서적으로 녹록지 않게 만들었다. **힘든 엄마**와 그런 엄마를 가장 가까이에서 지켜봐야 하는 **딸**, 엄마의 감정을 나눠 받고 깊이 영향받을 수밖에 없는 **장녀**라는 특수한 위치. 그 모녀 관계에서 벌어지는 여러 역동이 얼마나 많은 사연을 만들었을지 우리는 쉽게 짐작할 수 있으리라.

그렇다면 어쩌면 이것은 단지 유사 불륜이 아니라 '옥희도'로 상징되는 세계 전부, 그러니까 서로가 황폐하게 악다구니 쓰는 전쟁통에서 철저히 '결여'되어 있었던 사랑과 다정, 용서를 경험하게 만드는 일일 수 있다. 그러한 경험을 통해 이경은 자신의 지연된 성장을 제대로 돌려놓게 되는 것이다. 여기서 '사랑과 다정, 용서'가 다소 감상적인 차원의 수사라면, 이제 이경이 옥희도라는 세계를 경유하여 성장함으로써 그리고 그를 떠남으로써 어떠한 변화를 겪었는지 그 내면의 풍경을 살펴보자.

5. 그녀가 얻은 것과 잃은 것: 중산층 여성으로의 성장

이경이 옥희도에게 느낀 설명할 수 없는 품위와 기품은 결여의 내용물이 구체적으로 무엇인지 짐작할 수 있게 해준다. 이 소설이 상당히 선명하게 이항 대립적 구조로 구성되어 있다는 점을 떠올려보자. "돈"과 "예술"(45쪽), "환쟁이"(59쪽)와

"진짜 화가"(58쪽), "침팬지"(226쪽)와 "사람"(227쪽), "고가"와 "양옥"(370쪽)으로 이어지는 대조를 단적으로 보여주는 것이 바로 이경의 '주문'이다. 이경이 옥희도를 볼 때마다 외우는 "그는 딴 사람과 다르다, 그는 딴 사람과 다르다"(65쪽)라는 주문은 옥희도의 세계와 딴 사람의 세계가 무엇을 의미하는지 묻게 한다.

여기서 '딴 사람'의 세계는 전쟁 중에 살아남기 위해 "주인집 세간을 마구 뒤지고, 꼭꼭 싸놓은 이부자리를 제 것처럼 꺼내 덮고, 간장 고추장은 마구 퍼내 팔아먹고"(61쪽) 살 수밖에 없으며, 살기 위해 남의 것을 탈취할 수밖에 없는 생존 본능의 세계이다. 그리고 누구도 이를 비난할 수는 없으며 그 상황에 자의적이든 타의적이든 적응해 살아가는 사람들의 세계이다. "시골 어머니한테도 못 미더워 돈 한 푼 송금 못하"(74쪽)는 세상이며 "환쟁이들, 최 사장, 어머니, 다이아나 김, 린다 조"(25쪽)로 대표되는 이 세계는 모두 이러한 생존 본능과 상술의 세계이거나 "메이드 인 유에스에이"(17쪽)의 소비적이고 상품적인 세계이다.

그리고 환쟁이들을 이용해 사업 실적을 올릴 생각만 하는 하우스보이 출신 최 사장, 미군 애인에게 어떻게 하면 돈을 더 받아낼 수 있을까 궁리하는 다이아나 김이 상징하는 세계 건너편에 이들과는 고립된 존재인 옥희도와 그의 고독, 몰두, 진지함과 예술에의 열정이 놓여 있다. 이경은 이를 꿈꾸고 소유하고 싶어 하지만 옥희도의 세계로 선뜻 건너가지 못한다. 여기에서 옥희도는 이경에게 아버지의 대리자, 또는 단순한 연애 상대를 한참 초과하는 존재로 정립된다. 이경에

게 옥희도는 어떤 형태로든 남성이라기보다는 '옥희도로 상
징되는 세계' 그 자체로 다가온다. 이는 이경이 처음으로 옥
희도의 집에 방문했을 때 확연하게 드러난다. 이경은 옥희도
와 그의 아내와 아이들, 그들의 집과 풍경, 그 전부에서 '정결
함'을 느낀다.

> 그녀의 눈짓과 동작에는 풍부한 느낌과 사연이 있었다.
> 나는 점점 화가 났다. 도무지 바가지를 긁을 것 같지도 않
> 으니 말이다.
> 궁상맞고 헐렁한 방한 점퍼 속의 정결한 내의.
> 게다가 희고 긴 목과 섬세한 얼굴은 하필이면 내가 좋
> 아하는 모딜리아니가 그린 여인들을 닮았을 게 뭐람. [14]

옥희도의 세계가 상징하는 정결함, "맑으면서도 깊은 상
심"(216쪽)은 이경이 속하고 싶어 하는 세계의 속성이지만
이경은 "돈"과 "예술", "환쟁이"와 "진짜 화가", "침팬지"와
"사람", 진짜 예술가 옥희도와 자신을 짝사랑하는 평범한 기
술자 청년 태수, 그 끊임없이 반복되는 이항 대립의 구조 속
에서 무엇을 선택할 수 있을 것인가, 어떻게 살아갈 것인가
를 묻다가 결국 태수와 결혼한다. 초상화부에 전기 수리를
하러 온 태수는 옥희도와는 전혀 다른 종류의 인물이다.

> "그렇게 화가이고 싶으세요?"
> "그냥 그림이 그리고 싶어. 미치도록 그리고 싶어. 정진
> 과 몰두의 시간을 마음껏 누리고 싶어." [15]

위의 인용문에서처럼 옥희도가 상징하는 "정진과 몰두의 시간"은 전쟁통에 살아남아야 하는 사람들에게는 쉽게 허락되지 않는 것이며 생존 본능과는 양립하기 어려운 것이다. 이경은 "체면 볼 것 없이 돈벌이나 하자고", "PX 전공 자리"(56쪽)에 들어온 전형적이고 성실한 남자 태수와 결혼하여 "볼이 붉은 사내 아이, 착한 아내, 찌개 끓는 화로, 커튼 늘어진 창"(364쪽)과 같은 평범한 생활을 하고 그 속악한 시간을 살아남는다. 이경에게 옥희도와의 관계란 현실적 미래를 타진할 수 없는 것임은 자명한 사실이다. 그것은 홀어머니를 둔 장녀의 선택으로서 최선의 것이었다. 옥희도의 세계를 사랑하고 동경했지만, 이경은 태수와 결혼함으로써 '안정된' 일상을 구가하게 된다.

소설의 마지막 장면에서 박완서가 이경과 태수가 꾸린 가정의 외양을 자세히 묘사하며 그들이 1970년대 한국 사회의 성공한 중산층에 안착했음을 공들여 보여준다는 점에 주목해보자. 이경과 태수는 번듯한 2층 양옥집에 살고 있으며 이들의 아침은 커피와 조간신문으로 시작된다.[16] 아이들은 주말엔 아빠와 나들이를 가고 경제적으로도 여유롭다. 그러한 그들이 보는 신문에 고故 옥희도 유작전 소식이 실린다.

이 소식을 듣고 비통에 잠긴 이경이, 자신의 오래된 고가가 헐리던 날을 회상하는 대목은 유난히 의미심장하다. 이경이 살던 고가는 "우아한 추녀와 드높은 용마루", "웅장한 대들보와 길들은 기둥목"(370쪽)을 갖고 있었지만, 결혼식이 끝나자마자 "깨끗이 헐어내고 대지의 반쯤을 처분해서 쓸모 있는 견고한 양옥을 짓자"(370쪽)는 태수의 물질적이고 합리적인 셈법에 따라 허물어진다.

이경은 태수와 옥희도에 관한 이야기를 나눈다. 흥미롭게도 이 대화에서 태수의 말과 달리 이경의 말은 방백으로 처리된다. 큰따옴표 속 태수의 말은 "예술이니 나발이니 살아서 잘 먹고 편히 사는 게 제일"이라는 강경한 어투로 전달되지만, 그것을 "천박"(372쪽)하다고 비난하는 작은따옴표 속 이경의 말은 속마음으로 나타난다. 태수로 대표되는 현재의 세계에서는 잘 먹고 잘사는 것이 제일이라는 삶의 가치가 우세하지만, 이경은 들리지 않게나마 그렇게 살지 않는, 천박하지 않은 삶에 대해 항변한다. 이제 이경은 자신들의 삶의 태도를 다시 묻지 않을 수 없다. 이경이 태수와 신문을 보면서 옥희도의 유작전을 이야기하는 장면은 현재의 내가 결여한 것, 살아남기 위해 모른 척했던 것은 무엇인가를 묻고 깨닫는 장면으로 읽힌다.

> "죽은 후에 추켜세우는 것처럼 싱거운 건 없더라. 아마 어떤 비평가의 농간이겠지……."
> '흥, 당신이 생각해낼 만한 천박한 추측이군요.'
> "에이 모르겠다. 예술이니 나발이니. 살아서 잘 먹고 편히 사는 게 제일이지."
> '암, 몰라야죠. 당신 따위가 알 게 뭐예요. 그분은 그렇게밖에 살 수 없었다는 걸 당신 따위가 알 게 뭐예요.'[17]

> 그러나 그뿐, 이미 그의 눈엔 10년 전의 앳된 갈망은 없다. 그뿐이랴. 여자를 소유하고 가정을 갖고 싶다는 세속적

인 소망 외에는 한 번도 야망이나 고뇌가 깃들어 보지 않은 눈. 부수수한 머리가 늘어진 이마에 어느새 굵은 주름이 자리 잡기 시작한 중년의 그가 나는 또다시 낯설다. [18]

여전히 이경은 태수의 세계에 속해 있고 그렇게 함으로써 살아남아 2층 양옥집에 평온한 가정을 꾸려 여유롭게 살고 있다. 이제 와서 태수의 세계를 부정할 수는 없으며 그것이 무조건 부정되어야 하는 나쁜 세계인 것도 결단코 아니다. 다만 전쟁을 거치며 살아남기 위해 몰라야 했던 것, 결여했던 것이 무엇인지를 옥희도 유작전 광고를 보고 사후적으로 깨닫게 된 것뿐이다. 그리고 그 순간 이경은 그가 전쟁 중에 그린 그림이 '고목'이 아니라 '나목'이었음을 알게 된다. 애초에 이경은 옥희도의 집에서 그림을 보고는 오래되어 죽음을 앞둔 나무의 그림이라 생각했다. 그리고 그림 속에 나타난 빈곤과 궁핍을 보고 절망한다. 그러나 그것은 고목이 아니라 봄을 예비하고 있는 나목이었음을 이십여 년의 시차를 두고서야 비로소 알게 된다. 고목과 나목의 차이는 생존을 위해 모두가 아수라장이던 시절에는 보이지 않았던 것이다. 물질로 환원할 수 없는 정결함, 정진과 몰두, 그것들이 만들어낸 기품과 품위에 대한 환기는 중산층에 안착함으로써 이경이 결여한 것이 무엇인가를 묻는다.

이제는 중년의 중산층 주부가 된 이경이 옥희도라는 존재에 얽힌 젊은 날의 기억을 회상하는 것은 단순한 추억의 되새김이 아니다. 모두가 속물이 될 수밖에 없었던 전쟁통에 옥희도를 만나 죽은 장남에 매몰된 어머니에게서 정서적으로 독립했으며, 옥희도를 경유해 경험했던 풍요로운 성장의 내면을 정확하게 의미화하는 것이다. 그 내면이 바로 옥희도로 상징되는 예술과 진정과 몰두의 세계라면, 그 바깥에는 이경이 어쩔 수 없이 타협해야만 했던 '중산층'으로의 외적인 성장이 놓여 있다. 다만 그녀는 자신이 얻은 것과 잃은 것을 결코 모두 잊지 않음으로써 자신의 자리에 서 있다. 우리는 이러한 행위를 '성찰'이라고 부른다. 이로써 전후 한국 소설사에서 가장 걸출한 '장녀의 성장 서사'가 탄생하였다.

1장은 다음 논문을 바탕으로 했다.

오자은, 〈위안의 서사와 불화의 서사: 1980년대 교양소설의 두 가지 문법: 이문열과
이인성의 소설을 중심으로〉, 《한국현대문학연구》 56집, 한국현대문학회, 2018.

오자은, 〈박완서 소설에 나타난 중산층의 정체성 형상화 연구〉, 서울대학교 박사학
위논문, 2017, 1-1장, 3-1장.

1   오자은, 〈'살'과 '이념': 중산층 남성 성장서사의 무의식: 김원일의 《노을》을 중심
     으로〉, 《한국문학연구》 59집, 동국대학교 한국문학연구소, 2019, 224면.

2   이병렬, 〈일제 식민지 유산과 한국자본주의 발전과의 관계에 대한 소고〉, 《사회
     와 문화》 9권 1호, 고려대학교 사회학연구회, 1995, 56면.

3   이문열, 《젊은 날의 초상》, 민음사, 2018, 188쪽.

4   "詩集 不況을 모른다", 〈경향신문〉, 1987년 5월 29일, 10면.

5   "좋은 책은 오랫동안 많이 팔린다" 스테디셀러 定着, 〈경향신문〉, 1988년 5월 20
     일, 15면.

6   이철호 역시 《젊은 날의 초상》 중 마지막 작품인 〈그해 겨울〉이 "보편적인 성장
     의 서사일 수 있으나, 다른 한편으로는 중산층 입사의 서사이기도 한 것이다"라
     고 적실히 지적한 바 있다. 이철호, 〈장치(dispositif)로서의 연좌제: 1980년대 이
     문열의 초기 단편과 "중산층" 표상〉, 《현대문학의 연구》 56호, 한국문학연구학
     회, 2015, 392면.

7   김원일, 《마당 깊은 집》, 문학과지성사, 2018, 160~161쪽.

8   김연주, 이재경, 〈근대 '가정주부' 되기 과정과 도시 중산층 가족의 형성: 구술생

애사 사례 분석〉, 《가족과 문화》 25권 2호, 한국가족학회, 2013, 30~31면.

9 박완서, 《나목》, 세계사, 2012, 82쪽. 이후 본문 안의 짧은 인용은 괄호 안 쪽수로
   표기.

10 위의 책, 127쪽.

11 위의 책, 302쪽.

12 《무정》에서 계몽이라는 도덕적 당위가 사랑을 덮어버림으로써 유지되는 소설의
   균형에 대해서는 서영채, 《사랑의 문법》, 민음사, 2004, 63~64쪽을 참조.

13 박완서, 앞의 책, 310쪽.

14 위의 책, 110쪽.

15 위의 책, 229쪽.

16 《나목》이 아직 아파트가 완전하게 대중화되기 이전인 1970년에 발표된 작품임
   을 생각해볼 때, 2층 양옥집은 이 시기 중산층이 상상할 수 있는 가장 이상적인
   거주 장소였다.

17 박완서, 앞의 책, 372쪽.

18 위의 책, 378쪽.

2장
'여아 살해' 주문과 탈주술의 서사

그런 아직은 살아 있어요. 살아 있는 건 변화하게 마련 아녜요. 우리도 최소한
증거로라도 무슨 변화가 좀 있어얄 게 아녜요?" 나는 목이 긴 여자를 생각
깨가 되어 흐르는 그 유려하고도 따스한 고장에 내 얼굴을 묻을 수 있었으
을 못 도망칠 줄 알구, 나도 한번 도망쳐 보일 테다. 더러운 거짓이 기둥목
집구석을. 나를 자유롭게 하라. 부디 나를 자유롭게 하라. 물색 중인 완전
들로부터, 엄마가   부탁해준 인공의 순결로
막대한 지참금을   고 할머니의 불길한 저주
세 하라. 나는 내   님을 악 듣고, 영화 보고,
푼돈 모아 만거   님을 초대할 수
고 정결한 새   《도시의 흉년》의 수연   태어난 고장
로운 인생을   내 세상의 슬픔
군. 거창한 복   으로 울려퍼졌다.
슬픔. 그 말   갑자기 시인이
으리라곤   쩝잖은 편지
묻지 않으세요? 이   선생님 때문이
강렬하게 되살아날   게 사랑할 수 있는 자
호의는 고맙지만 자기 앞에 놓인 삶이   나 신경 써서 만난 문
요." 그 여자는 정말이지 온갖 역할을 다해 왔던 것이었다. 목욕탕에 갈
서부터 가끔씩 토해내는 딸의 자잘한 신경질 쓰레받기, 팝송을 좋아하는
지. "엄마 눈에…… 제가 마치 괴물처럼 비춰든 것 같은데요." 우혜는 턱을
세 그러는 동안 딸과 어머니의 눈길이 얽혔다.

게든 영원히 살아있는 나가 되고 싶다. 아니 죽어서도 살 그러한 일을 하
나도 좋으니 문학작품을 남기고 싶다. 남이 읽고 언제까지라도 잊지 않고
고 싶다. 그래서 나는 그런 업적을 남기기 위하여 앞으로 험하디 험한 먼
잡기 위하여 죽도록 노력하리라.

1. 남아선호의 전통과 사라진 여자아이들

오늘날 禪(선)바위는 종합적인 소원 성취의 祈願場(기원장)이 되고 있는 느낌이 짙다. 그러나 儒教的(유교적)인 윤리가 지배하던 朝鮮王朝(조선왕조) 시대에, 무엇을 기원하는 사람들의, 특히 여인들의 소원 중에서 가장 큰 소원은 아들을 낳는다는 것이었다.

"자손(아들) 못 얻어 애쓰던 분이 선바위에 빌고 아들을 낳았다는 이야기가 많이 있어요." (중략)

"韓國(한국)인은 아들狂(광)"

일찍이 19세기에 한 프랑스인은 한국인의 아들 존중 사상을 흥미롭게 기록했었다.

"한국인은 사내자식狂(광)이다. 사내아이는 한국인에게 있어서 계집아이보다 10배나 가치가 있다."[1]

한국 사람이라면 선바위에서 아들을 낳게 해달라고 비는 여인의 이미지를 어디에선가 한 번쯤은 본 적이 있을 것이다. 위의 신문 기사에서 언급되었듯 "아들 못 얻어 애쓰던 분이 선바위에 빌고 아들을 낳았다는 이야기"는 전설처럼 오래오래 회자되어 선바위를 찾아가는 여인들의 행렬을 낳곤했다. 흔하게는 '돌하르방 코를 만지면 아들을 낳는다더라' 같은 농담 차원의 이야기에서부터 다양한 형태로 구전되어 내려온 '아들 얻기 축원'은 아주 오랫동안 한국 사회 곳곳에 배어 있었다고 해도 과언이 아닐 것이다. 그리고 이러한 기복적·주술적 축원은 개인적인 차원이 아니라 집단적으로 공유되고 전래되는 하나의 文化와도 같은 모습을 보여왔다.

한편 이러한 '소박한' 차원의 소원 빌기와 축원이 일종의 공동체적 전통 주술의 모습을 보여준다면, 아래의 신문 기사는 이러한 '전통'이 그릇된 사술과 결합하여 사기 행각으로까지 이어지는 파탄을 보여준다.

"아들 낳게 해준다" 부녀자에 千(천)여萬(만) 원 뜯은 점장이 구속 "불공 드려라" 안방에 佛像(불상) 모시고 32회 사기

光州(광주) 경찰서는 2일 자기 집 안방에 불상을 모셔놓고 여인들을 상대로 공을 들이며 아들을 낳게 해주고 병을 고쳐준다고 속여 5명의 부녀자들로부터 1천 4백여만 원의 금품을 사취한 점장이 (중략) 상습사기혐의로 구속. [2]

이렇듯 주간지 특집에 나올 법하게 자극적인 일화가 삿된 사이비 점쟁이에게 속은 어리석은 여인들의 '사기 사건'이라면, 집착적인 아들 선호 풍토가 현대 의학과 결합할 경우에는 아들만 골라 낳기, 즉 여아 '중절 수술'로도 이어진다.

남편이 경찰인 어떤 부인의 경우는 딸 둘을 낳았는데 아들이 없다는 이유로 자신과 딸들이 남편과 시어머니로부터 무수히 학대를 받아왔다. 심지어 시어머니는 손녀들에게 남장을 시켜 키울 정도였다. 아들을 강하게 원하는 남편 때문에 불임수술을 받지 않은 그는 임신된 태아를 매

번 유산시켜야 했다. 또다시 딸을 낳을까 봐 두려웠기 때문이다.[3]

위의 인용된 글에서 '어떤 부인'이 딸들을 낳았다는 이유로 무수히 학대를 받고 이에 또 딸을 낳을까 두려워 임신한 태아를 매번 유산시켜야 했으며, 심지어 시어머니가 손녀들에게 남장을 시켜 키우는 비합리적 횡포가 공포로 다가올 수 있었던 것은 이것이 실제 현실에서 용인될 수 있는 일이었기 때문이다.

그렇다면 우리는 이와 같은 일이 비단 '어떤 부인'에 국한된 특이한 사례라기보다는 어느 정도 대중이 묵인하고 있었던 '진실'임을 짐작할 수 있다. 어쩌면 한국 사회에 살면서 누구나 한 번쯤은 들어보았을 이야기—이를테면 딸만 다섯을 내리 낳고 겨우 금쪽같은 막내아들을 얻었다는 식의 '고생담'이 미담처럼 회자되는 이유도, 그래도 딸 다섯을 '온전히' 낳고 키우기는 했다는 사실 때문이 아닐까. 그렇다면 그 사이에 '어떤 부인'의 유산된 아이들처럼, 소리 없이 사라진 여자아이들은 얼마나 많았을까.

전통적인 아들 선호가 현대 의학과 결합하여 여아 중절 수술이라는 끔찍한 일로 변주되는 이 대목에서 우리는 아주 오랫동안 한국 사회에서 별 무리 없이 받아들여졌던 **전통**과 그 이면에 놓인 복잡하게 은폐된 욕망을 발견하게 된다. 사람들은 흔히 '아들이 딸보다 든든해서' 따위의 정서적 이유를 대며 아들 선호를 정당화하지만, 속사정은 그렇게 감정적이지만은 않다. '대를 잇는다'는 것은 공동체의 존속을 위한 절대적 명령이며 이 명령에는 아들만을 골라 재생산하는 것이 존속에 효율적이라는 집착이 놓여 있다. 가부장 전통이 지배적인 한국 사회에서 딸은 결국 '남의 집 사람'이 되기 때문에 '키워봐야 부질없다'는 식의 체념에는 사실상 한정된 자원으로 딸과 아들 중 어느 쪽에 투자해야 공동체 존속에 이득이 될 수 있는지를 따지는 셈법이 깔려 있다. 이보다 더 경제적이고 효율 지향적인 사고가 있을까?

그렇다면 이러한 **진실**의 원초적 풍경, 즉 남아 선호와 남성 중심적 공동체 보존이라는 대의大義에 관한 주술적 기원을 탐색해볼 필요가 있다. '목숨을 걸고라도 아들을 낳겠다는 모진 마음'으로 인해 사라진 수많은 여자아이들을 위해서라도. 그리고 무엇보다 그러한 주술적 기원의 답습과 그 (슬픈) 실천이 '어떤 부인'의 경우처럼—시어머니, 며느리로 이어지는 계보 속에서 벌어졌다는 비극이 과연 무엇을 의미하는지에 대해서도.

2. 주술적 공동체와 '할머니 샤먼'들의 두 얼굴

여성들이 관장하는 주술적 풍경의 세계를 가장 잘 들여다볼 수 있는 한국 소설을 고르자면 역시 박완서의 작품일 것이다. 박완서 소설의 여자 주인공들에게 '할머니'로 상징되는 이 세계는 풍요롭고 따뜻한 낙원이기도 하지만, 동시에 공동체의 대의라는 명분 아래 계보의 존속을 위한 전통적인 습속이 강제되는 할머니 '샤먼'들의 세계이기도 하다. 이는 주인공과 직접적인 혈연관계에 속한 진짜 할머니뿐 아니라 전해 들은 옛날이야기 속 이름 모를 노파나 먼 친척 할머니, 이웃 할머니로도 등장하는 등 소설 속에서 다양한 방식으로 형상화된다. 그렇다면 우선 박완서의 대표작이라고 할 수 있는 《엄마의 말뚝》⁴ 연작에서 주인공의 고향이자 할머니의 공간인 박적골부터 살펴보자.

> 박적골집은 나의 낙원이었다. 뒤란은 작은 동산같이 생겼고 딸기 줄기로 뒤덮여 있었다. 그 밖에도 앵두나무, 배나무, 자두나무, 살구나무가 때맞춰 꽃피고 열매를 맺었고 뒷동산엔 조상의 산소와 물 맑은 골짜기와 밤나무, 도토리나무가 무성했다. 사랑마당은 잔치 때 멍석을 깔고 차일을 치면 온 동네 손님을 한꺼번에 칠 수 있도록 넓고 바닥이 고르고 판판했지만 둘레에는 할아버지가 좋아하시는 국화나무가 덤불을 이루고 있었다.⁵

이렇듯 박적골은 주인공에게 '낙원'이며, '조상의 산소'가 자리한 곳이다. 주인공은 곧 엄마에게 등 떠밀려 '신여성'이 되기 위해 박적골을 떠나 대처(서울)로 향하고 이후 여러 일을 겪지만, 박적골은 자신을 키워준 할머니를 떠올리게 하는 추억의 공간이다. 그러나 박적골이라는 공간이 낙원으로 여겨지는 이유 중 뒷동산에 자리한 '조상의 산소'가 있다는 사실은 의미 있게 읽혀야 한다. 이는 박적골이 공동체의 계보적 질서를 중심으로 한 공간이라는 점을 상징하기 때문이다. 박적골에서 나고 자라 한 생애를 마친 조상들이 대대로 터를 잡고 묻혀 있으며, 그 산소를 보고 자란 후손들은 나이가 들면 언젠가 자신도 저기에 묻히리라는 운명론적 암시를 공유하는 것—그것은 이 마을의 구성원을 심적으로 한데 묶는 구심점이 된다.

"조상은 가족과 공동체, 즉 전통적인 공동체의 결속이라는 도덕성을 표상한다"[6]는 분석처럼, '조상의 산소'가 든든하게 버티고 있는 박적골은 공동체의 강한 유대와 존속을 기반으로 한 계보적 이데올로기의 공간이며, 대가족이라는 가족 체계 안에서 가장 전통적이고 안정적인 계보적 질서를 재생산하는 공간이다. 주인공 역시 이 안정적인 질서의 구성원으로서 계보에 가장 익숙한 방식으로 자신을 의탁할 수 있었을지도 모른다. 주인공의 조상들이 계속 그래왔던 것처럼. 그러나 이러한 계보가 '남성' 중심적이라는 사실은 이 세계를 마냥 추억의 공간으로만 되새길 수 없게 만든다.

이때 주인공을 데리고 서울로 떠나겠다는 엄마의 선언은 할머니의 엄청난 저항에 부딪힌다. 주인공의 오빠가 먼저 서울로 떠났을 때 손자의 서울행까지는 성공을 위한 어쩔 수 없는 결정이라고 이해했던 할머니, 그러니까 엄마의 시어머니는 손녀의 출분에 대해서는 분노한다. 서울까지 가서 "기집애를 핵교를?"(1편, 23쪽) 보낸다는 것에 대해 납득할 수 없었기 때문이다. 이는 전통적 대가족의 계보를 깨뜨리는 도전으로 받아들여진다. 그것은 며느리의 '반기'였다. 평생을 그 마을의 구성원으로 사는 동일한 운명 공동체였던 대가족의 영향력에서 완전히 벗어나겠다는 의지적 결단이기 때문이다. 굳이 쓸데없는 공부 시키겠다고 딸까지 데리고 박적골을 떠나려는 엄마는 유난스러운 며느리로 미움을 산다. 특히 "대처로의 출분"(1편, 21쪽)을 엄마가 꿈꾼 직접적인 계기는 무당집 말에 의존해 치료를 지연하다가 죽은 아버지 때문이라는 대목을 유심히 볼 필요가 있다. 동화적인 낙원으로 묘사된 이 마을은 풍요의 기원이기도 하지만 "상상력의 한계가 덕물산 무당의 작두춤"(1편, 75쪽)에 불과한 문명 이전의 공간이기도 하다.

> 급히 달인 탕제도 아무런 효험을 못 보자 엄마와 할머니는 무당집으로 달려가서 무꾸리를 하니까 집터에 동티가 나도 단단히 났으니 큰굿 해야겠다고 하면서 굿날을 받아놓기만 해도 당장 차도가 있을 거라고 장담을 해서 우선 굿날 먼저 받아놓고 오니 아버지는 막 숨을 거둔 뒤였다. (중략) 엄마는 아버지를 죽게 한 병이 대처의 양의사에게만 보일 수 있었으면 생손앓이처럼 쉽게 째고 도려내고 꿰맬 수 있는 병이라는 걸 알고 있었다.
> 엄마는 그때부터 대처로의 출분을 꿈꿨다. [7]

굿날을 받기만 해도 당장 몸이 나아지기 시작할 것이라고 장담하는 무당의 말이 아직도 영험하게 통하는 공간이 바로 박적골이었다. 할머니가 굿날을 받아오는 사이 세상을 떠난 아버지에 대해 엄마는 양의사에게만 갔더라도 살 수 있었을 것이라 말하며 딸을 데리고 서울로 떠난다. 병원에 가는 대신 무당의 비방을 받는 것이 당연한 곳, 금방 치료할 수 있는 병을 무꾸리와 큰 굿을 통해서만 해결할 수 있다고 믿는 곳,

그러한 조상의 '영력'과 비합리적인 믿음이 지배하는 공간이
자 원초의 공간을 벗어나는 것, 그것이 엄마의 결단이었다.

　이러한 전근대적인 공간에서 심지어 딸을 데리고 문명을
찾아 서울로 가겠다는 엄마의 행동은 이 마을을 떠받치던 계
보적 질서를 배반하는 행위가 된다. 엄마는 박적골을 떠남으
로써 "맏며느리로서 시부모 공양하고 봉제사라는 신성한 의
무"(1편, 21쪽)를 버린 셈이 되어 재산상의 권리도 포기해야
만 했다. 며느리의 출분은 "집안 망신"(1편, 21쪽)으로 여겨지
기에 질서의 동요가 두렵고 공포스러웠던 할머니는 자신의
만류를 듣지 않고 결국 떠나는 주인공의 엉덩이를 일부러 세
차게 매질함으로써 일종의 액땜을 한다.

　《엄마의 말뚝》에서 할머니의 박적골이 남성 중심적인 계
보적 질서를 바탕으로 하면서도 일견 풍요롭고 순진한 전원
공동체를 보여줌으로써 양가적 성격으로 의미화된다면, 계
보적 질서에 대한 강박과 주술적 요소가 강력하게 결합했을
때 어떤 효과가 산출되는지를 가장 잘 보여주는 작품이 바
로 〈그 살벌했던 날의 할미꽃〉[8]이다. 지금 읽어도 상당히 그
로테스크한 이 단편은 박완서 소설 중에서도 매우 드물게 섬
뜩한 느낌을 준다. '달래마을'이라는 씨족 마을을 배경으로
하는 이 소설에는 공동체의 규율을 관장하는 가장 높은 할
머니-노파가 등장하며, 이 노파는 공동체적 질서라는 대의를
위해 의례적인 실천 행위까지 통솔하는 마을의 '샤먼'이다.

　이 작품은 전쟁으로 남자들은 모두 파병되고 여자들만 남
은 달래마을에 미군이 주둔하면서 일어나는 일을 배경으로
한다. 미군은 주둔하자마자 자신들의 성욕을 해결해줄 양색

시를 물색하고, 이에 평화롭던 마을이 술렁이고 여자들은 모두 공포에 떤다. 다른 마을은 다 동란의 피해를 입고 와해되었지만 "해마다 시월 초하룻날 마을 사람들이 정성을 다 해 고사를 지내는 달래봉 산제당에 모신 산신령이 영검한 때문"(할미꽃, 282쪽)에 자신들의 마을은 안전하다고 믿던 사람들은 이제 더는 공동체의 결속을 유지할 수 없다는 공포에 시달린다.

> 그에 앞서 청년들은 국군으로 지원하기도 했고, 인민군으로 끌려가기도 했고, 또 남쪽으로 피난 간 사람, 북쪽으로 끌려간 사람도 생겨서 마을 사람들은 줄 대로 줄었다. 어떻게 줄었거나 집집마다 준 식구는 남자 식구들이어서 마을엔 여자들만 남았다. (중략)
> 남자는 대를 이어야 하는 고로 여자보다 귀한 몸이고, 귀한 몸을 보다 안전하게 하는 게 여자들의 도리였다. [9]

위의 인용문에서 보이듯 그동안 이 마을을 지배했던 규율은 간단하고 명확하다. 대를 이어야 하는 남자는 여성보다 우월한 몸을 갖고 있으며 그렇기에 여성보다는 남성을, 더 정확히는 대를 이을 수 있는 남성의 생식력을 보호하는 것이 무엇보다 우선이라는 것이다. 이는 '남성의 씨를 받아 아이를 생산해야 하는 여성'이 자신의 '정조'를 지켜야 하는 것이 얼마나 중요한지를 동시에 함의한다.

이때 양색시를 찾는 미군의 시선은 이러한 공동체의 계보적 질서를 유린하고 훼손할 수 있는 엄청난 위협으로 느껴진다. 양색시가 되느니 차라리 자살을 하겠다는 여자들이 늘자 할머니 노파는 큰 결단을 내린다. 바로 젊은 여자처럼 몸단장을 하고 마을의 모든 여성을 지키기 위해 자신이 미군을 상대하겠다고 선언한 것이다.

이 선언은 마을의 샤먼으로서의 엄숙한 결단으로 묘사된다. 마을 단위로 지내는 제사인 산신제는 마을이라는 공간의 안정과 생업의 풍요를 기원하는 의례로서 공동체를 인식하는 중요한 단위[10]인데, 그동안 이 산신제를 지휘하던 노파는 부정의 원인이 되는 여자들을 골라 제의에서 배제함으로써 공동체의 신성함과 윤리를 통솔해왔다. 그리고 "그때와 똑같은 위엄"(할미꽃, 286쪽)을 발휘하면서 역설적으로 스스로 "부정"(할미꽃, 286쪽) 그 자체가 되는 미군의 양색시가 되기로 결정한다. 공동체를 위해 희생 제물이 되기로 결단한 것이다.

> "아주머님, 아주머님이 젊은것들 몸 더럽히지 않게 하려고 그러시는 건 알겠는데요. 아주머님도 생각해보세요. 연세가 있잖아요, 연세. 아 양코배기들은 뭐 눈이 멀었나요. 화장품으로 눈가림도 어느 정도죠……."
>
> 말끝을 못 맺고 킥 웃으니까 좌중의 여기저기서 숨죽인 웃음소리가 들렸다.
>
> "잔소리 말고 화장품통 가져오라니까, 어서!"
>
> 노파는 메마른 소리로 차분하게 말했다. 좌중을 압도하는 위엄을 갖추고. [11]

그러나 결국 환한 불빛에 노구를 들킨 노파는 미군의 조롱과 동정만 사고 돌아온다. 그 대신 "황홀해서 숨도 크게 못 쉬"(할미꽃, 292쪽)게 할 정도로 고기, 잼, 과자 등 먹을거리를 미군에게서 잔뜩 받아와 마을 사람들에게 위엄을 되찾는다. 결과적으로 노파는 자신의 쇠잔한 육체를 제물로 바침으로써 공동체의 위협을 제거하는 데 성공한 것이다. 우리는 이 찜찜하고도 슬픈 노파의 이야기를 어떻게 읽어야 할까. 마을 여성들을 위한 연장자의 희생? 마을의 샤먼으로서의 헌신적인 결단과 통솔력?

그러나 노파의 대의가 공동체의 결속, 더 구체적으로는 대를 이어야 하는 주체인 남자를 지키기 위해서라는 사실은 이 주술적 공동체의 이면을 깊이 생각해보게끔 한다.[12] 이러한 계보적 질서 자체가 이미 여성보다 남성이 신체적으로 우월하다는 전통적 자연관의 답습을 넘어서, 그 내면에 복잡한 사회경제적 질서를 포함하고 있는 것이다. 이는 남자를 잘 골라 키워서 대를 잇고 집안을 재생산하는 방식이 가장 효율적이고 효과적이라는 경제적 사고의 산물이다. 이러한 측면에서 우리가 그동안 살펴보았던 할머니-노파들은 재생산에 가장 효용적인 부계 중심의 경제적 공간을 존속시키는 주체가 되기도 한다. 그리고 그러한 사회경제적 질서는 '예로부터 그래왔다'—공동체의 '운명'이라는 이름으로 구성원의 삶을 그에 종속시키고 계보적 질서에서의 이탈을 금지하거나, 이탈의 가능성이 보이는 존재는 먼저 축출하려는 폭력성 역시 내포하고 있다. '축출하려는 폭력성'이라는 구절이 다소 추상적으로 느껴진다면, 이제부터 이러한 폭력성이 잔인하고 구체적인 주문呪文으로 변해 한 개인의 인생에 어떻게 음험하게 파고드는지를 박완서의 1970년대 대표 장편 중 하나인 《도시의 흉년》에서 확인해보자.

3. 공동체의 존속을 위한 저주의 주문

《도시의 흉년》[13]은 〈문학사상〉에 1975년부터 1979년까지 연재한 장편소설로서, 1970년대에 발표된 박완서의 소설 중에 가장 긴 작품이며 그만큼 당시 본격적인 고도 경제 성장기에 접어든 서울의 도시성과 중산층적 삶의 모습을 생동감 있게 보여준다. 한 집안이 한국 사회 자본주의의 발달 과정에서 어떻게 흥망성쇠를 겪는지 이야기하는 이 소설은 특히 현재 시점에서 따져보더라도 상당히 자극적인 줄거리를 갖고 있다. 마치 TV '막장 드라마'를 연상시킬 정도의 충격적인 소재를 두루 포함한다. 수연과 수빈이라는 쌍둥이 남매의 성장과 그들의 어머니인 김복실 여사를 중심으로 하여, 남매가 출생부터 성인이 되기까지의 긴 시간을 촘촘하게 묘사한다.

수연과 수빈은 가난한 집안의 쌍둥이 남매로 태어났으나 김복실의 경제적 수완 덕택에 상당한 부잣집 자식으로 성장한다. 두 남매의 '기원'이라고 할 수 있는 김복실 여사의 인생 역시 파란만장한데, 그녀는 빈약하고 파리해서 시어머니에게 '돌계집'이라는 소리를 듣던 여성이었으나 전쟁통에 빈집에서 비단이불을 훔치면서부터 삶이 바뀌기 시작한다. 그녀의 도둑질은 이후 비단옷, 싱거 미싱, 사기그릇과 자개장

롱, 부자들이 숨겨놓은 귀중품까지 점점 덩치가 커졌고 어느 시점에서는 결국 양색시들의 포주가 되기에 이른다.

그때부터 달러를 벌어들이기 시작한 김복실은 '자녀 교육에 좋지 않다는 이유'로 양색시 장사를 정리한 뒤 사업지를 찾다가 광장시장에 터를 잡게 된다. 광장시장은 1970년대, 서울에 백화점 소비가 대중적으로 확산되기 시작하던 1980년대 이전 시기까지가 가장 호황이었는데, 섬유산업이 한국의 대표적인 중점 산업일 때 전국 상권을 장악했으며 그중에서 특히 주단 포목부가 번창했다.[14] 어떻게 보면 김복실의 성공 궤도는 한국 경제 성장기의 주력 산업을 발 빠르게 따라간 것이라고 할 수 있다.

김복실은 전쟁통에서 악착같이 살아남아 그럴듯한 사업을 일구고 그에 어울리는 중산층 가정을 만들어 자식들에게 물려주는 것을 인생 제일의 목표로 삼는다. 이를 위해 맏딸인 수희는 검사와 결혼시키고 아들인 수빈에게는 경기고-서울대, 소위 'KS'로 불리는 명문 학벌을 만들어주려 온갖 노력을 한다. 그러한 가운데 가장 소외된 인물은 바로 쌍둥이 남매 중 동생인 수연이었다. 수연은 겉으로는 넉넉한 부잣집 딸로 자라나지만, 엄마의 사랑은 제대로 느껴보지 못한 채 집안에서 겉돌며 성장한다. 그러나 무엇보다 이러한 수연의 방황에는 집안의 아주 오래된, 끔찍한 **저주**가 놓여 있다는 것이 핵심이다. 그것은 바로 수연이 가족 중 그 누구도, '아무도 원치 않던 여자아이'였다는 것. 수연은 쌍둥이 오빠인 수빈이 태어난 직후 첫 울음소리를 낸다. 그러나 그 자리에 있던 누구도 이미 아들을 낳은 김복실이 굳이 또 '딸'을 낳아야

할 이유를 찾지 못했다. 찾지 못할 뿐 아니라, 출산 과정을
진두지휘하던 친할머니에게 수연은 '태어나지 말았어야 하
는 여자아이'였다.

　　제풀에 정신이 돌아오면서 엄마는 할머니의 통곡과 악
　바리 같은 계집애의 울음을 동시에 들었다.
　　"아이고, 아이고, 우리 집은 이제 망했다, 망했어."
　　계집애는 저만큼 알몸뚱이로 팽개쳐져 있고 그래서 엄
　마도 나중에 나온 게 계집앤 걸 알았다.
　　"아이고 어머님, 저러다 저거 죽겠소. 저것도 인생인데."
　　"암, 죽어야지. 진자리에서 푹 엎어놓으려다 말았는데
　뭬 또 어쨌다고 네가 감히 나를 나무라니, 나무라길."**15**

"암, 죽어야지. 진자리에서 푹 엎어놓으려다 말았는데"라
는 언급에서처럼 할머니는 수연이 수빈과 쌍둥이로 태어난
순간부터 죽어버려야 하는 존재임을 천명한다.

　　"저것들을 그냥 둘 다 기르면 세상없어도 나중엔 상피
　붙게 돼 있으니 집안이 망하지."
　　"상피 붙다니요?"
　　"상피 붙는 것도 모르냐? 계집 서방이 된단 말야. 친동
　기간에."
　　남매 쌍둥이를 그대로 기르면 자라서 상피 붙게 돼 있
　다는 항간 일부의 끔찍한 속설을 할머니가 곧이곧대로 믿
　었는지 안 믿었는지 그건 모르지만 아무튼 그걸 핑계로 엄

마와 계집아이에게 구박이 자심했다. [16]

이 천명에는 남녀 쌍둥이는 상피 붙는다는 저주의 예언이 놓여 있다. 그렇다면 "남매 쌍둥이를 그대로 기르면 자라서 상피 붙게 돼 있다는 항간 일부의 끔찍한 속설"이 의미하는 바는 무엇인가. 남자아이와 여자아이가 동시에 태어났을 때, 살려야 하는 아이는 남아고 그 남아의 보존을 위해 여아는 죽어야만 한다. 여기에서 '저주받은 여자아이'를 실제로 저주하는, 그러한 속설을 현실에서 실현하는 존재는 이 남매의 할머니이다. [17] 모두가 찢어지게 가난하던 시기, 한정된 재원 속에서 남자아이만을 골라 대를 잇는 것이 효율적이라는 경제적 셈법이 '율법'이라는 외피를 쓴 것이리라. 그리고 그 율법의 내부에는 여자아이는 언제든지 공동체의 도덕을 흐트리고 오염시킬 수 있는 위험한 존재일 수 있다는 인식이 놓여 있음은 분명해 보인다. 그렇기에 그것을 강제하는 할머니는 공동체의 생존과 대의라는 큰 목표 아래 집단의 도덕을 통솔하는 이상야릇한 권력을 행사하며 주인공인 수연과 수빈에게 저주의 운명을 내리고 궁극적으로는 수연을 축출함으로써 공동체의 유지를 도모하고자 한다.

따라서 수연은 할머니의 저주 섞인 예언에서 탈출하는 것, 그 예언을 극복하는 것을 **성장의 과제**로 삼는다. 이 소설의 상당 부분은 수연이 할머니의 저주를 극복하는 방식을 형상화하는 것에 할애되어 있다. 수연이 죽어야 하는 이유는 "우리 집"(1권, 20쪽)을 지키기 위해서라는 '대의'로 무장된다. 그렇다면 도대체 왜 할머니는 말도 안 되는 저주를 철썩같이 신봉하고, 이 저주가 실현될지도 모른다는 공포에 시달려 온 것일까. 아무리 딸이라고 할지라도 자신의 핏줄인 손녀를 내치면서까지. 여기에는 더 끔찍한 사정이 있다. 바로 할머니가 실제로 상피 붙은 쌍둥이 저주의 피해자였던 것이다. 할머니에게 일어났던 일은 한 개인이 겪을 수 있는 고통으로선 가장 큰 것이었다.

지씨 마을에 시집온 할머니의 남편은 원래 남매 쌍둥이였다. 그러나 상피 붙는다는 저주를 피하기 위해 여동생은 친척집에 맡겨진다. 따라서 남편은 여동생의 존재를 모르고 살다가, 성인이 되어 그 여동생과 만나 불같은 사랑에 빠지게 되고 결국 육체적 관계까지 갖는 등 선을 넘어버린다. 외도, 그것도 자신의 여동생과 외도를 하는 남편을 눈앞에서 보게 된 할머니. 이후 할머니는 자신이 기반하고 있던 공동체가 어떻게 와해되는지 목격한다. 남편은 저수지에 빠져 자살했고, 쌍둥이 여동생은 자신의 어머니를 저주하며 가출했으며, 시어머니는 화병으로 죽어버렸고, 아내이자 며느리였던 수연의 할머니는 결국 자식들을 데리고 그 씨족마을을 떠났다. 우리는 할머니와 이 끔찍한 역사를 어떻게 이해해야 할까. '쌍둥이는 상피 붙는다'라는 저주를 피하려다가 결국 저주를 '만들어버린' 비극을. 자신도 모르게 평생에 걸쳐 피해자와 가해자 사이를 진자운동 하게 된 할머니를.

이러한 할머니의 역사는 공동체의 존속을 위한 저주의 주문을 만들었고 이는 수연과 수빈 남매에게 끊임없이 주입된다. 이때 할머니의 형상은 "부적의 영험을 너무도 간절히 기구하고 믿는 나머지 그녀 자신이 무당이 돼버리"(1권, 29쪽)

거나 "아주 기분 나쁜, 내가 상상으로 알고 있는 마귀할멈 목소리"(1권, 18쪽)를 가진 것으로 묘사된다. 수빈이의 부적을 "수양에미뻘 되는 무당할미"(1권, 40쪽)가 그려준 것이라고 언급할 정도로 부적과 굿에 심취한 할머니는 지씨 집안을 지키겠다는 대의 아래 수연을 없애려는 무의식적인 실천까지 하는 것이다.

따라서 수연과 수빈은 "나무관세음보살마하살나무대세지보살마하살나무천수보살마하살"(1권, 36쪽)로 이어지는 할머니의 주문으로 가득 찬 집을 떠나는 것을 각자의 과제로 삼고, 그 과제를 수행하기 위해 주어지는 각기 다른 통과의례를 거친다.

> 자의는 아니더라도 할머니와 엄마의 그 미련하고 끈적끈적한 익애溺愛의 세계의 나무관세음과 부적과 풍요와 포식으로부터 산뜻하게 놓여나 전연 딴 세상으로 달리고 있는 수빈이 아슬아슬해 보이면서도 한바탕 박수라도 쳐주고 싶게 재미가 났다. [18]

> 나라고 이 집구석을 못 도망칠 줄 알구. 나도 한번 도망쳐 보일 테다. 더러운 거짓이 기둥목처럼 버티고 선 이놈의 집구석을. [19]

수빈은 '쌍둥이는 상피 붙는다'는 저주처럼, 자신의 최초의 여자가 수연이 될 것이 두려워 성매매를 반복하면서 "운명보다 한발 앞서 선수를 친"(1권, 120쪽)다. 한편 수연은 위악적으로 예비 형부인 서재호와 혼전 정사를 감행하고 자발적으로 자신의 '정절'을 훼손함으로써 할머니의 저주에서 벗어나기 위한 자기식의 극복 방식을 모색한다.[20] 수연이 서재호와의 불륜을 상상한 순간 가장 먼저 "확대경 같은 할머니의 눈"(2권, 60쪽)을 가진 '감시자'로서의 할머니가 떠오른 것도 바로 이러한 맥락이다. 할머니의 "고전적인, 그래서 약간은 신비한 허위"(3권, 154쪽)는 지씨 집안과 무관한 "고아"(3권, 159쪽)가 되겠다는 수연의 선언을 촉발시킨다.

따라서 이다음 차례는 결국 이러한 인물들이 '공동체의 계보적 이데올로기의 압력에서 어떻게 벗어날 수 있는가'이며, 이때 이탈하는 과정 자체가 서사의 핵심으로 형상화된다. 인물들의 행보는 더는 공동체의 대의와 권위가 개인을 옥죌 수 없는 시기에 다다를 때 가장 극적으로 변화하기 마련이다. 이는 공동체의 운명에서 벗어나 한 개인의 운명으로, 계보적 질서에서 개인의 질서로, 전원적 공동체의 대가족에서 도시의 근대 가족으로의 이행으로 등 여러 구조적 변화를 함축한다고 할 수 있다.

4. 저주로부터의 독립과 새로운 세계로의 이행

앞서 이야기했듯이 《도시의 흉년》에서 수연과 수빈이 "고아가 되기 위해서라도 자립해야겠다"(3권, 159쪽)라고 소망한 것은 할머니의 세계에서 이탈하고 '자신의 세계'를 새롭게 세우는 것이다. 수연은 '죽어버렸어야 하는 계집애'로서 이모네 집에서 유년 시절을 보낸다. 여섯 살이 되어서야 겨우 본래 자신의 집에 들어올 수 있었는데, 그때 처음 만난 할머니는 수빈만을 끼고돌며 언제 '저주'를 실현시킬지 모르는 수연을 박해하고 견제한다. 수연은 수빈을 언제 위협할지 모르는 '재수 없는 여자애'였던 것이다. 할머니와의 대면에서 수연은 평생 동안 잊히지 않을 상처와 공포, 증오를 먼저 배운다.

한편 할머니는 그러한 미신의 힘으로 손자 수빈을 지킬 수 있다고 믿지만, 수연이 보기에 그것은 수빈에게도 결코 좋은 일이 아니었다. 할머니가 손녀를 배척하면서까지, 손자를 끔찍이도 위하는 길이라고 철썩같이 믿고 행했던 모든 일은 수빈으로 하여금 스스로 나약하고 의존적인 인간이라고 여기게 할 뿐이었다. 그 주문은 수연 말고 수빈까지 옭아매는 저주였던 것이다.

> 할머니는 내일 입고 갈 수빈이의 내의 안쪽에다 속주머니를 만들어 부적을 집어넣는 일을 하고 있었다. 수빈이가 중학교 시험 보러 갈 때도, 고등학교 시험 보러 갈 때도, 대학교 시험 보러 갈 때도, 심지어는 여름방학에 가정교사하고 바닷가로 피서갈 때도, 할머니는 그 일을 했었다.
>
> 그 일을 할 때의 할머니는 부적의 영험을 너무도 간절히 기구하고 믿는 나머지 그녀 자신이 무당이 돼버리고 만다. 몸 전체에, 특히 한쪽 눈에 야릇한 귀기마저 감돈다.
>
> 가엾은 수빈이. 나는 점점 더 견딜 수 없는 기분이 된다.[21]

할머니의 주문으로부터 공포와 증오를 먼저 배울 수밖에 없었던 수연은 겉으로는 부잣집 딸로서 여유롭게 살지만 내면은 불안과 답답함으로 공허할 뿐이다. 수연이 보기에 자신은 지씨 집안에서 아들인 수빈에게 조금도 위협이 되어서는 안 되는—잘나서도 안 되고 똑똑해서도 안 되며 그저 정물화처럼 얌전히 있다가 그럴듯한 신랑감들에게 시집이나 가면 되는 존재여야만 하는 것이다. 따라서 이 소설에서 가장 패륜적으로 느껴질 수 있는 장면—수연이 예비 형부인 서재호와 첫 경험을 하는 대목은 단순한 일탈을 넘어서 좀 더 깊이 독해될 필요가 있다. 수연은 언니 수희의 권유를 받아 서재호를 대학 축제에 파트너로 부르고 충동적으로 그와 첫 경험을 한다. 당연하겠지만 이 경험은 조금도 낭만적이지 않게, 상당히 그로테스크하고 자기파괴적으로 묘사된다. 수연이 그러한 자기파괴를 감행한 이유는 무엇일까.

당시 서재호는 서울대 법대를 졸업한 법관으로서, 엄마는 한강맨션을 신혼집으로 차려주고 거의 돈으로 사오다시피 사위를 들인 것이었다. 사랑 없는 정략결혼 커플이었던 수희와 서재호를 이해하지 못하는 수연은 오로지 조건만 보고 결혼이 가능하다고 믿는 지씨 집안의 허위를, 그리고 언니를 사랑하지 않으면서도 부자 처가를 얻기 위해 결혼을 하려는 서재호의 기만을 깨고 싶다는 욕망을 갖는다. 그러한 허위와 욕망을 부수기 위해, 그리고 자신 역시 언니처럼 "완전 규격품인 신랑감"(2권, 263쪽)에게 시집보내려는 엄마의 계획에서 벗어나기 위해 그러한 파괴적인 행동을 하는 것이다. 그러나 이는 속물적인 예비 형부의 결혼 계획에 일말의 스크래치도

내지 못하고 허무하게 끝이 나고 만다.

> 나를 자유롭게 하라. 부디 나를 자유롭게 하라. 서재호
> 가 목하 물색 중인 완전 규격품인 신랑감들로부터, 엄마가
> 키다리 의사와 공모해서 나에게 부탁해준 인공의 순결로
> 부터, 앞으로 보장된 막대한 지참금으로부터, 엄마의 익애
> 로부터, 그리고 할머니의 불길한 저주로부터 나를 자유롭
> 게 하라. [22]

김복실-수연의 엄마는 수연에게 소위 "숫처녀수술"(2권,
126쪽)이란 것까지 시키며 좋은 집에 시집보낼 준비를 한다.
엄마의 이러한 방식의 사랑이란 결코 수연이 원하는 것이 아
니었음은 물론이다. 위의 인용문에서 보이듯, 애정 없는 인
공의 순결, 엄마의 익애 그리고 할머니의 불길한 저주는 수
연에게 모두 이탈의 근거로 여겨진다. 더군다나 과거 지씨
집안의 상피 붙은 쌍둥이에 관한 저주는, 상피 붙는다는 저
주를 피하기 위해 서로 혈육이라는 것을 은폐하고 살았기에
현실화된 저주였다. 자신들의 공동체를 일정한 질서로 구성
하고 예측 가능한 것으로 만들고자 하는 씨족 마을의 통제
욕망은 사실 '무지'[23]에 기반한 것이다. 따라서 수연은 자신
과 "수빈이가 수빈이 자신의 것일 수 있는 용기"(1권, 134쪽)
를 갖기를 욕망하며, 할머니와 엄마의 세계에서 자립과 독
립의 세계로 넘어가기 위해 여러 시험과 과제를 부여받는다.
그 첫 번째가 (비록 도덕적으로 용서받기 어려운 것이라 할지라
도) 형부가 될 서재호와의 첫 경험이었다.

그리고 수연은 드디어 자신의 집을 떠받치고 있던 큰 허위 중 하나인 '아빠와 엄마의 외도'를 방기하며, 지씨 집안이 완전히 붕괴되는 것을 제 눈으로 지켜본다. 경제력 있는 엄마에게 기대 살던 무능력한 아빠 지대풍은 아내 모르게 "절름발이 첩"(1권, 220쪽)과 딴살림을 차렸고 아들까지 낳은 상황이었다. 지대풍은 아내에게 무시당함으로써 상실한 남성성을 자신을 떠받들어주는 다른 여자에게서 회복하고 있었다. 한편 이는 아빠만의 문제는 아닌 것이, 엄마 역시 자신의 차를 운전하던 최기사와 불륜 관계를 맺고 있었다. 더욱 충격적인 것은 이들이 불륜에 빠지도록 계략을 꾸민 것이 아빠와 아빠의 첩이었다는 사실이다. 가족이 남보다도 더한 함정을 파놓고 거기에 빠지기만을 기다리고 있었던 것이다.

모든 것이 제정신이 아닌 아수라장인 상태―그것이 바로 수연의 집이었다. 수연은 아빠의 첩 살림 때문에 엄마가 쓰러지고, 엄마의 불륜을 발견한 아빠가 기다렸다는 듯이 엄마를 처단할 때 그리고 아빠가 집안의 모든 재산을 첩과의 살림살이로 빼돌릴 때도 그것을 막거나 저지하지 않는다. 마치 그렇게 허위로 버티고 있던 지씨 집안이 마침내 무너질 줄 알았다는 듯 지켜볼 뿐이다. 그래야만 수연은 집안의 허울에서 완전히 벗어날 수 있기 때문이다. 이후 수연은 가출하고 야학 교사를 하면서 자기 힘으로 돈을 버는 등 이전과는 전혀 다른 생활에 도전한다. 그렇다면, 어쩌면 지씨 집안의 완전한 붕괴와 수연의 가출 등은 모두 '자발적 고아 되기'의 통과의례와 같은 것이다. 집안으로부터 독립적인 '고아'가 되는 것, '여아 살해'라는 끔찍한 주문으로부터 벗어나 스스로

운명을 개척하는 주체적인 **인간**이 되는 것이야말로 수연에게 가장 중요한 과업이었다.

여기에는 말도 안 되는 미신이나 부적, 무당의 굿 등 온갖 비합리적인 운명론적 주술로부터 벗어나 자신의 의지와 노력으로 운명을 만들어가겠다는 결단이 놓여 있다. 이 결단을 현실화할 수 있도록 도와주는 것은 구주현과 성미영이라는 인물이다. 구주현은 수연의 연인이자 운동권 남학생으로서 데모를 하다가 구속이 되고 수연은 그의 옥바라지를 자처할 만큼 그를 사랑한다. 엄마가 절대 허락하지 않을 관계임을 알면서도. 한편 성미영은 구주현의 동료로서 경제적으로도 정신적으로도 자립적인 여성이다. 수연이 그동안 만나고 경험했던 여성들과는 질적으로 다른 성미영은 수연으로 하여금 지씨 집안에서 벗어나 홀로서기를 할 수 있도록 자극제가 되어준다.

> 나는 내 힘으로 내가 태어난 고장과는 전혀 다른 새로운 인생을 시작하고 싶었던 것이다. 자립해서 엄마하고 살 때처럼 풍족하게 살 수 없다는 건 알고 있었지만 살아 있다는 게, 젊다는 게 무의미해질 만큼 궁색하게 살아도 안 되었다. 그것이 내 자립의 꿈이었다. [24]

"내 힘으로 내가 태어난 고장과는 전혀 다른 새로운 인생을 시작하고 싶었던" 수연은 지씨 집안이 주는 경제적 풍족함을 버리고 자기 힘으로 무언가를 하고자 한다. 그 자립의 중요한 요소 중 하나는 집안이 고른 것이 아닌, 자신이 선택한 남자와 새로운 삶을 사는 것이다. 수연에게는 그것이 바로 감옥에서 출소한 운동권 청년 구주현과의 삶이었다. 물론 현재 독자의 입장에서 본다면 이러한 선택은 복고적이거나 고전적으로 여겨질 수 있다. 집안의 붕괴와 그로부터의 탈주의 결과가 고작 '남자'라는 것은 수연의 자립이 여전히 완전하지 않으며 남성 의존적이라는 비판을 받을 여지가 있기 때문이다. 이 지점에서 박완서 소설의 여성의식은 한계가 분명하다는 식의 평가도 있어왔다. 그러나 수연의 선택을 곰곰이 들여다보자.

수연은 구주현과 함께 며칠을 보내며 그와 머물 것인지 그를 떠날 것인지를 고민한다. 그러나 구주현이 곁에 머물러 달라고 부탁하자 수연은 그 제안을 수락한다.

"네가 이대로 떠나면 아마 난 며칠 못 참고 네 뒤를 쫓아가게 될 거야. 모처럼 화해의 꿈을 버리고."

"미쳤어. 아버지의 땅을 버리다니 말도 안 돼."

나는 나도 모르게 펄쩍 뛰었다. 그리고 나서 열없게 웃었다.

"버리지 않으면 얻을 수도 없으니까."

"차라리 내가 버리는 게 나아. 내가 악착같이 움켜쥐고 미워하던 걸 한번 버려볼까 봐. 버리고 나야 화해도 가능할 것 같아."[25]

구주현 곁에 머물겠다는 수연의 선택은 단순히 사랑 하나 때문에 이루어진 것이 아니다. 이 선택은 정확하게 말하면

"내가 악착같이 움켜쥐고 미워하던 걸 한번 버려볼까 봐"라고 의미화된다. '남녀 쌍둥이는 상피 붙는다'는 저주에서 '죽어버렸어야 할 여자아이'였던 수연이 자신의 집안을 증오하는 것은 당연한 일이다. 그런데 한번 이 증오라는 감정의 이면을 생각해보자. 사실 증오는 그 증오의 대상을 여전히 의식하며 자신을 대상의 영역 안에 깊숙이 가둘 때 발생하는 감정이 아닐까? 대상에서 완전히 벗어나지 않는 한, 그 감정을 어떻게 해결할 도리는 없다. 이렇게 본다면 수연이 '악착같이 움켜쥐고 미워하던', 즉 증오하던 지씨 집안을 버리는 것은 그 집안과 집안에 내려오는 저주, 자신의 출생으로 시작된 저주의 되풀이를 버린다는 것을 의미한다. 이는 '주술의 대를 끊겠다'는 행위이기도 한 것이다. 그리고 그저 버림으로써 끝을 내겠다는 것이 아니라 자신이 버린 모든 것과의 '화해'를 염두에 두고 있다는 것은 붕괴된 지씨 집안의 조각들을 다시 새롭게, 전혀 다른 모습으로 스스로 재조합하겠다는 적극적인 실천 의지이기도 하다. 미래의 지씨 집안이 어떤 모습일지는 알 수 없지만 그것이 수연의 의지와 노력으로 일궈진 '새로운 공동체'라는 것은 분명할 것이다.

그렇다면 적어도 이 결단으로 지씨 집안에서 은밀하고 음험하게 오랫동안 전해오던 '여아 살해 주문'은 완전히 끊기게 되지 않을까. 물론 그러한 결행이 지씨 집안뿐만 아니라 한국 사회의 가족, 집안, 혈연으로 구성된 모든 곳에서 반드시 이루어져야 함은 분명한 일이며 슬프지만 《도시의 흉년》이 세상에 나온 지 50년이 다 되어가는 지금도 아직 완전히 이루어지지 않았다는 것 역시 분명한 일일지 모른다.

2장은 다음 논문을 바탕으로 했다.

오자은, 〈박완서 소설에 나타난 주술의 양상과 변화의 의미〉,《한국현대문학연구》
52집, 한국현대문학회, 2017.

1 이흥우, "韓國의 年輪 6회, 漢陽城 아래 아들 비는 母情 500年", 〈조선일보〉,
   1976년 2월 28일, 6면. 괄호 안 한글은 인용자가 표기.

2 "쑥덕공론", 〈동아일보〉, 1983년 7월 2일, 6면. 괄호 안 한글은 인용자가 표기.

3 이찬희, 〈임신중절은 산모건강 위협한다〉,《새가정》, 새가정사, 1989년 12월 호,
   70면.

4 박완서, 〈엄마의 말뚝〉 1·2·3,《엄마의 말뚝》, 세계사, 2012. 이후 본문 안의 짧은
   인용은 괄호 안 편과 쪽수로 표기.

5 박완서, 〈엄마의 말뚝〉 1,《엄마의 말뚝》, 세계사, 2012, 19쪽.

6 권헌익, 〈친근한 이방인〉, 박찬경 외,《귀신, 간첩, 할머니: 근대에 맞서는 근대》,
   현실문화, 2014, 51쪽.

7 박완서, 〈엄마의 말뚝〉 1, 앞의 책, 20~21쪽.

8 박완서, 〈그 살벌했던 날의 할미꽃〉,《배반의 여름》, 문학동네, 2012. 이후 본문
   안의 짧은 인용은 축약하여 괄호 안(할미꽃, 쪽수)과 같이 표기. 이 작품에는 두
   명의 노파와 관련한 두 가지 이야기가 병렬적으로 서술되고 있는데 이 글에서는
   첫 번째 노파의 이야기를 분석 대상으로 삼았다.

9 위의 책, 282쪽.

10 박종오, 〈공동체 신앙과 씨족 인물의 인격화: 전북 군산시 선유도 사례를 대상으로〉, 《남도민속연구》 17호, 남도민속학회, 2008, 137면.

11 박완서, 〈그 살벌했던 날의 할미꽃〉, 앞의 책, 286~287쪽.

12 본격적인 분석 대상으로 삼지는 않았지만, 이 소설에서 두 번째 이야기의 주인공인 노파 역시 이러한 측면에서 살펴볼 수 있다. 총알이 숫총각을 좋아한다는 미신을 두려워한 김일병에게 자진해서 총각을 면하게 해준 노파의 속내는 단순히 휴머니즘으로 환원할 수 없는 복합적인 층위를 갖고 있다. 김일병은 생존해야 하는 젊은 남성이기 때문에 노파의 기괴한 제안도 그 '대의' 앞에서 설득력을 얻는다. 물론 노파의 자발적 욕망이라는 측면을 간과할 수는 없겠지만, 무엇보다도 계보의 주체로서 남성에 대한 경외가 두 이야기를 관통하고 있다는 점은 유의미하게 다뤄져야 한다.

13 박완서, 《도시의 흉년》 1·2·3권, 세계사, 2012. 이후 본문 안의 짧은 인용은 괄호 안 권과 쪽수로 표기.

14 서울역사박물관[편], 《동대문 시장: 광장, 중부, 방산》, 서울역사박물관, 2012, 224쪽.

15 박완서, 《도시의 흉년》 1권, 세계사, 2012, 20쪽.

16 위의 책, 20~21쪽.

17 차미령은 이러한 할머니를 통해 드러나는 주술적 세계와 그 속의 욕망이 곧 '여
    아 살해 욕망'이라고 언급한 바 있다. 차미령, 〈박완서 소설에 나타난 '주술'과
    '생존'의 문제〉, 《대중서사연구》 39호, 대중서사학회, 2016, 93면.

18 박완서, 《도시의 흉년》 1권, 43쪽.

19 위의 책, 301쪽.

20 "그렇지만 이건 상피 붙는 건 아니다. 그것만으로도 어디냐? 아아. 조그만 불륜으
    로 큰 불륜을 때울 수 있었으면!"(박완서, 《도시의 흉년》 2권, 세계사, 2012, 74쪽.) 차
    미령 역시 이러한 수연의 선택을 "제액의 일환"이라 설명한다. 차미령, 앞의 글,
    92면.

21 박완서, 《도시의 흉년》 1권, 28~29쪽.

22 박완서, 《도시의 흉년》 2권, 263~264쪽.

23 차미령은 이에 대해 진실, 즉 "앎으로부터 차단"되었기 때문이라고 분석한다. 차
    미령, 앞의 글, 94면.

24 박완서, 《도시의 흉년》 3권, 세계사, 2012, 290쪽.

25 위의 책, 372쪽.

3장

성(聖) 처녀와 성(性) 처녀

우린 아직은 살아 있어요. 살아 있는 건 변화하게 마련 아녜요. 우리도 최

증거로라도 무슨 변화가 좀 있어얄 게 아녜요?" 나는 목이 긴 여자를 생

깨가 되어 흐르는 그 유려하고도 따스한 고장에 내 얼굴을 묻을 수 있었

을 못 도망칠 줄 알구. 나도 한번 도망쳐 보일 테다. 더러운 거짓이 기둥목

집구석을. 나를 자유롭게 하라, 부디 나를 자유롭게 하라. 물색 중인 완전

들로부터. 엄마가 ⋯⋯ 부탁해준 인공의 순결

막대한 지참금을 ⋯⋯ 고 할머니의 불길한 저

게 하라. 나는 내 ⋯⋯ 음악 듣고, 영화 보고

푼돈 모아 만 ⋯⋯ 을 초대할 수

고 정결한 새 ⋯⋯ 태어난 고

로운 인생을 ⋯⋯ 내 세상의 슬

군. 거창한 **《겨울여자》의 이화** ⋯⋯

슬픔. 그 말 ⋯⋯ 으로 울려퍼졌다

으리라곤, ⋯⋯ 갑자기 시인이

묻지 않으세요? 이 ⋯⋯ 쩝잖은 편지

강렬하게 되살아날 ⋯⋯ 선생님 때문으

게 사랑할 수 있는 자 ⋯⋯

요. 호의는 고맙지만 자기 옆에 홀인 삶 ⋯⋯ 신경 써서 만년 든

요." 그 여자는 정말이지 온갖 역할을 다해 ⋯⋯ 것이었다. 목욕탕에 갈

에서부터 가끔씩 토해내는 딸의 자잘한 신경질 쓰레받기. 팝송을 좋아하

지. "엄마 눈에⋯⋯ 제가 마치 괴물처럼 비춰든 것 같은데요." 우혜는 턱을

데 그러는 동안 딸과 어머니의 눈길이 얽혔다.

넣게든 영원히 살아있는 나가 되고 싶다. 아니 죽어서도 살 그러한 일을 하

라도 좋으니 문학작품을 남기고 싶다. 남이 읽고 언제까지라도 잊지 않

스고 싶다. 그래서 나는 그런 업적을 남기기 위하여 앞으로 험하디 험한 만

· 잡기 위하여 죽도록 노력하리라.

1. 호스티스와 여대생 사이

1970년대는 베스트셀러의 시대였다. 라디오와 같은 대중 미디어가 발달하면서 질적·양적으로 출판 시장이 확대되었고 따라서 재미있는 소설, 팔리는 소설에 대한 대중의 호응도 커졌다.[1] 지금의 독자들도 한 번쯤은 들어보았을 법한 《별들의 고향》, 《영자의 전성시대》, 《겨울여자》와 같은 작품이 이 시기 대형 베스트셀러로 떠올랐다. 최인호, 조선작, 조해일 등 인기 작가들이 쓴 소설은 그 인기를 업고 바로 영화화되어 다시 엄청난 흥행을 기록했다. 이를테면 《별들의 고향》의 문제적 장면, 당대 최고의 스타였던 신성일이 안인숙을 향해 던진 "경아, 오랜만에 같이 누워보는군"이란 대사는 이후 수없이 패러디될 만큼 대중에게 강한 인상을 남겼다. 영화는 본 적 없어도 신성일 특유의 '울리는' 목소리—물론 성우의 목소리였지만—로 발음되던 '경아', 자살로 생을 마감하는 호스티스의 그 이름은 기구한 운명만큼이나 사람들의 마음속을 파고들었다.

독자들에게 한 번 그리고 관객들에게 또 한 번 인기몰이를 한 이 작품들은 아무래도 그만큼 대중의 호기심을 자극하는 선정적인 내용을 소재로 삼는 일이 많았는데 흥미로운 점은 모두 주인공이 젊은 여성이었고, 그 여성이 여러 남자를 한 명씩 거치며 성적으로 성숙해가는 이야기가 핵심 줄거리였다. 노골적으로 표현하자면 "한 여자가 세 남자는 거치는 게 유행"[2]이라는 당대의 분위기 속에서 '여성의 다양한 성적 체험'이라는 소재적 측면으로 한데 묶여 이른바 '호스티스 소설'이라고 불리기도 했다.

〈별들의 고향〉이 46만 명의 관객몰이를 했다면 이보다 더 강한 흥행 돌풍을 일으킨 영화가 있다. 당시로서는 역대 최다 관객 수인 58만여 명을 기록한[3] 〈겨울여자〉는 이미 베스트셀러였던 조해일의 소설을 극화한 것이다. 상반신이 노출된 두 남녀가 껴안고 있는 에로틱한 러브신 위 환히 웃는 장미희의 청순한 얼굴을 클로즈업한 '이중적인' 영화 포스터는 배우 장미희를 영원히 〈겨울여자〉의 이화로 각인되게끔 했다. 야하면서도 청순한 여자. 개방적이면서도 순수한 여자. 원작 소설 《겨울여자》의 이화 역시 《별들의 고향》의 경아처럼 첫사랑의 실패 이후 여러 남자를 거치면서 성적으로는 개방되어 있지만 동시에 그 마음은 계산 없이 순수한 여성으로 그려진다. 남성에게 모든 것을 내주면서도 아무것도 요구하지 않는 이 '에로틱한 천사표'—전형적인 남성형 판타지 여인에게 많은 독자들은 뜨거운 환호를 보냈다. 경아나 이화 같은 여성상에 대한 돌풍이 얼마나 거셌던지, '호스티스 소설'로 묶인 작품이 대중의 대대적인 인기를 얻자 일각에서는 이에 대한 우려까지 표할 정도였다.

> 호스티스나 청순한 여대생을 내세워 그 여자로 하여금 여러 남자를 거치게 할 동안 人生(인생)과 性(성)에 눈뜨게 하는 사춘기 취향의 작품은 도시 뒷 그늘의 憂愁(우수)를 아무리 감각적으로 세련되게 그렸다 할지라도 그것은 문학의 多樣性(다양성)과는 별개의 문제로 생각되며, 오직 독자와의 만남에서 작가 자신의 도덕성과 관계될 뿐이다.[4]

"문학 풍토 개선되어야 한다"는 제목의 위 칼럼은 젊은 여성이 여러 남자를 거치는 성적 체험 자체를 소설의 중심 서사로 삼는 일련의 70년대 인기 소설을 정면으로 비판하고 있다. 《별들의 고향》이나 《영자의 전성시대》 같은 소설이 모두 순진했던 여성이 산업화 시대의 물결을 타고 시골에서 상경해 식모에서 여공으로, 버스 안내양에서 창녀로, 차례차례 단계적으로 경험하는 계급적 하강의 서사라는 것 그리고 거기에 연루된 남성들과의 성적 체험이 여성의 타락과 하강의 징표가 된다는 것을 들여다보면 당시 독자의 공통 감각이 무엇이었는지 감지된다. 국가 주도의 압축적 경제개발 속에서 생존을 위해 도시를 떠다니며 불가피하게 성적 편력을 하게 되는, 가난하고 배운 것 없는 젊은 여성은 대중의 관음증을 충족시켜주면서도 마음껏 동정할 수 있는 편리한 존재가 아니었을까. 여기에 그 여성의 순수하고 헌신적인 마음까지 더해진다면 감동은 몇 배가 될 터이다. 모두가 평등하게 가난하던 시절을 지나 빠르게 변화하는 70년대 서울 한복판에서 저마다의 생존에 던져진 고달픈 대중은 자신보다 '더 불쌍한' 이 여성들을 보고 한바탕 울면서 일종의 카타르시스를 느낄 수 있었다.

그러나 '여성의 다양한 성적 체험'이라는 유사 소재 가운데에서도 《겨울여자》는 보다 파격적이고 특수한 위치를 갖고 있다. 이러한 계열의 여자 주인공이 주로 '호스티스'로 설정된 것에서 확인할 수 있듯, 가난하고 배운 것 없어 자신의 육체를 밑천으로 살 수밖에 없었던 그간의 여성들과 달리 《겨울여자》의 주인공 이화는 중산층 집안의 명문대 여대생이라는 계급적 지위를 가진 인물이기 때문이다. 그것도 심지어 아버지의 직업은 목사. 따뜻한 가정에서 사랑 듬뿍 받고 자라난 딸.

《겨울여자》는 1975년 한 해 동안 〈중앙일보〉에 연재된 뒤, 1976년 단행본으로 출간되었다. '문지'로 불리는 출판사 문학과지성사에서 간행한 첫 번째 작품이었으며 그 즉시 베스트셀러 1위에 오르는 기록을 낳았다. 1978년에는 이미 〈영자의 전성시대〉로 인기를 얻은 스타 감독 김호선이 당시로선 신인이던 장미희를 기용하여 영화로 제작했다. 곧 영화 〈겨울여자〉 또한 엄청난 흥행작이 되었다. 소설이든 영화든 70년대 대중문화에서 명문 여대생 이화의 성적 일탈은 곧 센세이션이었고, 70년대 대중소설은 《겨울여자》를 빼놓고는 이야기할 수 없는 정도가 되었다. 《겨울여자》는 앞서 언급한 것처럼 당대 '호스티스 소설'의 일면을 보여주는 동시에 여자 주인공의 특수한 위치로 인해 새롭게 해석할 수 있는 문제적 텍스트였다. 무엇보다 이화는 남자에게 상처받지도 않고 남자 때문에 자살하지도 않으며 비극적 운명을 경험하지도 않는다. 넉넉한 집안의 사랑 많은 부모는 그녀의 평범하지 않은 선택들을 지지해주고, 만나는 남자는 모두 그녀에게 감복되어 교화된다. 그렇다면 당시 대중은 불쌍하지도 않고 쉽게 동정할 수도 없는 이화를 통해 무엇을 보고 느꼈던 것일까? 단지 많이 배웠으며 집안도 유복한 여대생이 경험하는 남성 편력에 대한 관음증 때문에? 사정은 그렇게 간단하지 않다.

2. 은유로서의 섹스와 '장치'로서의 여성

우선 작품의 줄거리를 간단히 살펴보자. 이화는 자신을 짝사
랑해온 남자, 부패한 정치인의 아들이자 그러한 아버지 때
문에 고통받는 심약한 남자 민요섭과 정서적 교감을 나누다
가 그가 육체적 접근을 시도하자 놀라 거부한다. 그러나 그
여파로 민요섭은 자살해버리고, 이화는 그로 인한 충격으로
이른바 '육체의 순결은 부질없다'는 식의 갑작스러운 각성
을 하게 된다. 그러던 이화가 대학에 입학한 뒤 만난 다음 남
자는 바로 학생운동을 하는 우석기. 자유당 정권을 비판하는
'데모꾼' 우석기를 통해 이화는 정치에도 관심을 갖게 된다.
처음으로 우석기와 육체적 사랑을 나눴지만 그는 군대에 가
서 의문사를 당하고, 이는 이화에게 큰 상처가 된다. 그러나
이화는 우석기의 절친한 친구이자 그의 죽음으로 인해 슬픔
에 빠진 수환을 달래주고자 그와 잠자리를 하기도 한다. 물
론 그렇다고 수환과 연인이 되는 것은 아니다. 이화가 수환
과 잠자리를 가진 뒤 한 말—"전 누구한테도 속해 있지 않아
요. 아무한테도요. 그리고 누구한테나 속해 있어요. 아무한테
나요. 아시겠어요?[5]—은 그녀가 남자와 관계를 맺는 방식을
집약적으로 보여준다. 허무와 상실에 빠진 남자들의 결핍을
육체로 위무해주는 것.

어느덧 이에 익숙해진 이화는 고교 시절 은사인 이혼남
허민을 만나 잠시 연애도 한다. 오히려 이 관계에서 적극적
인 것은 이화 쪽이다. 사학계의 중견 학자가 된 허민을 통해
이화는 역사의식에 대해 배우는 등 친밀한 관계를 쌓지만,

이번에도 마찬가지로 그의 청혼을 거절하고 나아가 그를 전처와 다시 이어준다. 일반적인 관점에서 본다면 이해할 수 없는 특이한 행동일 터이다. 그러던 중 집안의 권유로 선을 보게 된 안세혁의 청혼을 거절하는 대신 그를 충족시키기 위해 하룻밤을 보내기도 한다.

졸업 후 여성 잡지사에 취직한 이화. 우석기와 허민과의 만남을 계기로 정치의식과 역사의식을 키운 이화는 취재를 하던 중 인쇄소 노동자들을 보고 충격과 부끄러움을 느끼고, 영등포 구로공단에 가서 여공들의 실태를 르포로 쓰게 된다. 그리고 천막촌에서 노동운동을 하는 김광준을 만나 야학 활동을 하는 등 그의 정신적 동반자가 된다. 이발 기술까지 배워 무료 봉사를 하던 이화는 김광준과도 잠자리를 하며 친밀해지지만 역시 그의 청혼은 거절한다. 그 이유는 자신이 결혼을 하면 광준과 같은 사람을 또 돕는 것을 남편이 된 광준이 허용할 수 없으리라는 것 때문이었다. 이러한 이화의 마음을 광준도 이해한다. 그런데 알고 보니 광준은 유명 건설 회사 사장의 아들이었고 아들의 노동운동을 반대하던 아버지의 명령으로 회사 사람들이 찾아와 마을의 천막을 부수는 등 고난이 닥친다. 그러던 중 갑자기 원인 모를 화재로 동네가 불타버리고 천막도 잿더미가 되지만 그래도 두 사람은 미래에 대한 결의를 다지면서 소설은 끝이 난다. 하늘에서 펄펄 내리는 흰 눈이 불에 탄 동네를 새하얗게 덮은 가운데 그것을 바라보는 두 사람이 애정 어린 시선을 교환하는 것이 마지막 장면이다. 눈부시게 정결한 눈이 마치 모든 참혹한 현실을 깨끗하게 덮어주는 것처럼.

문제는 신체적 접촉이 두려워 야밤에 별장에서 도망치던 순진한 여고생이 이후로는 만나는 남자들과 애정 없이도 쉽게 육체관계를 가질 만큼 '개방적인' 여성이 되기까지, 또 다른 한편으로는 세상 물정 모르던 여대생이 잡지사 르포 기자가 되고 천막촌 노동운동가로 변신하기까지 이화가 보여주는 급격한 변화가 어딘가 비약적이고 부자연스럽다는 점이다. 소설 내내 이화의 섹슈얼리티는 강조되는 반면, '존재 전이'에 가까운 엄청난 변화에 따를 법한 내적 갈등이나 고민 과정은 별로 드러나지 않는다.[6] 그 정도의 변화를 감당하려면 그에 상응하는 내면의 고통이나 충돌이 필연적으로 따를 수밖에 없을 텐데 이화에게서는 거의 삭제되어 있는 셈이다.[7] 따라서 이화가 다양한 남자들을 거치며 육체로부터 해방되는 과정 역시 매우 비약적으로 그려진다. 이화는 첫 남자인 민요섭의 자살 이후 만난 모든 남자에게 어떤 심적 갈등이나 사회적 방해물 없이 육체를 제공하는데, 이는 상당히 부자연스러울 뿐 아니라 한 여성이 '육체로부터 해방되는 과정'이라는 측면에서도 급작스럽다.

　심지어는 이화가 만나는 남자 중 그 누구도 이화의 육체적 개방성에 대해 이의를 제기하지 않으며, 따라서 이화는 당시 여성들이 겪어야 했던 부당한 순결 이데올로기의 장벽을 느끼지 못한다. 70년대 사회 통념에 비추어 보았을 때 매우 어색하고 부자연스러운 설정이다. 이화는 우석기 이후 확고해진 자신의 신념, 즉 '육체의 순결은 부질없다'는 것을 여러 남자를 통해 갈등 없이 실천할 뿐이다. 이화가 스스로의 믿음대로 행동하는 데 있어서 그녀의 남자들뿐 아니라 아버지까지 거의 장애물이 되지 않으며, 오히려 처음에는 이화를 가르치려 하는 등 '사제 관계'처럼 보였던 남자들[8]은 앞서 서술했듯 모두 결국에는 그녀에게 감복하고 감화되는 대상으로 변화한다. 또한 세상의 모든 통념과 사회적 제도로부터 자유롭던 이화가 돌연 작품 후반부에 이르러 야학 교사 김광준의 뜻에 따르겠다면서 전통적인 성역할로 회귀하는 듯한 모습을 보이는 결말 역시 너무 허무하고 갑작스럽다.

즉 이화는 70년대라는 보수적인 세계와의 대결이나 치열한 갈등 끝에 얻어낸 내적 변화가 아닌, 작품 초반부 민요섭의 죽음 이후 갑자기 '저절로 주어진' 듯한 각성에 의해 소설 전반을 종횡무진한다. 이 깨달음의 과정은 이화의 심적 갈등보다는 '열병'과 같이 심하게 몸살을 앓는 설정으로 처리된다. 따라서 이화가 남자들을 여러 명 거치는 과정은 점진적이고 점층적인 성장과 성숙을 의미한다기보다, 각기 다른 상징이나 이념형의 남성들을 '반복'해서 경험하는 병렬적 구성에 가깝게 여겨진다. 범박하게 표현한다면 마치 한 세트가 끝나면 새롭게 시작되는 테트리스 게임의 다음 단계처럼.

민요섭의 자살 이후, 이화는 우석기를 만나 거의 강간에 가깝게 성관계를 '배우고', 완전한 육체의 해방을 얻게 된다. 여기에서 이화는 우석기의 "총명한 여학생"이며 그로부터 가르침을 받는 존재이다.

　　"(전략) 결국 보는 방식을 갖는 게 중요할 뿐 아니라 옳게 보는 방식을 갖는 게 더 중요한 거지. 난 이화를 예쁘고 착한 그리고 아주 총명한 여학생으로 보고 있어. 한 가지만 가르쳐 주면 금방 열 개씩 아는."[9]

위 인용문에서 알 수 있듯 석기는 이화의 선생을 자임한
다. 실제로 이화는 운동권 대학생 석기로부터 대학생들이 데
모를 하는 이유를 알게 되고, 그의 운동권 친구들과 어울리
며 사회와 정치의 부조리에 대해 인지하게 되기도 한다. 새
롭게 알게 된 사실들을 이화는 거침없이 곧바로 받아들이는
데, 여기에서 결정적 계기가 되는 것이 바로 성 경험이다. 이
화가 처음으로 성을 경험하는 것은 그녀가 열린 상태로 세계
를 보고 그것을 받아들일 수 있는 상태로 존재 전이되는 것
을 은유한다. 이화가 첫 경험을 하자 "이화가 마침내 세상의
슬픔을 알기 시작"(상, 165쪽)했다고 석기가 말하는 것은 바
로 이러한 맥락에 놓여 있다. 이때 "세상의 슬픔"은 이 세계,
즉 '사람들이 영위하는 모든 것과 그로 인해 발생한 정치, 사
회, 경제, 문화의 면면들에서 발생한 고통과 비참'을 의미한
다. 이제 이화는 그 슬픔을 무조건적으로 수용할 수 있는 상
태가 되는 것이다.

참으려 하면 할수록 슬픔은 더욱 억제할 길 없이 복받
쳐올랐다. 무엇에 연유한 슬픔인지도 분명히 알 수 없었
다. 조금 전의 고통이 되살아나서는 물론 아니었다. 그에
게 배신을 당했다는 느낌이 드는 것도 아니었다. 전에는
한번도 경험해 본 적 없는, 마음이 이상하게 방심해지는
듯한 슬픔이었다. 그가 그녀의 머리를 당겨 자기의 가슴에
안았다.

"알았어. 이화가 마침내 세상의 슬픔을 알기 시작했군. 거창한 슬픔을 알기 시작했어."

거창한 슬픔. 그 말이 이화에게는 마음속 속속들이 이상한 반향으로 울려퍼졌다. [10]

이화의 몸이 열리는 것, 즉 그녀의 섹스는 '세상의 슬픔'이라고 칭해지는 세계의 부조리를 경험하고 그러한 슬픔을 끌어안는 치유의 행위로 은유된다. 우석기를 포함하여 이화가 만나는 남성들이 모두 정치와 사회 현실에 연루된 인물이며 각자의 서사가 당시 현실의 어떤 전형을 보여준다는 점을 생각해볼 때, 이화와 남자들의 서사는 일종의 정치 우화적 성격을 갖는다. 예를 들면 민요섭은 부패한 정치인 아버지를 둔 나약한 아들, 우석기는 아버지가 빨갱이로 몰려 죽었고 그 자신은 학생운동에 연루되어 당국의 요주의 대상이 된 대학생, 그리고 허민은 정치 현실을 직접적으로 비판하지 못해 무력감에 빠진 지식인, 김광준은 부유한 사업가 아버지에게 핍박받는 노동운동가 등 제각각 '정치와 현실'을 상징하는 인물로서 이화 앞에 등장한다. 이화는 남성과 섹스하는 것이기도 하지만 동시에 그 남성이 상징하는 정치와 사회 현실을 추체험하는 것이기도 하다. 따라서 이화는 남성으로 육화된 정치와 현실의 여러 단면을 연속적으로, 혹은 병렬적으로 경험하는데 이는 마치 모험의 과정과도 같다. 문제는 이때 이화가 어떤 모험을 하는가, 어떤 남성을 만나 어떤 정치와 현실의 부조리를 탐방하는가, 즉 어떤 '남성'인가가 중요할 뿐 이화의 내적 갈등이나 질적 변화는 그다지 중요하지 않다는 점이다.

이러한 측면에서 《겨울여자》를 생각해보자. 이화는 왜 특별한 내적 동인이나 이유도 없이 끊임없이 남자를 만나고—혹은 남자들이 '저절로' 그녀 앞에 나타나고—그들은 마지막엔 갑작스럽게 죽어버리거나 전처에게 돌아가거나 하는 식으로 소설 속에서 허무하게 사라지는가? 특정한 맥락도 없이 다음 장에서 새로운 남자와의 만남이 연쇄적으로 이루어지는 이 소설의 구성은 마치 과업 중심적으로 짜인 코스워크와도 같아 보인다.

이화는 순결 이데올로기에서 자유롭고 성적으로 개방된 여성으로 그려지지만, 그러한 신념이 짐작하게 하는 것과 달리 스스로 원해서 성적 관계를 주도하는 적도 없고 한 번도 쾌감의 주체가 되지 못한다. 그것은 이화가 단순히 '남자로 육화된 정치와 세계'를 보여주어야 하기 때문에 계속해서 남성들을 편력할 수밖에 없는 위치에 있을 뿐임을 방증한다. 작품 초반부에 성에 대한 이화의 인식 변화가 급격히 이루어지는 것은 바로 그러한 편력을 위한 준비로서, 이화가 남자로 상징되는 세계를 수용할 수 있는 '열린 상태'—실질적으로는 '열린 몸'이 되어야 한다는 구성상의 필요성 때문이라고 할 수 있다. 이러한 관점으로 보면 이화는 세계를 보여주기 위한 일종의 **장치**가 된다. 이는 소설이 진행될수록 이화가 세계의 다양한 계층을 인지하고 섭렵하도록 되어 있다는 점에서도 드러난다.

이화는 처음엔 민요섭과의 요트 타기나 산속 별장 휴양과 같은 상류층의 문화, 그다음에는 우석기로 상징되는 에로

이카 음악다방 감상 같은 전형적인 대학생 문화나 슬롯머신 장 같은 남성적 놀이문화, 이후에는 대학교수 허민과의 수영장이나 야구장 체험과 같은 중산층의 여가 생활을 경험한다. 잡지사에 취직한 이후로는 얼떨결에 르포 기자가 되어 구로공단 여공이나 인쇄공 등 노동 계층의 삶을 탐방하고 이후 야학 교사 김광준을 만나서는 사회 최빈층인 소년 노동자들의 생활을 경험한다. 서사의 진행과 함께 이화라는 **장치**가 경험하는 세계가 계층적으로 구조화되어 있다는 점, 즉 계급화된 세계의 축도라는 점은 의미심장하다. 그러다 보니 매 단계에서 유기성이나 서사의 개연성이 부족한 것은 당연해 보이기도 한다. 각각의 단계를 넘어가는 과정에서의 심리적 개연성 역시 부족하며 단계를 이동할 때마다 이화의 내적 발전이 나타나는 것도 아니다. 말하자면 이 소설은 현실과 치열하게 대결하면서 변화해가는 자아의 심리적·현실적 리얼리티는 결여되어 있으며 애초에 그러한 리얼리티를 만들어내는 것이 작품의 관심사도 아니다. 주인공 이화 역시 구체적이고 복합적인 인간이라기보다는 어떤 장치의 핵심적 부분에 지나지 않는 것이다.

이화는 현실을 두루 보여주는 **장치**이기 때문에 '세계-남자'를 편력해야 하고, 필연적으로 성적으로 자유분방한 여자가 되어야 한다. 다만 이로 인한 의도치 않은 효과가 발생할 뿐인데, 가령 독자들에게 마치 성해방이나 여성해방을 위해 현실과 갈등하고 맞서는 강렬한 캐릭터로 느껴지게 된다는 점이 그렇다. 특히 이화가 도덕적이고 단정한 이미지의 명문 여대 학생이며 중산층 목사 집안의 딸이기에 그런 인상은 더욱 강화될 수밖에 없다. 조해일은 《겨울여자》를 여성해방소설로 읽는 독자의 "오해"에 대해 아래와 같이 이야기한다.

> '겨울'을 사는 이들에게 따스한 '체온'을 나눠주는 역할이 여주인공이 맡은 몫이다. 이 대목이 다소 우화적이고, 따라서 오해도 조금 낳는다. 거기에 양념으로 곁들인 여성해방에 관한 나의 짧고 어설픈 식견의 피력(물론 여주인공의 입을 빌린)이 그 오해를 증폭한다. 그리고 놀랍게도 그러한 오해들이 독자들로 하여금 그 소설을 재미있는 소설로 비치게 한 모양이다. 독자들이 아주 재미있어한다는 신문 문화부의 격려 섞인 전갈을 나는 듣게 되었다. 어떤 이유든 내 소설을 독자들이 재미있어한다는 것은 불쾌할 까닭이 조금도 없는 일이다. 여성해방소설로 오해해서 읽든, 별난 여자애의 별난 연애를 다룬 별난 연애소설로 읽든 그것은 읽는 이들의 권리이다. [11]

조해일은 이화가 "겨울을 사는 이들에게 따스한 체온을 나눠주는 역할"로서 설정된 인물, 심지어 우화적 인물이라고 말한다. 그 역할 때문에 본의와는 달리 성해방, 여성해방을 추구하는 도발적인 여자 주인공의 이미지를 얻게 되었다는 것이다. 조해일이 말한 이화의 역할은 물론 그 이전에 "겨울을 사는 이들"을 있는 그대로 보여주는 거울의 역할을 전제한다. 주인공의 (성적) 편력과 함께 세계의 비참한 현실이 하나하나 드러나고 주인공은 그때마다 그 현실에 갇힌 이들에게 "따스한 체온을 나눠주는" 과업을 수행한다. 무한한 모성적 포용력을 장착하고서. 이처럼 확고한 서사적 구도 속에서 일정한 기능, 즉 **장치**로 규정된 인물은 방황하면서 불완전한 자아를 점차 완성해가는 진정한 성장과 변화의 주인공이 되기 어렵다. 게다가 이화는 이 구도 속에서 비참한 겨울에 온기를 가져다주는 문제 해결자로서 나타나기 때문에, 사회의 기성 도덕을 뒤엎는 문제아 또는 혁명아가 될 수도 없는 것이다.

앞서 이야기한 것처럼 이화의 남성 편력은 사실 남성 그 자체가 아니라 남성으로 육화된 세계 편력이며, 민요섭, 우석기, 허민, 오수환, 안세혁, 김광준 등 이화가 거치는 각각의 남성들은 정치적 현실의 여러 측면을 대표하는 상징으로 기능한다. 그리고 모든 남성은 이화를 찬탄하고 존경하기 때문에 이들 사이에는 어떠한 다툼도 갈등도 불화도 없다. 예를 들어 이화의 마지막 남자인 김광준의 경우 이화와 결혼을 바라면서도 이에 반대하는 이화를 설득하기보다는 그 의견을 따른다. 그는 "절대로 이화형을 설득하겠다든지 하는 그런 주제넘은 생각은 해본 적이 없"다고 말하면서 그 이유는 "이화형은 나보다 훨씬 상급의 인간이기 때문"(하, 620쪽)이라고 이야기한다. 중요한 점은 이러한 구조 속에서 이화와 남성들의 관계가 초현실적으로 탈바꿈한다는 것이다. 이화는 겨울 같은 현실 속에서 남성들의 수치, 무력감, 낭패감, 그 모든 것을 무조건적으로 수용할 수 있는 존재, 남성들과의 성관계를 통해 그들의 부끄러움을 씻겨주고 그들을 치유해주는 신비로운 능력을 지닌 존재로 나타난다.[12] 이 기묘한 구조 속에서 남성들을 통해 드러나는 현실의 부조리, 예를 들면 부패한 정치인과 사업가, 군사정권의 폭압, 운동권 대학생의 좌절, 노동 현실의 비참함 등은 현실적으로 묘사되는 반면, 정작 그 비참하고 남루한 현실과의 대결은 초인적인 포용력을 가진 신비한 여성에 의한 구원과 치유라는 판타지로 비약한다. 만나는 남성과 성관계를 할 때마다 이화는 남성의 육체로 화한 세계의 거대한 슬픔이 밀려온다고 느끼고, 종국에는 그 슬픔을 껴안아줌으로써 슬픔을 해소한다는 성적 묘사는 이러한 판타지를 잘 보여준다.

> 뜨겁고 억센 몸이었다. 그녀는 커다란 슬픔이라도 껴안듯 그의 몸을 안았다. 한순간 석기의 모습이 떠올랐다. 이어 수환과 허민의 모습도 떠올랐다. 그리고 안세혁의 모습도 떠올랐다.
> 한결같이 슬픈 몸짓들을 하고 있는 모습이었다. 그녀는 그 모든 사람들을 껴안듯 그의 몸을 껴안았다. [13]

이화는 모든 것을 수용하면서 모든 이에게 위로를 주고 그들을 치유할 수 있는 존재, 비참한 현실을 살아가는 모두에게 "따스한 체온을 나눠주는" 초현실적 주인공으로 탈바꿈한다. "전 있어요. 있어도 아주 많아요. 전 우선은 우리나라 남자들은 모두 애인으로 생각하고 있거든요. 남의 희생을 딛고 사는 사람들 외에는요"(하, 559쪽)라는 이화의 말은 이를 잘 보여준다. 이화가 자신을 필요로 하는 모든 남자를 사랑하기 위해 결혼하지 않겠다는, 당시 사회의 일반적 도덕과 상식에서 한참 벗어나는 파격적 신념으로 인해 격렬한 저항과 비난에 부딪히지도 않았고 이를 실천하는 데서 어떤 근본적 타협도 할 필요가 없었다는 점을 생각해보자. 그녀는 무언가를 희생하거나 포기할 필요가 없는 것이다. 이화에겐 가족들의 애정 어린 염려 외에는 특별한 장벽이나 장애물이 없다. 남자들은 모두 그녀에게 감복한다. 현실 속에 뿌리내린 채 갈등하면서 고민하고 방황하며 생각을 바꾸고 타협하는 복잡한 과정은 이화의 삶에서 찾아볼 수 없다. 현실 속 문제로 앓고 있는 누구에게나 치유와 구원을 제공할 수 있는 초월적인 능력을 가진 이화가 스스로 갈등을 겪고 흔들릴 수는 없는 것이다.

3. '치유와 구원의 서사'라는 함정

문제는 이화가 치유와 구원이라는 달콤한 환상을 선물하는 초현실적 인물인 것을 넘어서, 이러한 초현실성이 독자들이 직시해야 할 어떤 것들—현실적 문제들을 가려버리는 가림막으로서의 역할을 한다는 데에 있다. 이화가 (성적) 편력의 과정에서 만나는 현실의 문제와 그 해결 방식 사이에는 심각한 괴리가 존재한다. 70년대의 억압적이고 부조리한 사회 현실의 리얼리즘과 그 현실과 대결하는 이화라는 캐릭터의 판타지적 성격은 매우 기형적으로 결합되어 있다. 현실 정치와 사회 문제 그리고 이를 둘러싼 복잡한 갈등은 얼마나 첨예한 것인가? 그것도 70년대 독재 사회 속에서. 그러나 현실의 정치적·사회적 갈등은 현실로부터 초월해 있는 듯한 이화의

'치유와 구원의 서사'로 손쉽게 해결되어 버린다. 이는 현실을 현실로써 해결할 수 없음을 자인하는 것이라고 할 수도 있다.

이화는 남성 인물들에게 존경과 찬양을 한 몸에 받는 '성처녀'가 되지만, 그렇다고 해서 고통스러운 현실에 대해 실질적인 해결을 도모하는 것이 아니라 늘 현실과 유리된 듯 초월하여 살 수 있는 듯한 위치에서 문제의 본질과 핵심에 어긋나는 부분적인 위안을 줄 뿐이다. 첨예한 현실은 이화라는 비현실적 인물 속에 완전히 포섭되고, 복잡한 현실의 난관은 그대로 남아 있는 것이다. 다만 현실에서 겉도는 이화의 말과 행동—정확히는 섹스가 주는 어떤 위안만이 독자의 주의를 끌어당겨 마치 문제가 해결되고 화해된 듯한 가상을 불러일으킬 따름이다. 즉 독자의 주의가 이화의 육체적 스펙터클에 온통 쏠리는 상황에서 현실에 대한 의식은 점점 멀어지고 마치 이화의 특별한 세계관과 치유 능력이 이 소설의 중심처럼 느껴지는 것이다.

이 맥락에서 특히 주목할 만한 것은 윤리적 가치관 때문에 제자와의 관계를 갈등하는 교수 허민을 설득하며 이화가 '개인'을 강조하는 대목이다. 이화는 자신은 학생이 아니고 허민은 선생이 아니며, 오직 '개인'으로만 존재하는 것일 뿐이고 그것만이 '진실'이라고 역설한다. 그리고 곧 둘은 육체적 관계를 갖고 연인이 된다. 이화는 이때 세상의 제도나 이데올로기, 사회적 관습과 규범을 오로지 개인의 감정과 자유로 뛰어넘을 수 있고 또 뛰어넘어야 한다는 낭만적·개인주의적 이상을 선포한다. 엄혹한 70년대 정치적 현실의 집단적이고 사회적인 층위를 개인적 상처와 치유, 슬픔과 위로라는 감각적·감정적 층위로 이동시키는 치환의 구조는 여기에서부터 그 시작점이 보인다. 그것이 정치적인 것의 낭만화와 개인화로 귀결되는 것은 이미 예정된 일일지도 모른다.

이화의 첫 번째 남자 민요섭과 두 번째 남자 우석기의 경우를 보자. 민요섭은 표면적으로는 이화의 거절 때문에 상처를 받아 자살한 것으로 서술되지만, 그의 죽음은 이미 그 전부터 부패한 유력 정치인인 아버지로 인해 극심한 심리적 고통을 받아온 것에서 더 근본적인 원인을 찾을 수 있다. 즉 그의 죽음의 심층적인 원인은 대단히 억압적인 사회적 지배의 논리에 있다는 것이다. 그러나 살펴본 것처럼 민요섭의 죽음은 소설의 서사적 전개 속에서 이화가 남자를 향해 닫혀 있던 태도를 극단적으로 뒤집게 하는 계기로서만 의미를 지닌다. 이화는 민요섭의 죽음이 준 충격 그리고 여기서 따라 나온 깨달음과 개인적 결단만으로 순결 이데올로기에서 완전히 자유로워지고, 그 무엇에도 구애받지 않은 채 자유롭게 섹스하고 자신의 의지를 관철할 수 있는 존재가 된다. 이때 '무엇이 부패 정치인의 아들 요섭을 죽음으로 몰고 갔는가'라는 사회적 현실을 향한 질문은 묻혀버린다.

우석기의 비극에서는 사회적·정치적 맥락이 더 직접적인 원인으로 작용한다. 그가 군대 내에서 맞이한 죽음은 묘하게 서술되는데, 공식적인 사망 원인은 교통사고로 언급되지만 단순한 사고사가 아니란 것은 소설 내 여러 군데에서 암시된다.

"……물론 도저히 수긍하고 싶지 않은 죽음이죠. 석기

가 잘못해서 당한 죽음도 아니니까요. 하지만 불가항력이
었죠. 석기보다 더 커다란 것이 석기를 죽게 했으니까요.
남은 건 이제 남은 사람들의 문젭니다. 열심히 살아야죠."[14]

"석기보다 더 커다란 것이 석기를 죽게 했"다는 말이 암
시하듯, 그 전부터 학생운동에 연루되어 당국의 주요 수사
대상이었던 대학 신문사 기자 석기가 강제 징집을 당한 군
에서 권력에 의해 죽음을 맞았으리라는 것은 충분히 짐작할
수 있는 일이다. 그런데도 그의 죽음에 대해서는 아무도 다
시 묻지 않는다. 소설 속 누구도 우석기의 의문스러운 죽음
에 대해 알아보려 하지 않고 그 정황을 구체적으로 이야기하
지 않은 채 침묵한다. 물론 이러한 침묵은 정치적 문제를 노
골적으로 언급할 수 없었던 시대적 상황에서 기인한 것이기
는 하다. 그러나 특히 문제적인 것은 권력의 폭압이 초래한
비극을 극복하는 방식이다. 민요섭의 경우와 크게 다르지 않
게 우석기의 의문사가 남긴 어두운 그림자와의 대결 또한 비
정치적이고 개인적인 차원에서 이루어진다. 이화는 우석기
의 죽음으로 인한 충격에서 완전히 벗어났다는 증표로서 석
기의 가장 친한 친구인 수환과 성관계를 가진다. 이러한 행
동에는 비극적으로 죽은 친구의 애인을 향해 성적 욕망을 품
는 것에 죄책감을 갖는 수환의 마음을 편안하게 해주려는 의
도도 들어 있다. 어쨌든 이화가 수환을 받아들이고 자신이
우석기의 죽음에서 자유롭다는 것을 보여줌으로써 수환 역
시 석기의 그림자로부터 벗어나는 홀가분함을 경험한다. 이
로써 석기의 죽음을 초래한 권력의 폭압은 은폐된 채, 그의

죽음은 이화의 사랑을 더욱 크고 깊게 하는 자양분으로 작용하고 그 죽음이 주변 사람들에게 남긴 상처는 "커다란 슬픔"(상, 257쪽)을 위로해줄 수 있는 이화의 무조건적이고 초월적인 치유력으로 회복된다.[15] 이는 결국 우석기의 죽음이 던진 현실적인 문제가 적어도 소설 내에서는 마치 해소된 것과 같은 착시 효과를 발생시킨다고 할 수 있다.

4. 편력의 중단과 완결의 환상

여러 남자들이 상징하는 다양한 정치적 현실을 병렬적으로 체험하면서, 동시에 그러한 체험을 위해 남자들을 편력하던 이화의 여정은 야학 교사 김광준에 이르러 중단된다. 소설을 읽은 독자라면, 김광준이 편력의 종착지이거나 결론이라는 생각을 하기는 어렵다. 김광준이 과연 이화의 마지막 남성일까? 마지막 남성이어야 할 특별한 이유가 있을까? 김광준 다음에 또 다른 남성을 거치게 되지 않을까? 즉, 정치와 사회 현실을 상징하는 남성들의 연쇄적 출현 가운데 그저 김광준이라는 인물에서 잠시 멈춰진 것이라는 인상을 받기 쉽다. 이화 스스로도 김광준에게 그가 결혼하기 전까지만 곁에 머물다가 떠날 것임을 밝힌다. 이화의 말에 따른다면 마치 끊임없이 이어지는 《아라비안 나이트》 속 셰에라자드의 이야기처럼 김광준 다음에는 또 다른 남성, 70년대 사회 현실의 어떤 국면을 보여주는 누군가에게로 이화가 이동할 것이라는 예상이 가능해진다. 김광준에서 이화의 편력이 멈춘

것은 어떤 '모종의 한계'로 인한 제약일 뿐, 아마 그 이후의
전개가 가능했다면 이화는 이 세계를 조망하는 **장치**로서, 또
궁핍한 현실에 온기를 나눠주는 '구원자'로서 기능하며 계속
다른 남성들을 경험했을 것이다.

그렇다면 소설의 주인공이 다양한 인물, 다양한 사건을
체험한다는 것의 본래 의미는 무엇일까. 대개 그 경험의 끝
엔 자아의 실현이나 내면의 성장이 있거나, 혹은 그 정도까
지는 아니라 하더라도 어떤 궁극적 해결이 놓여 있기 마련이
다. 마치 오디세우스처럼 긴 모험 끝에 집으로 귀환하거나,
손오공처럼 세상의 여러 요괴를 만나 싸우고 결국엔 불경을
갖고 돌아오는 것과 같이 주인공이 궁극적으로 얻으려 한 가
치를 손에 넣으면서 서사의 단락이 지어지는 것이다. 그러나
앞서 언급한 것처럼 《겨울여자》의 경우는 이와 다르게 계속
되던 편력의 연쇄가 어느 순간 뚝 끊겨버렸다는 생각을 지우
기 어렵다. 과연 이러한 경험을 통해 이화가 얻은 것은 무엇
인가?

이화에게 김광준이 마지막 남자가 되거나 편력의 정착지
가 되어야 할 필연성은 없다. 그저 '중단'된 것이다. 이화의
모든 경험, 소설의 각 장에 등장했던 남자들과의 관계에서도
그 결론은 사실 미봉책에 불과했던 것을 생각해보자. 심지어
이화는 허민을 전처와 다시 결합시켜 정상가정 이데올로기
속으로 되돌려 보내기까지 한다. 그중에서도 결말의 불완전
성이 특히 두드러지는 것이 바로 김광준과의 만남에서다. 도
토리 이발소를 운영하며 소년공들을 가르치는 김광준을 돕
기 위해 동거까지 계획하던 이화는 마을의 철거라는 절체절

명의 위기를 맞게 된다. 결국 철거가 한겨울인 지금 당장 이루어지는 것은 아니고 봄까지 미뤄졌다는 소식을 듣긴 하지만, 예정된 불행이 잠시 지연된 것에 불과하다.

문제는 위협에 맞서 이화와 광준이 어떤 현실적인 대책이나 적극적인 대응을 모색하는 과정 없이, 철거를 둘러싼 복잡한 정치적 문제가 인간의 힘 너머 어쩔 수 없는 재난의 문제로 치환되었다는 것이다. 철거 지연에 대한 대책을 세우기도 전에 갑자기 마을에는 원인을 알 수 없는 대형 화재가 발생한다. 이 화재는 "사람한텐 이런 예기치 못한 재난"(하, 698쪽)이 언제나 일어날 수밖에 없다는 정도로 의미화된다. 70년대 난개발로 인한 '철거'라는 정치 현실의 심층에 놓여 있는 복잡한 문제는 어느새 사라지고 돌연 불의의 재난으로 변질되는 것이다. 이 가운데 이화와 광준은 실질적인 사회적·정치적 갈등에 맞서 싸우고 타협하며 현실적 문제를 풀어가는 주체라기보다 그 불가항력의 자연적 재난을 딛고 일어나야 하는 휴먼 드라마 속 주인공으로 보이기에 이른다.

> "처음부터 다시 시작할 수 있소. 우리뿐 아니라 여기 모든 사람들이 다시 시작할 수 있소. 사람은 결코 불의의 재난 따위에 무릎 꿇진 않아요. 슬픔과 충격이 가시면 곧 다시 일어설 수 있을 거요. 자, 너무 슬퍼하지 말아요."
>
> "하지만, 하지만 너무 참혹해요."
>
> "그 참혹한 모습을 가려주느라고 눈이 오고 있지 않소. 그것도 이렇게 풍성한 눈이. 자, 이화형은 누구보다 어른이지 않소. 슬픔을 거둬요. 그리고 지금부터 우리가 해야

할 일이나 생각해봅시다."[16]

이러한 측면에서 소설의 마지막 장면은 의미심장하다. "풍성한 눈이, 온 누리를 온통 뒤덮기라도 할 듯 풍성한 눈이 회색의 하늘로부터 끊임없이 날려 내리고 있었다. 마치 그 참변의 현장을 감싸주기라도 하려는 듯"(하, 700쪽)과 같이 묘사된, 눈 내리는 장면은 얼마나 한없이 낭만적인가. 화재로 참혹해진 마을 위로 풍성한 눈이 내리고, 그 눈이 하얗게 온 세상을 덮고 있다는 묘사는 묘한 착각을 불러일으킨다. 실제 존재하는 현실의 부조리와 폭압, 그 심층을 들여다볼 동력은 실종되고 모든 문제는 자연스레 하얀 눈으로 가려진다. 철거는 잠시 유예된 것일 뿐, 봄이 오면 반드시 시행될 것이다. 주민들은 폭력에 시달릴 것이며 살던 터전을 빼앗길 것이다. 그러나 독자는 이제 철거의 문제에서 재난의 문제로 시야를 돌리게 된다. 인간의 의지로는 어쩔 수 없는 불가항력적 '재난'이 발생했으며, 그 '재난'을 극복할 인간 승리의 주인공들이 있고, 그들 앞에는 하얗고 풍성한 눈이 아름답게 펄펄 내리며 모든 것을 덮어주고 있다. 결국 이화의 편력은 그저 중단된 것에 불과하지만, 이러한 마지막 장면은 편력의 대장정이 마치 완결된 것 같은 '환상'을 준다.

이 가운데 희망찬 의지를 다지는—마치 낭만적 휴먼 드라마의 완결편 같은 마지막 장면은 무엇을 의미하는가? 참변의 현장 앞에서 "광준형만 따르겠어요"(하, 700쪽)라고 갑자기 돌변하여 의지하는 이화의 그 어정쩡한 태도와 참변을 가려주는 새하얀 눈이 만들어내는 보수적인 낭만성은 기존 논의에선 가부장적 이데올로기의 회귀라고 언급될 만큼 실망스러운 결말이기도 하다.[17] 그러나 이는 소설 내적으로서는 당연한 결말이라고 볼 수 있다. 앞서 말했듯 민요섭, 우석기, 허민, 김광준으로 이어지는 남성들과의 만남이 상류층에서 중산층 그리고 최빈층인 노동자 계층으로 이어지는 하강적 연쇄였다면 김광준 이후 이화는 누구를 만날 수 있을 것인가?

남성들을 품에 안아주고 그들의 욕망을 받아주며 부끄러움을 씻어주는 이화의 모습이 세상의 슬픔과 고통을 끌어안고 겨울 같은 현실을 사는 사람들에게 온기를 가져다주는 구원자의 은유적이고 신화적인 형상이라면, 그 비참한 현실을 가장 직접적이고 물질적인 차원에서 감내하고 있는 사람들, 즉 진짜 노동자 계층이 눈앞에 나타날 때 이화는 무엇이 될 수 있는가? 이화의 신비로운 힘은 오직 세계의 고통과 슬픔을 자신의 내면적 고뇌로 매개하는 동시에 이화의 육체를 갈망하는 남성 인물 앞에서만 발휘될 수 있는 것이다. 마지막에 이화가 광준만을 따르겠다고 한 것은 바로 이런 면에서 이해할 수 있다. 이는 김광준이—물론 그 역시 그만의 난관을 가졌고, 그렇기에 이화에게 의지하는 것이지만—소설에 등장하는 이화의 남자 중 가장 자립적이고 주도적으로 현실의 문제와 직접 부딪치며 해결을 모색하고 있다는 사정과도 관계가 있다. 이와 함께 이화의 힘도 약해지고 김광준의 보조적 위치에 서게 되는 것이다.

소설이 더 진행된다면 마을은 철거가 시작될 것이며 이화는 이전과는 달리 더욱 깊숙이 현실 속에 개입하고 '진짜 투쟁'을 해야 할 것이다. 이화는 더는 '겨울여자'의 신화적 형상일 수 없게 된다. 따라서 이화의 편력이 김광준에 이르러 중단되는 것은 필연적인 결과라 할 수 있다. 현실에 대한 낭만적이고 판타지적인 대답이 한계에 부딪히는 지점이기도 하며, 바로 여기서 폭발적인 정치적·계급적 갈등을 내장한 철거 문제가 자연 재난으로 치환되고 흉물스럽게 변한 폐허 위로 어떤 희망을 약속하듯 아름다운 눈이 내리는 것은 그러한 한계를 독자로 하여금 잠시 잊게 하려는 수사적 종결의 장치일 것이다.

5. 이화를 위한 변명

그렇다면 본격적인 정치적 비판을 위해 이화의 초현실적인 신비함을 파괴하고 우리 현실 속 보통의 여성으로 하강시키는 것도 선택 가능한 하나의 방법이 될 수 있지 않았을까? 그랬다면 이 소설의 본질 자체가 파괴되었을 것이고 이화는 독자들의 뇌리에 그토록 환상적으로 아련하게 남는 '겨울여자'라 불릴 수 없었을 것이다. 결혼의 개념 자체를 거부하고 놀라울 정도로 자유롭게 이 남자에서 저 남자로 성적 편력을 이어가는 여자 주인공 이화를, 모든 것을 포용하고 구원하는 '모성신'의 형상으로 끌어올린 것이야말로 이 소설이 긍정적이든 부정적이든 폭발적 반응을 이끌어낼 수 있었던 핵심 요인이 되었기 때문이다.

이러한 특징은 하권의 두 번째 장 제목이 '성처녀'라는 데에서도 드러난다. 이화를 육체적으로는 개방적이지만 정신적으로는 순결한 '성처녀'로 읽는 것은 작가 조해일이 스스로 밝힌 이화의 표지일 뿐 아니라 상당히 대중적인 독법이기도 하다. 남성들의 슬픔과 시대적 고뇌를 육체로 위로해주는 구원의 성처녀. 이화가 경험하는 남성들, 즉 부패한 정치인 아버지의 아들, 운동권 대학생, 정치적 현실에 무기력한 대학교수, 노동운동을 하는 야학 교사 등의 서사는 지극히 현실적이고 리얼리즘적인 데 반해, 모든 남성을 위로해주고 싶다는 이화의 심리와 행동은 비현실적이고 환상적이며 신화적인 여성상에 가깝다.

《겨울여자》의 대중적 성공을 이해하기 위해 더 생각해볼 것은 이화라는 주인공의 두 가지 기능, 즉 세상을 편력하며 현실의 고통을 인식하고 드러내는 기능과 그러한 현실의 고통을 끌어안고 따뜻한 온기를 나눠주는 기능이 하필이면 꼭 '남성과의 성적 만남이라는 은유로 표현되어야 했는가'라는 문제이다. 이때 이화의 섹스는 물론 남성을 받아들이면서 남성의 결핍을 채우고 위로한다는 점에서 이화라는 인물의 기능과 정확한 유비 관계를 이룬다. 그러나 정확한 유비 관계만이 이 소설에서 매력적인 여대생의 성이 중심 모티프로 채택된 유일한 이유는 아닐 것이다. '육체'와 '섹스'라는 이미지 자체가 대중에게 즉각적으로 불러일으키는 관능적이고 도발적인 특성이 오히려 더욱 결정적이었을 것이다. 지적이며 순수한 데다가 상대의 내면을 이해하는 젊고 아름다운 여성의 대가 없는 육체와 따뜻한 성性. 그것이 발휘하는 저항할 수 없는 매력은 고통스러운 현실에 대한 구원을 갈구하는 소설의 메시지가 독자에게 더 잘 받아들여지게끔 달콤한 장식으로 작용하였고, 그리하여 소설의 대중적 성공에 기여했다.

다만 그럼에도 불구하고 이화라는 여성 인물에 대해 한 가지 의미를 부여할 수 있다. 이화의 남성 편력이 성적 쾌락의 추구와는 거리가 멀고 다분히 신화적이며 우의적인 의미를 가진 설정이라고 하더라도, 전통적인 성적 금기가 점차 허물어지고 대중의 욕망이 표출되기 시작한 70년대 대중문화와 청년문화의 문맥에서 본다면 이는 분명 의미심장하다. '호스티스 소설'이라는 장르 명칭이 생겨날 만큼 여러 남자를 전전하는 여성 인물의 서사가 유행했지만, 새로운 대중의 욕망에 부응하는 그러한 소설도 여성의 남성 편력이 곧 타락과 훼손을 의미한다는 전통적 관념에서 크게 벗어나지 못하고 있었다. 이런 상황에서 다양한 남성 편력을 거치면서도 결코 훼손되거나 타락하지 않는 여자 주인공이라는 설정은 매우 파격적인 것이었고, 전통적으로 남성 인물만이 독점하고 있던 '많은 이성과의 사랑을 통한 성숙'이라는 가능성을 여성 인물에게도—비록 '성처녀'라는 비현실적 형태로이기는 하지만—부여하였다는 점에서 일정한 시대적 의미를 찾을 수 있을 것이다.

3장은 다음 논문을 바탕으로 했다.

오자은, 〈《겨울여자》에 나타난 초성장의 서사와 그 의미〉, 《한국현대문학연구》 63집, 한국현대문학회, 2021.

1 　오경복, 〈한국 근현대 베스트셀러문학에 나타난 독서의 사회사: 1970년대 소비적 사랑의 대리체험적 독서〉, 《비교한국학》 13권 1호, 국제비교한국학회, 2005, 4면.

2 　심영섭, "'겨울남자' 김추련, '배우 같지 않은 배우, 끼 없는 배우였죠 사실은'", 〈신동아〉, 2004년 8월 26일. https://shindonga.donga.com/people/article/all/13/103742/1

3 　한국영상자료원 DB 참조. https://www.kmdb.or.kr/db/kor/detail/movie/K/03153

4 　김원일, "文學 風土(문학 풍토) 개선돼야 한다" ②小說(소설)의 통속화, 〈조선일보〉, 1979년 9월 8일, 5면. 괄호 안 한글은 인용자가 표기.

5 　조해일, 《겨울여자》 하, 문학과지성사, 1977, 396쪽. 이후 본문 안의 짧은 인용은 괄호 안 권과 쪽수로 표기.

6 　곽승숙, 〈1970년대 신문연재소설의 여성 인물과 '연애' 양상 연구: 《별들의 고향》, 《겨울여자》를 중심으로〉, 《여성학논집》 23권 2호, 이화여자대학교 한국여성연구원, 2006, 159면 참조.

7 　홍재범, 〈1970년대 김승옥 시나리오의 대중적 감수성〉, 《한국현대문학연구》 36

집, 한국현대문학회, 2012, 518면 참조.

8 곽승숙, 앞의 글, 159면.

9 조해일, 《겨울여자》 상, 문학과지성사, 1977, 173쪽. 이후 본문 안의 짧은 인용은 괄호 안 권과 쪽수로 표기.

10 위의 책, 165쪽. 여기에서 '슬픔'에 대해 우석기는 이렇게 설명한다. "사람 사는 일이 온통 거창한 슬픔 꾸러미라고 할 수 있지. 사람들이 영위하는 온갖 짓거리가 말야. 태어나서 자라고, 자기 이익을 위해서 투쟁하고, 먹고 살기 위해서 싸우고, 종족을 번식시키기 위해서 본능이 지시하는 바에 따르고, 또 그러한 모든 과정에서 생기는 정치 경제 사회문화의 온갖 행태가 말야."(같은 곳.)

11 조해일, "나의 책 이야기: 《겨울여자》", 〈동아일보〉, 1990년 9월 13일, 10면.

12 이화와 남성들이 성관계를 가진 후 나누는 대화는 대개 이런 식으로 전개된다.
"이런 행동 하고 나심 후회 안 되세요?"
그가 나직이 대꾸했다.
"부끄럽지, 물론. 하지만 오늘은 조금도 부끄럽지 않아요."
"왜요?"
"글쎄, 왜 그런지 모르겠군. 뭐라고 할까. 이화형은 사람을 부끄럽지 않게 하는 이상한 힘이 있는 것 같다고 할까."(조해일, 《겨울여자》 하, 589쪽.)

13 위의 책, 588쪽.

14 조해일, 《겨울여자》 상, 254쪽.

15 "이화는 석기의 죽음을 통해서 바로 이러한 것을 자신도 모르게 체득한 여인이
    되어 있었던 것이다. 즉 언젠가는 죽을 것들에 대한 사랑이 이때 이미 그녀의 마
    음속에 자리 잡기 시작했던 것이다. 그것은 커다란 슬픔과 동행하는 사랑이었
    다." 위의 책, 257쪽.

16 조해일, 《겨울여자》 하, 699~700쪽.

17 이수현, 〈《겨울여자》에 나타난 저항과 순응의 이중성〉, 《현대문학의 연구》 33권,
    한국문학연구학회, 2007, 9면.

4장

여성은 성장할 수 있는가

우린 아직은 살아 있어요. 살아 있는 건 변화하게 마련 아녜요. 우리도 최
증거로라도 무슨 변화가 좀 있어야 게 아녜요?" 나는 목이 긴 여자를 생각
깨가 되어 흐르는 그 유려하고도 따스한 고장에 내 얼굴을 묻을 수 있었
을 못 도망칠 줄 알고 나도 함께 도망쳐 보일 테다. 더러운 거짓이 기둥목
집구석을. 나를 자유롭게 하라. 나를 자유롭게 하라. 물색 중인 완전
들로부터, 엄마가 ...... 부탁해준 인공의 순결
막대한 지참금 ...... 할머니의 불길한 저
게 하라. 나는 내 ...... 악 듣고, 영화 보고
푼돈 모아 만져 ...... 을 초대할 수
고 정결한 새 ...... 태어난 고
로운 인생을 ...... 내 세상의 슬

《레테의 연가》의 희원

군. 거창한 ......
슬픔. 그 말 ...... 으로 울려퍼졌다
으리라곤. ...... 갑자기 시인이
묻지 않으세요? 이 ...... 쯤잖은 편지
강렬하게 되살아날 ...... 선생님 때문이
게 사랑할 수 있는 자 ......
...... 호의는 고맙지만 자기 앞에 놓인 삶 ...... 신경 써서 만년 문
요." 그 여자는 정말이지 온갖 역할을 다해 ...... 것이었다. 목욕탕에 갈 다
에서부터 가끔씩 토해내는 딸의 자잘한 신경질 쓰레받기, 팝송을 좋아하
지. "엄마 눈에…… 제가 마치 괴물처럼 비쳐든 것 같은데요." 우혜는 턱을
데 그러는 동안 딸과 어머니의 눈길이 얽혔다.
......게든 영원히 살아있는 나가 되고 싶다. 아니 죽어서도 살 그러한 일을 하
......라도 좋으니 문학작품을 남기고 싶다. 남이 읽고 언제까지라도 잊지 않고
......고 싶다. 그래서 나는 그런 업적을 남기기 위하여 앞으로 험하디 험한 먼
......잡기 위하여 죽도록 노력하리라.

1. 이문열의 연애소설(?)

(전략) 우리의 만남이 사랑으로 변질될 징후를 보이면서부터 내가 그대를 상대로 꿈꾼 사랑은 그것을 통해 둘의 정신이 보다 높게 끌어올려지고, 우리 살이(生) 가진 온갖 고통스런 부하(負荷)는 그 무게가 줄어들 수 있는 어떤 것이었다. 피로이며 소모이며 부패인 성(性), 거리마다 넘쳐흐르는 그 저급한 사랑의 육화(肉化)는 처음부터 내 애정에 없었다.[1]

지금 시점에서 이 고색창연한 연서를 읽는다면 저 둘의 애처로운 사랑에도 불구하고 독자들 입장에선 아마도 촌스럽다는 생각이 먼저 들지 모른다. 정신과 육체를 구분하고 '육체적 애정'을 나누지 않았다는 것을 자신들 사랑의 징표이자 자부심으로 삼는, 이 '희한한 진심'의 시대적 배경은 1980년대이며 주인공은 유부남과 미혼 여성이다. 그러니까 불륜, 금지된 사랑이다. 이루어질 수 없는 사랑의 가장 뻔한 클리셰―나이 많은 유부남과 젊은 미혼 여성. 유부남 화가 민승우와 미혼의 잡지사 기자 희원은 아무도 모르게 사랑에 빠지고 아무도 모르게 헤어진다. 이 허락되지 않은 사랑은 '성性'을 저급하게 여기며 육체적 순결의 보호를 사랑의 최종 심급으로 놓는 이상하고 답답한 남자, 민승우가 희원의 육체에는 손도 대지 않았다는 '자부심'을 안고 프랑스 바르비종에서 보낸 엽서의 이별 인사로 마무리된다.

하루에도 몇 번씩이나 불현듯 그곳으로 돌아가고 싶은 충동도 이제 더는 나를 괴롭히지 못할 테지. 그대의 부름도 이제는 더 이상 나를 낯선 거리의 목로에서 곯아 떨어지도록 만들지는 않을 테지. 그러면 이제야말로 안녕. 진정으로 사랑했던 사람. 내 영원히 간직할 아름다움의 추상. —바르비종에서 민. [2]

헤어진 연인에게 "영원히 간직할 아름다움의 추상"이라는 말을 마지막으로 남기는 민승우의 저 문어체 고백은 연인 간 사랑에서 필연적으로 일어나는 온갖 통속의 감정을 너무나 현학적으로 감싸버리는 고전적인 표현이지만, 《레테의 연가》라는 낭만적인 제목에 어울리는 마무리라고 할 수 있겠다. 그러나 그것이 이문열의 소설이라면? 독자들은 고개를 갸우뚱할지도 모른다. 이문열과 연애소설이라니. 그것도 불륜이라니.

명실상부 이문열은 80년대 최고의 인기 작가였다. 그런데 그의 80년대 베스트셀러 목록 가운데서도 한 가지 눈에 들어오는 특이한 제목이 있다. 바로 방금 언급한 《레테의 연가》가 그것. 《레테의 연가》는 이문열을 인기 작가로 만든 《사람의 아들》이나 《젊은 날의 초상》 같은 대표작과 상당히 결이 다른 작품으로서 독특하게 눈에 띈다. 다른 작품들이 주로 사상적·지적 편린을 담은 사변적 소설에 가깝다면, 《레테의 연가》는 '연가戀歌'라는 제목에서 알 수 있듯이 연애소설이다. 그러나 이문열과 연애소설이라는 조합이 그다지 어울리지는 않았던 모양인지, 현재는 이문열의 소설 중 이런 작품이 있다는 것을 아는 사람들도 많지 않다. 젊은 미혼 여성과 유부남의 불륜이라는 통속적이고 선정적인 소재도 '이문열적'인 선택은 아니었으며, 젊은 여성의 입장을 상상해서 글을 쓴다는 것이 녹록지 않았다는 '작가의 말'에서 볼 수 있듯이 여성을 주인공이자 화자로 삼은 것 역시 이문열에게 익숙한 방식은 아니었다. 이 때문인지, 그는 의욕적인 집필 초기와는 달리 점점 "깊은 수렁에 빠져들고 있는 듯한 느낌"(268쪽)을 받았다고 고백한다.

《레테의 연가》이전까지 그의 작품들은 전반적으로 상당한 대중성을 갖추었다는 측면에서 통속성의 혐의에서 완전히 자유로울 수는 없었으나, 적어도 이문열 자신은 대중적 인기를 통속성의 증거로 간주하는 세간의 인식을 받아들이지 않았다. 그의 여러 소설 속에서 드러나는 묵직한 주제 의식과 화려한 지적 편력의 자취를 보더라도 이문열의 소설을 손쉽게 대중소설로 규정해버릴 수는 없는 것이 사실이다. 반면 《레테의 연가》의 경우, 미혼 여성과 유부남의 이루어질 수 없는 사랑이라는 선정적이고 통속적인 소재 선정과 '이문열 최초의 연애소설'이라는 식의 홍보 문구 등은 작가가 자신의 높은 인기에 편승하여 전형적인 대중소설의 영역에 발을 들여놓았다고 의심할 만한 충분한 정황을 이룬다.

그런 이유에서인지 《레테의 연가》는 이문열 작품 중에서도 평단에서 크게 주목받지 못했으며 '미달된 연애소설'로서 평가된 경우가 많았다.[3] 당시 이문열의 유일한 연애소설이라 불렸지만, '연애소설'로서는 그다지 재미가 없었다는 뜻이겠다. 유부남과 미혼 여성의 사랑 이야기에서 예상할 수 있는 어떤 비극적 애수, 그게 아니라면 연애소설 특유의 신파적 감정선 역시 딱히 찾아보기 힘든 '이상한' 연애소설인 것이다. 그런데 흥미로운 점은 애초부터 이문열은 《레테의 연가》가 사랑 이야기나 연애담으로 읽히는 것에 대해 그다지 달가워하지 않았다는 것. 그는 자신의 소설이 대중적 연애소설로 읽힐 수 있다는 것을 의식하면서도 마치 이에 저항하기라도 하듯이 "저급한 독자에게 아첨하기 위해 내 최초의 의도를 굽힌 적은 없으며"(268쪽), "젊은 여성이 자기를 돌아볼 수 있는 계기로 쓴다면 한 번 쯤은 읽어볼만한 글이 될 것임을 스스로 자부"(269쪽)한다는 '작가의 말' 속 문장으로 작품에 대한 작가적 자세를 명확히 한다. 책 표지에 있는 이문열의 '최초의 연애소설'이라는 홍보 문구가 무색하게 느껴질 만큼, 이문열은 이 작품이 "진지하고 성실한 사색의 결과"(269쪽)로서 "감미로운 사랑 이야기"(269쪽)를 기대하는 독자를 실망시킬지 모른다고 경고한다. 1994년 재발간 당시 출판사가 내건 "젊은 여성들에게 통과의례처럼 읽히고 있는 소설"[4] 이라는 신문 광고 카피 역시 이러한 작가의 태도와 맥을 같이한다. 여느 연애소설처럼 읽혀서는 안 된다는 묘한 '의지' 가 느껴지는 부분이기도 하다.

실제로 작품을 상세히 읽어보면, 작가가 고백하는 창작 의도에는 상업적·대중적 외양에 대한 자기변명 이상의 의미가 담겨 있음을 알 수 있다. 연애소설이 '연애'가 아닌 다른 것을 이야기하고자 했다면, 과연 그것은 무엇이었을까? 그것도 유부남과 미혼 여성의 연애라는 자극적인 소재를 차용하여 진짜 이야기하려던 것은 무엇이었을까? 이문열처럼 영리한 작가가 일종의 트릭을 썼다면?

소설의 줄거리는 이렇다. 잡지사 기자이자 어린 시절 문학소녀였던 미혼 여성 희원은 잠시 교사생활을 할 때 알았던 강렬한 인상의 미술 교사 민승우를 그가 화단의 주목을 받는 중견 화가 민화백이 된 이후 해후하게 된다. 교사 시절의 민승우는 같은 교사들 사이에서도 예술적 성향이 강한 독특한 사람이었고 그런 점이 희원의 호기심을 자극한다. 과거 시에 대한 열정을 가졌던 희원은 후줄근한 옷차림에 어딘가 우수에 찬 민승우에게서 예술의 광휘를 발견하고 강하게 끌렸던 것이다. 그는 다른 미술 교사와는 달리 100호 가까운 성자 수난상을 혼자 그릴 정도로 예술에 대한 진지함을 갖춘 남자로 묘사된다. 그리고 희원의 기대와 동경을 저버리지 않고 이후 화단의 유명 화가가 된다.

세월이 흘러 잡지사 기자와 화가로서 다시 만난 둘은 곧 사랑의 감정을 느낀다. 희원은 민승우에 대한 자신의 마음과 유부남인 그를 사랑하는 것에 대한 갈등, 그리고 그를 만나면서부터 다시 일깨워진 문학에 대한 갈망 등을 일기로 쓴다. 그 일기가 그대로 《레테의 연가》의 소설적 형식을 이룬다. 이런 류의 금지된 사랑에 어울릴 법하게도 민승우는 평범한 과거를 가진 인물은 아니다. 보육원에서 자라났으며 미대 중퇴 후 방랑자 생활을 하다 의탁한 간판집 딸과 결혼해 가정을 꾸리고 살았다. 많이 배우지 못한 그의 아내는 남편의 예술에 대해 존경심을 갖고 인내하며 가정을 꾸려갔지만 민승우는 예술가로서 점점 자리를 잡아갈수록 중졸 학력의 아내를 답답하게 느낀다. 화단의 명사가 되면서 아내에게 그에 맞는 품위를 원하게 되었던 것이다. 여기에는 명문대 출신에 예술적 대화가 통하는 희원을 사랑하면서 아내에 대한 불만이 커진 탓도 있다.

그러나 민승우는 희원과의 사랑이 육체적 관계로 진전되는 것을 극도로 경계하고, 별장까지 찾아와 유혹하는 희원과의 접촉을 피하기 위해 '극기'하는 촌극을 보이기도 한다. 결국 둘의 미래에 대해 번민하던 희원과 민승우는 헤어지게 된다. 희원은 더는 혼기를 놓치기 전에 결혼해야 한다는 주변의 압력에 못 이겨 몇 번 선을 보기까지 하고, 민승우는 그사이 프랑스로 떠난다. 물론 여기에서 중요한 것은 민승우는 끝내 희원과 육체적 관계는 갖지 않았다는 '자부심'을 갖고 헤어졌다는 사실이다.

간단한 줄거리에서도 느낄 수 있지만 사실상 소설 전반을 이끌어가는 주도적인 인물은 민승우이다. 거의 유사 사제 지간 같은 느낌이 들기에 그러한데, 이미 사회에서 성공한 지위를 갖춘 예술가 남성과 이제 막 예술에 입문하고자 하는 젊은 여성이라는 구도에서 민승우는 끊임없이 희원을 가르치고 계도한다. 그러나 이 소설에서 가장 흥미로운 부분은 독해의 초점을 희원으로 돌릴 때 발견된다. 즉, 나이 든 유부남 주인공의 미혼 여성과의 연애담이 아니라, 그 반대인 젊은 여성-희원의 입장에서 그녀의 변화를 따라 읽어야만 '불륜 연애담' 이면의 의미들이 떠오를 수 있다는 뜻이다. 따라서 그동안 《레테의 연가》는 '이문열 최초의 연애소설'이라는 딱지에 가려져 있었지만, 오히려 **여성 성장소설**의 측면에서 독해되어야 한다.[5] 앞서 소개한 재발간 광고 속 "젊은 여성들에게 통과의례처럼 읽히고 있는 소설"이라는 카피 역시 젊은 여성의 '성장'을 염두에 둔 문구임을 짐작할 수 있다. 그런데 본격적인 논의 전에 한 가지만 짚고 넘어가자. 성장소설이란 무엇인가? 그리고 왜 **여성 성장소설**이라는 수식어가 덧붙여져야 할까? '남성' 성장소설이라는 말은 결코 쓰이지 않는다는 사실도 함께 생각해볼 필요가 있다.

성장소설은 "젊은이의 내면적인 성장 과정"[6]을 중심으로 하여, '어떻게 한 젊은이가 인생의 방황을 겪으면서 다양한 사람들을 만나고 우정과 사랑을 경험하는지를, 다른 한편 그가 어떻게 세상의 냉정한 현실과 투쟁하면서 여러 삶을 체험하는 가운데 성숙해 나가며 참된 자신을 깨달아가는가'[7]를 구현하는 소설이라고 정의된다. 성장소설에 대해 가장 전통적인 정의를 규정한 빌헬름 딜타이Wilhelm Dilthey는 괴테의《빌헬름 마이스터의 수업시대》를 그 정본으로 삼아 "일련의 단계를 거치며 한 이상을 실현하는 발전으로서 삶"[8]을 표현하는 양식이라고 언급한다. 다만 문제는 역사적으로 '성장소설'에서 성장의 주체는 대개 남성으로 설정되었다는 점이다. 대부분 소년에서 성인 남성으로의 성장이 소설의 시간적 배경이 되었고 세계와 대결할 수 있는 자는 언제나 남성에 한정되었다. 대표적인 서양의 성장소설들—《데미안》,《토니오 크리거》,《수레바퀴 아래서》같은 작품—을 생각해보자. 주인공은 모두 예민하고 예술적 성향이 강한 소년들, 젊은 남성들이다.

이 젊은이들의 성장에는 특히 '예술'이 큰 의미를 차지한다. 프랑코 모레티Franco Moretti는 성장소설에서 '외면과 내면을 조화시키는 것, 사적인 차원과 공적인 측면 사이의 연속성'을 이루어주는 것으로서 "예술"[9]을 말한 바 있다. 풀어서 말하면 예술은 젊은이들의 성장에서 갈등과 각성, 성찰을 촉발시키는 대상이라는 것이다. 이를테면 이런 것이다. 젊은이의 예술적 성향은 기성세대와 기성 사회의 눈에는 세상 물정 모르는 철없는 욕심처럼 보일 뿐이다. 자본주의 사회에서 부모와 사회는 젊은이가 안정적인 직업인으로서 살아가길 바란다. 일반적인 세속의 삶과 그 반대편에 놓인 예술 사이에서 젊은이는 끊임없이 갈등하며 방황하지만, 그 방황과 성찰 끝에서 자기 나름대로 삶의 균형을 맞추고 조화를 이루는 '성장'을 하게 된다. 예를 들어 과거 문학소녀였으며 이후 시인으로 등단하는 희원의 성장에서도 예술은 매우 중요하게 자리한다.

이러한 측면에서 젊은 여성을 화자로 내세워 그녀의 변화와 성찰 과정을 그린 《레테의 연가》는 상당히 특별한 위치를 차지한다. 특히 작가 후기에서 밝혔듯 젊은 여성에게 자기성찰의 계기를 제공한다는 이문열의 의도, 젊은 여성들에게 통과의례처럼 읽히는 작품을 쓰고자 하는 작가의 욕망은 젊은 여성을 주인공으로 하는 성장소설적 구성으로 구체화된다. 유부남과의 '불륜'은 성장소설의 주체가 경험하는 사랑의 위기와 실연에 해당하는 것이며, 잡지사 기자로서의 직업이 있기는 하지만 아직 정확한 삶의 방향이 결정되지 않은 여자 주인공이 자신이 속한 속물적 세계와 대립하고 여러 인물을 만나고 깨달으며 예술과 삶 사이를 갈등하다가 일정한 답을 찾아간다는 줄거리 역시 전형적인 성장소설의 문법에 충실한 구성이라고 할 수 있다.

그렇다면 여기에서 질문이 발생한다. 80년대 초반, 불륜 멜로서사라는 외연에도 불구하고 또는 통속소설이라는 혐의에도 불구하고 왜 작가 이문열은 여성의 '성장'을 중심 서사로 한 소설을 내놓은 것일까? 그것도 "저급한 독자에게 아첨하기 위해"(268쪽) 쓰지 않았다는 단호하고 필사적인 입장까지 표명하면서. 뒤에 말하겠지만 이는 당시 80년대가 처한 상황들, 즉 성 개방과 대중문화의 범람, 여성의식의 신장과 같은 문화적 급변, 세계의 전반적 상업화와 속물성의 확산에 대한 작가의 시대적 반응이자 적극적 대응이라는 맥락에서 이해할 필요가 있다.[10] 그러한 사회적 변화와 발전은 80년대의 새로운 문화적 조건이기도 했지만, 보수적인 작가 이문열에게는 실감으로 다가온 '위협'이기도 했다.

소설 속에서 이러한 위협의 요소들은 희원이라는 젊은 여성을 통해 육화되거나 적어도 그녀가 겪는 경험에 연관되어 있으며, 완벽한 도덕적 이상형인 예술가 민승우는 그녀의 불륜 상대이면서도 희원의 방황을 저지하거나 달램으로써 그녀의 '원만한' 성장을 이끌어내는 특이한 위치를 점하고 있다. 여성 성장소설의 문법을 취하면서도 주인공의 성장을 견인하는 교육자적 위치에 남성 인물을 배치한 것은 '여성'으로 은유된 시대의 위협을 순치시키려는 작가 이문열의 전략이기도 하다. 그리고 이 흥미로운 구조에서 여러 질문이 다시 파생된다. 여성은 성장할 수 있는가? 여성의 성장은 어디까지 용인되는가? 용인된다면 그 성장의 '최종적 모습'은 과연 무엇인가?

2. '여성 베르테르'의 서사와 '예술'로서의 남성

이와 관련하여 특히 흥미로운 것은 희원이 일기로 내면을 고백하는 자신의 모습에 '베르테르'를 겹쳐놓고 있다는 점이다. 아래는 희원이 자신의 일기를 《젊은 베르테르의 슬픔》과 나란히 놓고 비교하는 장면이다.[11]

> (전략) 내 삶에 직접적인 연관을 맺을 수도 있는 심각한 알맹이는 쓸 수가 없다. 이제는 누가 이것을 훔쳐볼지도 모른다는 두려움 때문이 아니라, 그런 일들을 쓰려면 도무지 감정이 절제되지 않기 때문이다. 그런 면에서 이제야 《젊은 베르테르의 슬픔》이 한 인간의 진실한 내면 표출로서의 일기가 아니고 한낱 문학작품에 지나지 않는다는 것을 알 것 같다.[12]

우선 한 가지 지적할 것은 베르테르가 쓴 것은 일기가 아니라 친구 빌헬름에게 쓴 편지라는 점이다. 물론 편지라고는 하지만 사랑의 고뇌에 빠진 자의 독백적 심정 토로가 내용의 대부분을 차지하기 때문에 거의 일기에 가까운 글로 느껴지는 것이 사실이다. 그것이 착오의 원인이 되었겠지만, 이 착오는 다른 면에서도 의미심장하다. 이는 이문열이 '사랑에 빠진 여자 주인공의 일기'라는 소설 형식을 《젊은 베르테르의 슬픔》에서 빌려온 것임을 뚜렷이 보여주는 착오이기 때문이다. 또한 주인공 희원이 일기를 쓰는 자신의 어지러운 심정과 베르테르의 심정을 비교하는 것에서도 베르테르가 희원의 모델임은 분명히 드러난다.

그런데 《젊은 베르테르의 슬픔》과 《레테의 연가》 사이에는 모티프나 형식 이상의 공통성이 있다. 이문열은 괴테에게서 단순히 '일기'라는 형식만을 (잘못) 빌려온 것이 아니다. 잘 알려진 것처럼 괴테는 베르테르의 사랑 이야기를 단순히 우연히 사랑에 빠진 유부녀와 청년, 두 남녀의 운명에 관한 이야기로 만들지 않고 사랑이라는 문제 속에 당대의 세계관적·사회적 대립과 갈등을 담았다. 《젊은 베르테르의 슬픔》은 주인공의 좌절과 자살로 끝난다는 점에서 전형적인 성장소설은 아니지만, 이후 모든 성장소설의 근본 바탕이 될 '자아와 세계 사이의 불화'라는 구도를 마련했다고 해도 과언이 아니다. 함께 오시안의 시를 읽으며 감동하는, 예술을 이해하는 유부녀 로테에 대한 불가능한 사랑은 베르테르가 속물적·계산적 세계에서 겪는 모든 갈등과 불화가 응집되어 있는 초점으로 나타난다.

베르테르가 금지된 사랑을 포기하지 않은 것은 이 상황에 연루된 주요 인물이 삶과 세계에 대해 가지고 있는 근본적인 가치관과 태도 그리고 그 사이의 갈등과 관련이 있다. 베르테르가 로테를 사랑하는 이유 혹은 로테에게서 발견하는 고귀한 가치는 모두 인간과 자연, 예술에 대해 그가 품은 이상과 강하게 관련되어 있다. 베르테르는 로테를 향한 사랑을 포기하지 않음으로써, 동시에 인간의 자유로운 영혼에 대해서는 전혀 이해하지 못하면서 오직 사회적 관습에 순응하고 안주할 것만을 강요하는 편협하고 속물적인 주변 세계에 굴복하기를 거부한 것이다. 그래서 베르테르의 좌절은 단순히 한 연인의 좌절이 아니라, 그러한 이상의 좌절이다.

이문열은 괴테의 방식을 가져와 '베르테르'라고 표상되는 전형적인 예술가 청년의 고뇌와 방황을 여성 인물 희원에게 덧입힌다. 이렇게 유부남인 민승우에게서 결코 포기할 수 없는 사랑과 삶의 이상을 발견하고 깊은 위기에 빠져들어가는 희원은 베르테르의 여성 버전이 된다. 희원은 민승우를 만나기 전까지 상투적이고 무의미한 세계에서 결핍과 공허의 감정에 시달렸으며, 문학을 꿈꾸었으나 주변의 세속적인 인물들로 인해 그 꿈을 접은 바 있다. 소설이 출간된 당시의 감각으로는 꽤 나이가 든 미혼 여성인 스물여덟 살 희원에게 가족을 비롯한 주변 세계는 결혼을 삶의 다른 모든 영역보다 중대한 문제로 받아들이도록 강요하고, 희원은 결혼을 계속 지연시키면서 그것을 압도할 만한 다른 가치를 찾아 헤맨다. 그때 발견한 존재가 바로 유부남 예술가 민승우인 것이다. 그런 관점에서 민승우를 향한 희원의 사랑은 당시 사회가 미혼 여성에게 강요하는 정상적인 삶의 행로에 대한 반발이며, 사회가 규정하는 여성이 되기보다 한 개인으로서 독립적이고 주체적인 삶을 살고자 하는 소망의 표현으로 해석될 수 있다.

이는 두 가지 방식으로 구체화된다. 우선 희원이 민승우보다 적극적으로 사랑을 쟁취하려고 노력하는 주체로 그려진다는 점이다. 민승우는 희원을 사랑하지만 그것을 표현하기보다는 오히려 희원의 사랑에 반응하는 수동적 위치에 놓여 있다. 소설 전반을 이끌어가는 인물은 민승우처럼 보이지만 연애 관계, 둘의 사랑에 있어서는 사뭇 그 위치가 바뀌고

만다. 민승우는 다가가는 베르테르에 반응하는 로테의 자리에 있고, 사랑하는 베르테르적 주체는 희원이다.

두 번째는 이보다 더욱 본질적인 것인데, 희원이 예술가가 되려고 한다는 점이다. 소설의 줄거리는 희원이 민승우와의 사랑을 향해 나아가는 과정인 동시에 예술가, 즉 시인이 되어가는 과정이기도 하다. 이런 점에서도 베르테르와의 비교가 가능하다. 베르테르 역시 무엇보다도 시를 사랑하고 그림을 그리는 예술가적 청년이다. 베르테르는 어머니의 요구로 직업인이 되려고 시도하긴 하지만 사회적 장벽 앞에서 곧 포기하고 로테에게 돌아온다. 그는 다른 직업이 없다. 그의 직업은 '연인'이며, 잠재적으로는 '예술가'다. 둘 사이 사랑의 절정에 도달하는 순간이, 함께 오시안의 시를 읽는 순간이라는 것은 의미심장하다. 베르테르가 자신의 예술적 취향을 공유할 수 있는 유부녀 로테에게 빠졌듯이, 희원 역시 자신에게 잠재되어 있던 예술에의 욕망을 현현하는 존재인 유부남 민승우에 깊게 빠져든다.

희원은 시인이 됨으로써 민승우와의 사랑이 가능하다고 생각하는데, 이는 표면적으로 시인이라는 명함을 민승우와의 사랑을 위한 매개로 삼으려는 태도로 보이기도 하지만 그 이면의 진실은 예술의 화신으로 묘사된 민승우를 통해 현실에 치여 밀어두었던 문학에 대한 꿈이 되살아났다는 데 있다고 보아야 할 것이다.

"선생님은 내가 왜 갑자기 시인이 되고 싶어 하는지 묻지 않으세요? 이미 포기하다시피 한 학생 시절의 꿈이 어

줍잖은 편지 한 장으로 이렇게 강렬하게 되살아날 수 있으
리라 생각하세요" (중략)

"모두가 다 선생님 때문이에요." (중략)

"그래요. 나도 자유롭게 사랑할 수 있는 자격을 얻고 싶
은 거예요. 선생님도 자신의 이름과 예술을 이용해 이름
없는 처녀 아이 하나를 후렸다는 의심은 받고 싶지 않으시
죠? (후략)"[13]

　근대 문학의 전통에서 예술가가 된다는 것은 유용성을 향
한 사회의 요구에 순응하지 않고 개인으로서 완전한 자유와
주체성을 획득한다는 것을 의미한다. 이에 반해 시민 계급의
직업적 삶은 돈과 기능에 자아를 예속시킬 것을 요구한다.
성장소설의 한 갈래인 예술가소설이 '직업에 종사하는 시민
적 삶이냐 예술적 추구냐' 사이의 양자택일을 중심 주제로
삼아왔다는 것을 생각해보자. 이러한 양자택일의 문제는《레
테의 연가》에서도 본질적으로 살아 있다. 희원이 80년대 한
국 사회의 여성으로서 '주체'가 되고자 했을 때, 결국 문제는
직업을 가진 중산층 남성과의 맞선을 통한 '결혼이냐 예술
이냐'의 택일로 드러난다. 이때 예술의 길은 곧 민승우에 대
한 사랑으로 표현된다. 민승우가 화가로 설정된 것은 우연이
아니며, 희원이 민승우와의 해후를 꿈꾼 이유도 "그가 얻은
명성이나 예술적 성취에 대한 새삼스런 흠모와 경탄에서가
아니라, 내가 일찍부터 그를 알아보았다는, 좀 주제넘은 자
부"(32쪽) 때문이었다. 즉 민승우라는 남성은 희원에게 현실,
일상, 세속의 근본적 타자인 '예술' 그 자체로 형상화된다. 희

원의 시선에서 그는 속물적 예술가들 사이에서 고독하게 예술의 본의를 지키는 '성자'로 나타나는데, 희원이 처음 본 그의 그림이 '성자 수난상'인 이유 역시 바로 여기에 있다.

이런 의미에서 민승우는 예술가를 향한, 주체가 되기 위한 희원의 성장 과정을 견인하는 어떤 목표 지점으로서의 의미를 갖는다. 베르테르가 로테에게 자신이 생각하는 이상적 가치를 쏟아붓듯이, 희원은 민승우에게서 자신의 모든 열망을 읽어낸다.

앞서 말했듯 성장소설의 주인공이 언제나 대개 교육받은 중산층 남성에 한정되었다는 것, 즉 이 장르가 중산 계급 남성의 독점 영역[14]이었다는 점을 고려한다면 전형적인 유럽 시민 계급의 교양과 예술가적 기질을 갖춘 청년 베르테르를 80년대 한국 사회의 미혼 여성으로 치환하여 주체적 성장의 서사를 구축한 것은 상당히 새로운 시도라고 할 수 있다. 이 문열은 희원의 언어를 빌려 이 세계에서 남자들의 '성장'이 얼마나 뻔한 것인가를 비판하면서 그와는 대조적인 여성의 성장을 형상화할 것 같은 의도를 비추기도 한다.[15] 여기에서 그가 성장소설 장르의 남성적 전통을 의식하고 이와 대결하려고 한다는 것이 드러난다. 그렇다면 이 시도는 과연 성공적이었는가?

그러나 남성 성장소설과 달리 여성을 사랑과 성장의 주체로 놓는 성적 전도는 완전하게 이루어지지 못한다. 남성 주인공이 주체의 자리에 있을 때 대체로 그의 상대역인 여성은 단순히 수동적인 사랑의 대상이거나 주인공에게 예술적 영감을 불어넣는 '뮤즈'의 역할을 할 수 있을 뿐이다. 그러나 사랑과 성장의 주체가 여성으로 대체된 것에 상응하여 그 상대역인 남성도 사랑의 대상이나 뮤즈의 역할에 구속되는 일은 일어나지 않는다.

물론 민승우가 사랑의 구도에서 로테의 자리에 있고 실제로 희원의 적극적 접근에 반응하는 소극적 입장에 있는 것은 사실이지만, 그렇다고 로테처럼 수동적 대상으로만 머물러 있지는 않는다. 그는 희원이 본받고자 하는 어떤 모범인 동시에, 심각하게 고뇌하고 갈등하면서 연인을 적극적으로 이끌어가는 교육자로 나타난다. 괴테의 소설에서 작가의 분신이 베르테르였다면,《레테의 연가》에서 작가 이문열을 대변하는 것은 주인공이 아니라 주인공이 사랑하는 민승우로 보인다. 교육자로서의 민승우는 다름 아닌 이문열 자신의 입장을 대변하는 이데올로그-사상가처럼 변모하고, 이처럼 작가를 대변하는 분신의 영향 속에서 여성 베르테르의 성장 과정은 어딘가 미심쩍은 행로를 보이게 된다.

3. 시대의 위협과 상상된 죄의식: 어떻게 육체로부터 도망치는가

문제는 바로, 민승우가 희원이 이상화하는 예술가로서의 모습과는 점점 다른 면모를 드러내면서 희원의 열정을 제어하고 순화시키는 '교육자'가 되어버린다는 것이다. 뜨거운 연인도 고뇌하는 예술가도 아닌, '선생님'. 희원이 처음 민승우에게 매료된 이유는 그가 "세월이 쉬 망그러뜨릴 수 없는 홀

룡한 예술가"(28쪽)이자, 주변의 세속적 인간들에게선 발견할 수 없는 "치열한 열정, 깊이 모를 예술혼, 소년다움"(149쪽)을 지닌 진정한 화가로 보였기 때문이다. 예술에 대해 진지한 열변을 펼치는 그의 모습은 시인 등단을 꿈꾸는 희원이 시마저 그에게 배워야 할 듯한 느낌을 갖게 한다.

그런데 앞서 말했듯 민승우는 희원과의 연애 관계에서는 언제나 소극적이고 고루한 도덕주의자 같은 면모를 보인다. 예컨대 민승우는 희원과의 사랑에서 자신이 지극히 수동적인 태도를 취하는 이유에 대해 "예술가들 자신도 거의 예술 자체와 마찬가지로 도덕률의 파괴를 두려워하고"(68쪽) 있기 때문이라고 언급한다. "도덕률의 파괴"를 두려워한다는 민승우의 변명은 희원에게 그다지 호소력이 없지만 그는 자신의 주장을 끝까지 관철시키려 한다. 이 때문에 오히려 희원은 의도치 않게 끊임없이 민승우를 유혹해야 하는 입장에 놓인다. 희원은 철없이 민승우와의 육체적 관계를 열망하는 여자가 되고, 민승우는 언제나 그녀를 타이르고 집으로 돌려보내는 지루한 싸움을 계속하게 되는 것이다. 마치 《젊은 베르테르의 슬픔》에서 뜨거운 열정의 청년 베르테르를 어르고 달래다가, 베르테르의 사랑이 정점에 오른 결정적인 순간 남편의 존재를 상기시키며 과감히 문을 닫고 그를 돌려보내는 유부녀 로테처럼.

> "이를테면, 오늘밤엔 선생님의 숙소로 가는 것을 당연하게 여기는 따위의 사랑이죠. 하지만 선생님이 밑줄을 그어 놓으신 피히테도 승인한 성(性)이에요."

나는 무슨 뻔뻔스런 탕녀처럼 그렇게 말했다. 잠시 아연해 있던 그 표정이 복잡 미묘하게 변했다. 하지만 그 술집에서의 기억은 그뿐이다. [16]

민승우에게 '희원과 육체적 관계를 맺을 것인가 아닌가'는 단순히 이성 간 성적 문제에서 나아가 거의 존재의 결단에 가까운 무게를 지닌다. 1장에서 민승우가 희원에게 보낸 편지의 구절들을 떠올려보자. "피로이며 소모이며 부패인 성性, 거리마다 넘쳐흐르는 그 저급한 사랑의 육화肉化"(265쪽). 이를 80년대의 고리타분한 '순결논쟁'의 소산이라고만 보긴 어렵다. 이들이 과연 육체적 관계를 가질 것인가에 대한 호기심은 독자를 끝까지 붙들어놓는 효과를 만들기도 하지만, 이 소설의 핵심도 결국은 이토록 열렬한 사랑에 빠진 두 남녀가 어떻게 육체적 관계로부터 끝까지 도망치는가, 어떻게 그 유혹과 위협에서 가까스로 벗어났는가에 대한 서사라고 할 수 있다. 희원과 민승우의 관계는 일반적인 대중 연애소설이 보여주는 남녀관계에 대한 통념을 완전히 전도시키고 있는 바, 둘의 관계에서 적극적인 것은 언제나 희원이며 그녀를 저지시키고 육체적 접근을 거절하는 것은 언제나 민승우이다. 육체적 관계를 제안하는 여성 인물이 남성 인물에게 엄청난 위협으로 다가오는 것이다.

따라서 민승우는 그림 작업을 위해 여행을 떠난 자신을 찾아 시골의 별장까지 따라온 희원을 따돌리고자 먼저 도망쳐야만 하고, 희원은 본의 아니게 타락의 가능성을 담지한 유혹자로서 그 앞에 서게 된다. 민승우는 희원을 거절하기 위해 그녀는 "다시 살아온 내 누이"이며 자신은 "오래 모르고 지냈던 오래비"(70쪽)라고 관계를 정의한다. 또한 희원의 부모님까지 찾아가서 자신의 존재를 일부러 알리는 등 희원과의 관계에서 육체성을 배제하고자 필사의 노력을 한다.

그런데 민승우의 이러한 노력은 그가 단지 유부남이기 때문일까? 희원은 그의 결혼 여부가 상관없다고 밝히기도 했다. 민승우가 보이는 필사적인 회피 그리고 희원의 요구를 어르고 달래는 이유는 특이하게도 실제 이상으로 부풀려진 '죄의식'에서 기인한다. 소설 내내 둘은 신체적 접촉을 극도로 제한하는 와중에 문학이나 미술 등 예술과 문화에 대한 갑론을박을 주고받을 뿐이며, 마치 그런 주제에 대해 토론하기 위해 만난 사람들처럼 보이기도 한다. 그들은 '남성'과 '여성'이기 때문에 할 수 있는 그 어떤 일도 하지 않는다. 서로가 사랑하고 있다는 확신만 있을 뿐, 이성관계가 갖는 '실감'은 그들의 만남에서 잘 드러나지 않는다. 그러나 이러한 상황임에도 민승우는 마치 조금이라도 틈을 보이면 곧 타락이 예비되어 있는 것처럼 희원을 경계한다. 이와 같은 도덕적 결벽증은 어디에서 기원하는가? 뜨겁고 어두운 열정을 지닌 예술가로서의 민승우와 소심해 보이기까지 하는 도덕주의자로서의 민승우 사이에는 어떤 관계가 있는가?

그 답은 무엇보다도 예술에 대한 민승우의 태도 혹은 예술가로서의 자기의식에서 찾을 수 있다. 앞서 보았듯 시인을 꿈꾸는 희원은 문학 역시 민승우에게서 배울 수 있을 것 같다고 생각하지만, 민승우 자신은 희원이 시인이 되는 것을 달가워하지 않는 태도를 보임으로써 희원을 실망시킨다. 민승우의 이러한 태도는 예술의 가치에 대한 근본적인 회의에서 나온다. 희원이 무엇보다도 진정한 예술가로서 민승우를 존경하고 사랑하는 데 반해, 민승우 자신은 예술가라는 존재가 과거로부터 천민이었으며 현재도 본질적으로 천민의 상태를 벗어나지 못했다는 부끄러움과 죄의식에 빠져 있는 것이다.[17] 그런데 민승우에게는 이렇게 부끄러움과 죄의식을 느낄 수 있다는 것이 역설적으로 자신을 다른 예술가, 요컨대 예술에 어떤 고상하거나 대단한 가치가 있다는 자기기만에 빠진 예술가들과 구별 짓는 자기 정당화의 근거가 된다. 다른 예술과 예술가들을 향한 그의 공격적 발언은 이러한 맥락에서 이해할 수 있다.

민승우는 이미 서양에서도 맥이 끊긴 성자 수난상을 그릴 만큼 고전적인 태도로 (동료 교사들은 그의 그림을 '이발소 그림'이라고 조롱한다) 현대적 예술의 주류에서 떨어져 나와 독자적인 예술 세계를 추구하는 인물이며, 그런 입장에서 주변의 다른 예술과 예술가들을 "고급한 협잡"(103쪽)으로 몰아붙이기까지 한다. 민승우에게 비판의 대상은 문화 권력을 앞세우는 미디어의 문화부 기자들이나 실제 이상으로 자신을 과장 광고하는 사이비 예술 평론가 같은 '뻔한 속물'뿐이 아니다. 그는 전위적인 실험을 추구하는 신예들의 예술적 입장에 대해서도 대단히 비판적인데, 변화하는 현대 예술의 흐름에 본능적으로 위협을 느끼고 자신의 예술 세계를 방어하는 자세를 취한다.

전통과 사회적 인습, 도덕을 파괴하고 예술만의 독창적인 새로운 경지를 개척하는 것은 근대 예술에서 가장 중요한 가치로 여겨져왔다. 그러한 전통 파괴의 이념은 낭만주의에서 기원하여 유미주의의 '예술을 위한 예술'의 이념에서 현대 전위주의에 이르기까지 예술의 주된 전통을 형성해왔다. 전위적 실험에 대한 민승우의 의심과 비판은 그가 궁극적으로 예술의 가치를 사회적 인습이나 도덕관으로부터의 자유와 등치시키는 낭만주의적-유미주의적 예술관과 대결하고 있음을 보여준다. 그는 예술적 자유의 전통이 과거와 달리 더는 시대 비판적·저항적 성격을 가지기보다는 현대의 대중 사회에서 예술의 속화와 무책임한 육체적 욕망의 발산, 대중의 충동과 욕망에의 영합과 잘 구별되지 않는다고 생각하며, 그래서 자신이 예술가로서 지니는 고전적인 태도의 핵심에 '도덕성'이라는 가치를 끼워 넣는다. 예술의 필수 요소로 '도덕성'을 언급하는 것이다.

> "(전략) 나는 아무래도 예술을 예술답게 만드는 가장 중요한 요소 중에 하나가 도덕적인 요소란 생각을 떨쳐버릴 수가 없소. 물론 예술가들은 자유를 말하오. 그러나 가장 자유롭다고 볼 수 있는 추상예술에서조차도 그들의 자유란 기껏 어떤 특정한 양식이나 기성의 권위로부터 자유라는 뜻이지 예술의 보편원리로부터의 자유라는 뜻은 아니오. 그런데 나는 그 보편원리 가운데 하나가 도덕적인 요소라고 믿고 있소. 하기야 몇몇 천재들의 경우에는 예술적인 완성이란 지상(至上)의 명목 아래 도덕적인 요소를 희생시킨 경우가 있소. (중략) 사람들은 흔히 그 천재에 속아, 또는 그 천재의 권리로 그것을 묵인하는 경우는 있지만,

내가 그들에게 발견한 것은 보통 아닌 호색과 잔인한 배반의 연속, 그리고 세상을 향한 비열한 속임수가 자기기만에 다를 바 없는 편의주의였소. (후략)"[18]

긴 대화의 인용에서 알 수 있듯 민승우의 이러한 입장은 서사의 전개를 방해할 정도로 장황하게 제시되어 있는데, 이는 작가 이문열이 민승우라는 인물을 통해 자신의 문학관, 예술관을 대변하게 하고 있다는 인상을 불러일으킨다.

민승우가 예술가로서 갖는 정체성과 그의 예술관이 새로운 시대의 흐름에 거역하는 어떤 보수적 도덕관과 연결되어 있다는 것 그리고 그것이 작가 이문열의 입장과 상통한다는 것은 이 소설 속에 등장하는 사회의 새로운 풍속이나 문학, 예술 문제에 관한 여러 담론에서도 잘 드러난다. 희원은 잡지사 기자라는 직업의 특성상 다양한 평론가의 원고나 의견을 취합하는 일을 반복한다. 소설은 특이하게 희원이 진행하는 앙케이트나 인터뷰 결과를 매우 자세히 인용하고 소개하는데 그 주제의 대부분은 80년대 비디오 매체로 대표되는 새로운 대중문화의 문제점과 예술가, 특히 작가들의 태도에 관한 것이다. 흥미로운 점은 해당 논의 속에서 새로운 사회적·문화적 흐름이 엄숙주의와 경건주의의 파괴로 규정되며 부정적으로 문제시되고 있다는 사실이다.

엄숙주의란 우리 삶에서 한번쯤은 거쳐갈 단계인데도 이제는 세대에 관계없이 그 모습을 찾아볼 길이 없다. 여러 가지 원인이 있겠지만, 그 가장 큰 원인 가운데 하나는 비데오 매체의 저질한 프로가 끼친 영향으로 여겨진다. 그 관능적이고 선정적인 문화형태가 이 시대를 대표하는 것이고, 엄숙주의 또는 경건주의는 한물 간 것이라고 속단해 버리는 것이다. [19]

이러한 도덕주의는 특히 여성과 관련한 사회적 변화에 억압적 이데올로기로 작용한다. 소설 초반부터 유부남과 연애를 하다가 파탄에 이른 희원의 여자 선배들이 (상당히 작위적으로) 차례차례 등장하는 것에서도 알 수 있듯이, 80년대 들어 확산되기 시작한 성 개방 풍조와 여성의식 확대 그리고 여성의 취업률 증가 등 여성 문제 전반에 관한 이슈에 대해 이문열이 민승우를 포함하여 소설 속 다양한 사람들의 목소리를 빌려 드러내는 입장은 지극히 보수적이다. 자기 나름의 능력을 갖고 독신으로 살면서 유부남과의 혼외 관계를 유지하는 불행한 여성의 에피소드는 희원과 민승우 사이에서 벌어질 수 있는 일들을 예견한다. 바로 여기에 민승우의 분열과 갈등이 있다. 민승우는 그러한 관계를 이념적으로 부정하고 거부하는 입장임에도 불구하고 희원과 (거의) 그런 관계에 빠져들었기 때문이다. 민승우가 끝내 육체적 관계를 하지 않았다는 '마지막 선'을 지키고 희원을 떠나는 것은 소설의 전체적인 입장과 합치하는 결말이다.

정리해보자. 이문열은 새로운 예술의 파격성과 대중문화의 범람, 성 개방과 여성의식의 신장을 긴밀하게 상호 연결된 현상이자 전통적·도덕적 가치를 파괴하는 시대적 위협으로 보면서 '선정성'과 '저속함', 나아가 도덕적 '타락'이라는 부정적이고 불결한 이미지를 덧씌움으로써 이에 반발한다.[20] 결정적으로 이러한 타락의 위협과 그에 대한 적극적 방어라는 대립 구도는 소설 속 두 주인공의 불륜 연애서사로 상징적으로 치환된다. 이와 같은 맥락에서 희원은 '시대의 위협'의 육화이며 민승우는 그 위협과 맞서는 도덕적 힘으로 나타난다. (본의 아니게) 유혹하는 희원과 그녀의 육체로부터 자신을 방어하는 민승우의 촌극은 바로 이 때문에 발생하는 것이다. 그리고 여기에서 무엇보다 중요한 것은 바로 그 도덕적 힘이 예술가로서 민승우의 정체성에 본질적 요소를 이룬다는 점이다.

사실 엄밀하게 말하면 민승우의 개인사는 오히려 베르테르 시대의 낭만적 예술가의 전형에 가깝다. 그는 천애 고아로서 보육원에서 함께 자란 유일한 혈육인 누나는 폐렴으로 죽고, 고학으로 미술공부를 하다 생계 때문에 아편 재배라는 위법까지 저지른 적이 있는 자유롭고 외로운 젊은 시절을 보낸 인물로 그려진다. 세계와 불화하는 고독한 개인. 그러나 '민화백'이 된 민승우는 자유와 파격의 반대 입장에 서서 사회의 도덕률과 경건주의를 강하게 고수하는 전혀 다른 면모를 보인다. 아무리 시차가 있다고 해도 십수 년 사이에 한 인간의 입장이 이토록 상이하다는 것은 무엇을 의미하는가? 민승우는 현재의 자신을 구성하기 위해 과거의 자신을 부끄러운 존재로 규정하며, 과거와 현재의 낙차가 큰 만큼 더 강하게 현재의 입장에 집착한다. 민승우의 과잉된 태도에서 읽어낼 수 있는 것은 그의 도덕적 결벽증과 죄에 대한 공포가 자기 자신의 존재 증명의 문제, 인정 투쟁의 문제와 얽혀 있다는 점이다.

민승우가 다른 예술가들을 비난하는 것처럼 그의 보수성, 예술의 도덕성은 그들과 자신을 구별하는 존재 가치이며, 따라서 시대의 변화를 타고 달콤한 유혹처럼 밀려드는 위협들을 완벽히 멸균시키지 않으면 곧 자신이 타락할지도 모른다는 공포는 그의 예술가적 정체성의 중심을 차지한다. 희원과 사실 '아무것도' 하지 않았음에도, 그 유혹을 거절하지 못하면 모두가 파탄에 이를 것이라고 끊임없이 스스로를 단련시키는 '상상된 죄의식'이야말로 민승우의 정체성인 것이다.

민승우가 결국 희원을 떠나는 것은 희원 역시 타락하지 않도록 막기 위한 선택이기도 했다. 잡지 기자로서 끊임없이 변화하는 새로운 여성상을 접하면서도 여전히 과거의 결혼관이나 여성관 사이에서 갈등하고 있는 희원이 만약 민승우를 '유혹'하는 데 성공한다면, (도덕적 평가는 잠시 접어두고) 그것은 희원의 입장에서 상상으로만 경험한 여성의 주체성을 실감하게 만드는 '사건'이 될 것이다. 쉽게 육체적 관계를 갖고 파탄에 이른 여자 선배들을 등장시킴으로써 끊임없이 희원을 교화시키는 이 소설의 초반부를 생각해보자. 그러한 '사건'이 희원에게 현실이 되는 것을 막는 것, 그것이 민승우에게 주어진 절대적 소명이다. 그리고 그러한 소명의식의 배후에 80년대의 새로운 물결 속 독자 대중의 변화를 막아보려는 이문열의 욕망이 놓여 있다고 보는 것은 과장일까.

결국 과장된, 상상된 죄의식을 통해 자신에게 위협으로 느껴지는 시대의 변화를 차단하려는 욕망은 민승우의 것이기도 했고 이문열의 것이기도 했다. 그리하여 희원과 민승우의 연애서사에서 육체적 불륜의 위협을 시대의 위협으로 치환하고, 수많은 타협에의 요구 속에서도 거의 '극기에 가까운' 차단을 보이는 완벽한 도덕자 민승우 혹은 이문열이 탄생할 수 있었던 것이다.

4. '문학소녀 길들이기'와 '반反시대성'의 상품화

미술과 문학, 대중문화와 여성 등 여러 이슈에 대해 점차 이견을 보이기 시작한 희원과 민승우의 대립이 결정적으로 구체화되는 지점은 바로 희원이 시인이 되겠다고 선언하는 장면부터이다. 과거 문학소녀였고 시인의 꿈을 간직하고 있던 희원은 교사생활을 하며 본격적으로 시 창작을 하기도 했고, 잡지사에 취직하고 글을 가까이하면서 다시 시인에의 꿈을 가질 수 있었다. 그러나 민승우를 만나기 시작하던 그 시점에는 문학에 대한 꿈을 어느 정도 보류한 상태였는데, 이는 시 쓰기의 어려움 때문이 아니라 시 쓰는 사람들 때문이었다. "어떻게 이 시대 이 나라에 수천의 시인이 떼를 지어 나타날 수 있는가"(53쪽)라는 탄식에서 보이듯, 그녀는 아류와 속류만 있을 뿐 진정한 예술가가 부재하는 현실에 대해 개탄한다. 그랬던 희원은 학부 시절 은사인 C교수의 연락으로 다시 등단을 준비하게 되고 "끝내 한 지향指向, 한 과정에서 머물고 말지라도 오래 좇아온 시인이란 그 이름만은 어떻게든 얻고 싶을 때까지 있다"(158쪽)면서 자신의 포부를 드러낸다. 그리고 여기에는 바로 예술가 민승우에게 지극히 감명받은 희원의 정서적 변화, 이제는 진짜 예술을 할 수 있을지도 모른다는 생각의 변화가 동반된다. 희원이 "그에 비해 아무리 작고 초라하더라도 나 역시 나름의 이름과 세계를 가지고 있다는 것을 공적公的으로 승인받고 싶어진"(158쪽) 것은 바로 그 때문이다.

그런데 민승우에게서 예술적 감화를 받으며 시인이 되기를 꿈꾸던 희원은 역설적이게도 점차 시인의 꿈을 확실히 하면서 그의 영향력에서 결정적으로 벗어나게 된다. 희원은 자신이 등단하고자 하는 이유가 "그의 명성과 예술세계에 대한 눈 먼 추종이라는 오해에서 구원되기를 원하는 것"(158쪽)이라고 말하면서 그와 동등한 '예술가'로서의 지위와 이름을 얻고자 한다는 뜻을 분명히 한다. 이러한 주체적인 자의식은 자신을 지지해주는 C교수의 잡지사 대신 굳이 다른 잡지사를 통해 떳떳하게 등단을 하려 하는 데에서도 잘 드러난다. 실제로 "늦었지만 지금부터라도 밑바닥부터 겸손하게 성실하게 공부해가고 싶다"(227쪽)는 내용의, 열 번도 넘게 고쳐 쓴 당선 소감은 그녀의 진실성을 보여준다.

문학소녀에서 진짜 시인이 되고자 하는 희원의 예술적 열망은 성장소설의 전형적 구도 속에 배치되어 있다. 성장소설에서 주인공의 자아는 주변 세계와 대립하면서 자신만의 고유한 길을 찾아가려 한다. 이때 자아의 길은 보통 예술을 향해 있고, 주변 세계는 사회의 인습과 질서에 순응하면서 그 틀 안에서 세속적 성공을 도모하는 현실적 혹은 속물적 인물로 이루어진다. 희원에게 그러한 주변 세계는 그녀를 결혼의 길로 몰아가려는 가족과 그 요구에 따라 그녀가 맞선 자리에

나가서 만나는 속물적 남성들, 직장인 잡지사에서 그녀의 일
탈을 끊임없이 감시하는 듯한 동료 남성 박 등의 모습으로
나타난다. 박이 보부아르의 소설 《위기의 여자》를 희원의 책
상에 몰래 놓아두어 민승우와의 관계 문제에 은밀하게 간섭
하려 한 정황이 드러났을 때, 희원은 깊은 불쾌감을 느끼며
박을 향해 속으로 이렇게 중얼거린다. "이봐요. 호의는 고맙
지만 자기 앞에 놓인 삶이에요. 그쪽이나 신경 써서 만년 문
청(문학청년)이나 면하세요."(193쪽) 이 말은 희원의 삶에 대
한 태도와 지향을 집약적으로 드러낸다. 자기 앞의 삶을 살
겠다는 의지. 그리고 자기 앞의 삶이란 민승우와의 만남을
포기하지 않는 동시에 박과 같은 얼치기 속류 문청이 아닌
진정한 시인이 되겠다는 것.

　그러나 시인으로서 자립하고자 하는 희원의 예술적 열망
은 주변의 관습적·속물적 인물들에게서만 저항에 부딪히는
것은 아니다. 오히려 그녀의 길을 막아서는 가장 위협적인
힘은 역설적이게도 '진짜 예술가'의 원형처럼 여겨지는, 그
리하여 그녀가 시인이 되는 데 가장 큰 자극이 된 민승우에
게서 온다. 민승우는 그 자신이 예술에 모든 것을 투신하는
존재이면서도 희원은 그렇게 되지 말 것을 거듭 설득하려 한
다. 왜 자기가 시인이 되는 것에 대해 못마땅해 하느냐는 희
원의 질문에 민승우는 이렇게 대답한다.

　　　"바로 그 시인이란 말이 암시하는 불길한 운명—특히
　　여자에게 더욱 가혹한 삶을 요구하는 예술가의 운명……."
　　　"……."

"이건 지극히 비예술적인 생각인지 모르지만, 나는 이
　　며칠 동안 줄곧 싸포나 죠르쥬 쌍드, 브론테 자매, 버지니
　　아 울프 또는 황진이의 외롭고 쓰라리며 때로는 오욕스럽
　　기까지 했던 삶을 생각하고 우울했었소."[21]

　　그는 예술가란 근대에 이르러 신분제의 폐지와 함께 천민
의식에서 겨우 벗어났을 뿐 본질적으로 천민이라고 주장한
다. 예술가는 '사회에 대한 기여도'에 걸맞게 사회에서 천민
에 가까운 지위를 누리고 있으며 그것이 앞서 말했듯 민승우
가 자기 자신에 대해 느끼는 부끄러움과 죄의식의 근원이다.
그런데도 그가 예술가가 된 것은 "적극적인 의미의 가치 추
구"가 아니라 "이 길을 걷지 않는 것보다는 덜 허망하다"는
"소극적인 의미의 보상"(200쪽) 때문일 뿐이다. 희원은 민승
우의 이러한 고백을 듣고도 오히려 어떤 극단으로 치닫는 예
술 정신을 읽으려 한다. 희원은 예술과 예술가에 대한 민승
우의 자기비하적 주장마저 철저한 예술혼의 위악적 표현으
로 해석하지만, 분명한 것은 그의 태도가 예술을 유일한 인
간 구원의 길로 또는 종교를 대신하는 최고의 가치로 보는
예술지상주의적 관념에서 아주 멀리 떨어져 있다는 사실이
다. 민승우는 그럼으로써 역설적으로 자기 자신을 아주 특별
한 존재로 만들어낸다. 그의 논리에 따르면 그 자신은 예술
이 어떤 지고의 가치를 가진다고 믿는 다른 예술가들의 자
기기만에서 자유로운 존재인 셈이기 때문이다. 민승우는 스
스로의 천민성을 뼈저리게 자각하는 예술가로서 자신을 연
출하면서, 희원에게는 여자로서 특히 더 가혹할 그러한 삶을

선택하지 말라고 요구하는 것이다.

그런데 주목해야 할 것은 민승우의 메시지가 실상 희원을 둘러싼 주변의 세속적 인간들의 생각과 본질적으로 다르지 않다는 사실이다. 만일 예술가가 아닌 속물적인 인물이 민승우가 한 것과 똑같은 이야기를 했다고 생각해보자. '예술이란 것이 별것 아니다. 다 쓸데없는 짓이고 옛날에는 광대 같은 천민들이나 하던 일이다. 게다가 여자가 그런 천한 부류에 엮였다가는 신세 망치기 딱 좋다. 그냥 얌전히 시집가서 잘 사는 게 상책이다.'

그런 주장은 희원에게 격렬한 반발밖에는 불러일으키지 못했을 것이지만, 같은 주장이 민승우의 입에 옮겨짐으로써 예술가의 치열한 실존적 고뇌가 되고 시인을 지망하는 여성 인물에 대한 속 깊은 염려의 당부가 된다.

이 지점에서 민승우라는 고고한 인물의 이데올로기적 기능이 드러난다. 그것은 사회의 보수적·이념적 내용에 어떤 세련된 문화적 외관을 부여하는 데 있다고 할 수 있지 않을까. 그리하여 예컨대 80년대 성 개방 풍조의 확산과 함께 점점 설 자리를 잃어가는 순결 이데올로기는 민승우의 입을 통해 다음과 같은 표현을 얻는다.

> "내가 보기에는 사랑과 성을 동일한 것으로 혼동하는 것이야말로 이 시대의 가장 불행한 미신인 것 같아. (중략) 아마도 그 강력한 미신에 대한 지성의 마지막 저항이 지드의 《좁은 문》일 거요."[22]

지드의 《좁은 문》까지 인용해가면서 이로써 순결한 사랑이라는 이데올로기는 장엄하고 아름다운 비극적 몰락의 빛을 띠게 된다. 그렇다면 예술의 핵심에 도덕적인 것이 들어 있다는 민승우의 생각은 예술에 도덕성을 요구하는 도덕주의적 태도로 이해할 수도 있지만, 거꾸로 도덕적 내용에 예술적 품격이나 향취를 부여하기 위한 하나의 책략이라고 할 수도 있을 것이다. 이러한 책략을 통해 시대의 흐름에서 점차 뒤처져 가는 낡은 이데올로기가 세련된 표현 형식을 얻고, 결국 문화의 장 속에서 유통 가능한 상품으로 다시금 태어난다.

　자본주의적 발전과 이에 따른 사회와 문화의 상업화는 전통적 도덕관과 믿음을 무너뜨리고 인간 욕망의 자유로운 발산을 긍정하고 부추기는 경향을 보인다. 이때 과거의 가치는 현실과 동떨어진 것이 되고 삶 속에서 점차 구속력과 타당성을 상실하게 된다. 그러나 자본주의화, 세속화, 상업화가 전통적 사고방식과 믿음을 하루아침에 파괴하고 변동시키는 것은 아니다. 이러한 변화 과정에 대한 반응은 세대와 계층, 성별에 따라 다르게 나타난다. 전통적 가치관은 보수적 집단 사이에서 생각보다 끈질기게 생명력을 유지하며 심지어 사회 전반에 상당 기간 영향력을 발휘하기도 한다.

　다만 시대의 변화에 저항하는 구시대적 이데올로기는 많은 사람들이 여전히 믿고 그에 따라 행동한다고 하더라도 문화적 헤게모니를 유지하기는 쉽지 않다. 문화적 헤게모니란 공적인 문화의 장에서 정당한 것으로서 주장되고 통용될 수 있는 권위를 의미한다. 꽤 많은 사람들이 개인적 혹은 사적 차원에서 믿고 선호하지만, 공적으로 주장하면 낡고 시대착오적인 것으로 혹은 정치적으로 정당하지 못한 것으로 여겨지기에 공적인 문화의 장에서 숨어버린 이데올로기들이 있다. 그런 이데올로기는 실제로 파괴된 것이 아니고, 다만 문화적 헤게모니를 상실한 채 한 사회의 공식적 이데올로기의 뒤안에서 '그림자 이데올로기'로서 명맥을 이어간다.

이문열은 순결 이데올로기와 같이 시대의 변화 속에서 점차 뒤로 밀리며 촌스러운 구시대적 사고로 치부되는, 즉 문화적 헤게모니가 약화되어가는 이데올로기에 세련된 문화적·지적·예술적 포장을 제공함으로써 반시대성을 상품화하고 급격한 변화의 물결 앞에서 반발하는 독자의 복고적 성향에 호소했다. 여전히 수요는 있으나 공적인 문화의 장에서 유통되기 어렵기에 문화상품으로 만들어질 수 없는 것을 상품화한 것이다.

그렇기에 민승우가 사랑은 원래 논리적인 것이 아니라면서 자신에게 다가올 것을 설득하는 희원을 거절하고 그녀의 어머니에게 연락한 뒤 떠나는 마지막 장면은 시종일관 숙연함을 연출한다. 그동안 희원을 멀리하는 것이 '얼마나 괴롭고 긴 싸움'이었는가를 토로하는 민승우의 모습이 마치 '좁은 문'을 드디어 통과한 알리사의 비장하고 고색창연한 마지막 전언처럼 연출되는 이유는 그러한 정서의 휘장이야말로 사라져가는 이데올로기의 유통기한을 연장해주는 도구이기 때문이다.

민승우, 즉 이문열은 과거의 가치에 집착하는 독자뿐만 아니라 변화 속에서 어찌 해야 할지 몰라 불안해하는 대중,

특히 '결혼을 통한 과거의 정체성에 안착하느냐 이제까지 가본 적이 없는 독립적 삶을 향해 가느냐'라는 문제에 직면한 여성 독자에게 과거의 길로 편안히 돌아갈 것을 부드럽게 설득한다. 그 설득의 과정은 역설적인 구조로 이루어진다. 먼저 새로운 독립적 여성 주체성을 자극하는 남성 예술가의 형상이 나타나 여성에게 감춰두었던 예술적 열정을 발휘하게 한다. 그러나 정작 남성 예술가 자신은 아이러니하게도 그 열정으로 인한 파탄의 위험을 경고하면서 홀로 그 관계에서 빠져나온다. 남겨진 여성에겐 과거의 보수적·전통적 가치관에 순응하도록 유도하면서. 물론 남성 자신의 예술적 가치에 대한 찬미와 경탄만은 유지하도록 한 채.[23]

소설 속에서 희원의 성장 과정은 작가가 민승우 혹은 다른 목소리를 통해 그러한 예술화되고 세련된 복고주의적·보수적 이데올로기의 세례를 입히는 것이었다. 물론 그 세례로 인해 희원은 베르테르가 로테와의 관계에서 도달한 파탄적 결말(이를테면 자살)에서 벗어날 수 있었지만, '세계와의 불화와 어떻게 대결하는가'에 대한 동력은 잃을 위기에 처한다. 그러한 측면에서 이 소설의 제목, "레테의 연가"는 의미심장하다. "여자에게 있어서 결혼은 하나의 레테(망각의 강Ⅲ)"(3쪽)이며 "여기에 담겨진 기억들을 망각의 불 속으로 던져버리기 위한 마지막 작별의 의식"(4쪽)이라는 설명은 과거와 현재를 강 이편과 저편으로 나눈 뒤, '강을 건너는 과정'을 **여성의 성장**으로 치환한 비유이다.

그러나 여기에서 보이는 것은 성장이 아니라 오히려 치열했던 젊은 시절의 고뇌와 갈등을 모두 망각하고 청산해버려야 한다는 강요처럼 들린다. 세계와 불화하며 갈등했던 과거의 기억들이 현재의 자신을 이루는 성장의 자양분이 아니라 완전한 '청산'의 대상이 되어야 한다는 말은, 다른 한편으로는 '성장'의 본질적 의미를 완전히 배반하는 것처럼 들리기도 한다. 그렇다면 이제 질문은 마지막 남은 하나로 좁혀진다. 그리하여 희원은 어떻게 되었는가? 희원은 자신의 어머니처럼, 예술을 동경하고 이해하며 예술의 가치를 존중하되 예술에 스스로를 투신하지는 않는 교양 있는 주부가 되었는가?

민승우가 끝까지 붙잡는 희원을 거절하고 파리로 건너간 뒤 희원의 일기는 끝이 난다. 희원은 그 후로는 자신의 일기 대신 민승우로부터 온 편지 몇 통의 전문만을 싣고 있다. 둘이 물리적으로 멀어지고 보낸 이 편지에서 민승우의 말투는 연인이라기보다 완전한 '교육자'의 면모를 갖춘다. 마지막까지 민승우는 "그날 밤 그대가 보여준 그릇된 고정관념의 교정에 어떤 도움이 되고자 이 글을 쓴다"(263쪽)고 말하며 편지의 목적을 분명히 한다. 편지의 목적이 하나 더 있다면 그것은 바로 민승우가 외로운 여정 끝에 모든 유혹으로부터 자신을 지켰음을, 완전하게 방어에 성공했음을 표명하는 승리를 선언하는 것이다.

(전략) 이렇게 결말을 맺은 지금 나는 오히려 애초에 내가 원했던 걸 얻은 기분이다. 나는 무엇이든 신중하고 도덕적인 고려가 승인한 것만 승인한다. [24]

그러나 흥미로운 점은 민승우의 '승리' 선언과 같은 마지막 편지에 왜 희원이 더는 응답하지 않는가에 있다. 시종일관 희원의 일기로만 진행되던 소설은 민승우가 보낸 몇 통의 편지, 그 편지의 독백만으로 끝이 난다. 민승우 또는 이문열에게 그 마지막 편지는 자신의 승리를 그리고 (희원으로 상징된) 이미 변화하고 있는 세상으로부터의 유혹을 이겨낸 도덕자로서 갖는 만족과 도취를 의미하는 것이었겠지만, 희원은 자신이 민승우의 '교화'를 수신했는지 끝내 말하지 않는다.[25] 희원은 결코 응답하지 않는다.

　　물론 소설의 마지막이 민승우의 독백으로만 공전하다가 끝이 나버리는 것은, 일차적으로는 애초부터 정해져 있던 이 소설의 사명과 목적이 충분히 달성되었다는 작가적 만족 때문일 수 있겠다. 급변하는 80년대 중반, 이미 한층 다가온 새로운 세상을 "저급한 사랑의 육화"(265쪽)에 비유하여 독자들로 하여금 "비판 없이 받아들인 이 시대의 미신"(265쪽)에서 완전히 벗어나도록 마지막까지 당부하는 모습은 비장해 보이기까지 한다.

　　그러나 더는 남겨진 희원의 말을 들을 필요도 없어진 민승우의 자기도취는 희원의 마지막 응답을 소설 속에서 삭제해버림으로써 오히려 의외의 효과를 발휘한다. 아무도 답하지 않는 허망한 확성기 속 목소리처럼 들리는 민승우의 독백 속에서 우리는 그렇다면 이제 희원의 내면은 어디에 도달했는지 궁금해지는 것이다. 희원은 침묵함으로써 자신의 내면이 그렇게 간단하지 않음을 보여준다. 교육의 결과는 불확실한 것이었다. 이는 '희원'으로 상징되는 것들을 더는 통제할

수 없고 길들일 수 없다는 것을 알아차린 작가적 무의식의
반영이기도 하다.

4장은 다음 논문을 바탕으로 했다.

오자은, 〈여성 '베르테르'와 (불)가능한 여성 성장서사: 이문열의 《레테의 연가》를 중심으로〉, 《현대문학의 연구》 67호, 한국문학연구학회, 2019.

1 이문열, 《레테의 연가》, 중앙일보사, 1989, 264~265쪽. 이후 본문 안의 짧은 인용은 괄호 안 쪽수로 표기.

2 위의 책, 267쪽.

3 예를 들어 이재복은 이 소설이 "가부장제하의 보수적인 연애관"을 드러내며 현실적인 리얼리티 확보에 실패했지만 지난 시대의 연애의 한 전형으로서 나름의 낭만성을 보여준다고 평가한다. 이재복, 〈이문열의 작가 의식과 세계 인식 태도〉, 《비평문학》 66호, 한국비평문학회, 2017, 233면.

4 〈동아일보〉 1994년 6월 5일, 5면.

5 이러한 측면에서 이철호의 글은 시사점을 준다. 이철호는 이 작품이 여성 성장소설의 외연을 갖고 있으며 희원이 교양소설의 주인공의 자격이 있음을 지적한 바 있다. 이철호, 〈황홀과 비하, 한국 교양소설의 두 가지 표징: 이광수와 이문열을 중심으로〉, 《상허학보》 37호, 상허학회, 2013, 347~348면.

6 이보영, 진상범, 문석우, 《성장소설이란 무엇인가》, 청예원, 1999, 13쪽.

7 Wilhelm Dilthey, *Das Erlebnis und die Dichting*, Göttingen, 1970, 272쪽, 허버트 오를로브스키, 이덕형 옮김, 《독일 교양소설과 허위의식》, 형설출판사, 1996, 213쪽에서 재인용.

8 빌헬름 딜타이, 한일섭 옮김, 《체험과 문학》, 중앙일보사, 1979, 136쪽.

9 프랑코 모레티, 성은애 옮김, 《세상의 이치》, 문학동네, 2005, 69쪽.

10 1980년대는 여러모로 급변하는 시기였다. 정치적인 격변뿐만 아니라 대중문화적인 측면에서도 그러했다. 모든 측면에서 전환기와 격변기로 일컬어지는 시대였다. 경제적인 성장이 급속도로 가속화되자 컬러TV와 비디오의 보급 확대 등으로 인한 영상 미디어의 발전이 빨라졌고 대중 미디어가 빠르게 확산된 만큼 정권에서도 완전히 통제할 수 없을 정도로 문화의 활로가 다양해졌던 것이다. 또한 대중문화 속에서 성장한 베이비부머 세대들이 문화의 주 소비층으로 자리하기 시작한, 대중의 인적 구성 역시 질적으로 달라지던 시기였다고 할 수 있다. 박유희, 〈한국영화사에서 '1980년대'가 가지는 의미〉, 《영화연구》 77호, 한국영화학회, 2018, 249~256면 참조.
특히 1980년대는 여성운동 측면에서도 새로운 시대였다. 다른 사회운동과 동등하게 여성운동이 변혁운동으로서 자리하게 되었고, 여러 여성운동 단체들이 발족되었으며 여성운동 무크지 〈또 하나의 문화〉가 발간되는 등 여성 진보 인사들을 주축으로 이전 시기와는 확연히 다른 여성단체들이 설립되면서 여성운동의 대중화가 시작되었다. 배성인, 〈한국 여성운동의 새로운 지향점: 문화운동을 중심으로〉, 《사회과학논총》 15호, 명지대학교 사회과학연구소, 1999, 2-2장 참조.

11 《젊은 베르테르의 슬픔》은 예술적 성향의 청년 베르테르가 유부녀 로테를 사랑하다가 결국 그 사랑을 이루지 못하고 자살에 이르는 과정을 그린 소설이다. 이 과정에서 로테가 베르테르와 같은 예술적 취향을 갖고 있음이 부각되며 베르테

144

르는 그녀를 자신과 같은 존재로 생각하고 깊이 사랑에 빠지게 된다. 그러나 베르테르가 처음 보았을 때부터 로테는 이미 약혼자(알베르트)가 있는 처지였고 출장 나갔던 알베르트가 돌아오면서 베르테르의 심적 갈등은 더욱 깊어진다. 베르테르는 그와도 친구 사이가 되지만 로테와의 관계에서 다른 출구를 보지 못하여 떠나버린다. 그러나 로테를 잊기 위해 새로 정착한 도시에서 시민 계급의 청년으로서 귀족들 사이에서 큰 수모를 당하여 일을 그만두고 다시 로테 곁으로 돌아온다. 유부녀가 된 로테를 향한 이루어질 수 없는 사랑은 베르테르의 마음을 점점 더 병들게 한다. 베르테르는 마지막으로 로테를 방문하여 함께 오시안의 시를 읽다가 둘은 첫 키스를 한다. 로테는 여기서 더 나아가서는 안 된다고 생각하고 방으로 들어가 문을 걸어 잠그고 베르테르에게 가줄 것을 청한다. 결국 베르테르는 심부름꾼을 알베르트의 집에 보내 여행 때 쓰려 한다는 구실로 권총을 빌려오게 한다. 로테는 불길한 생각을 하면서도 심부름꾼에게 권총을 내주고, 베르테르는 유서를 남기고 자기 집에서 권총으로 자살한다.

12 이문열, 앞의 책, 146쪽.

13 위의 책, 201쪽.

14 프랑코 모레티, 앞의 책, 15쪽.

15 "남자들의 성장이란 기껏 그런 것일까. 자랑한다는 게 딱지를 뗐느니 어쨌느니 하며 군대에서 동정(童貞)을 잃은 걸 킬킬거렸고, 포부라는 게 대기업에 취직해 어물쩍 결혼이나 하겠다는 식이었다. 그런 얘기들이 진솔함으로 재미있게 받아들여지던 시절이 없었던 것은 아니다. 또 지난 사년 간의 사회생활에서 단련된

터라 남자들의 외설스러움이나 뻔뻔함이 새삼 역겨울 일도 없었다. 그런데도 막
상 황에게서 그런 것들을 보게 되자 나는 참을 수 없었다." 이문열, 앞의 책, 24
쪽.

16 위의 책, 202~203쪽.

17 "종교나 정치, 철학과 똑같은 수단을 사용하는 문학의 몇몇 행복한 경우를 제외
하면 근대까지의 모든 예술은 대개가 천민 취급을 받아왔소. (중략) 천민의식(賤
民意識)에서 벗어난 것은 사회 전반에 걸친 신분의 폐지로 천민집단이 없어진 덕
분이지 예술 독자의 신분 상승은 아니며, 예술가의 사회적인 지위가 향상된 것
처럼 보이는 것도 실은 고등교육의 대중화에 따라 예술을 중요한 교양의 일부로
여기는 속물들이 늘어난 덕분일 뿐 본질적인 지위 향상은 아니오" 위의 책, 199
쪽. "죄의식과 부끄러움—내가 쓰잘데 없는 일에 나의 삶과 동료들이 생산을 낭
비하고 있다는 죄의식과 그럼에도 불구하고 거기서 벗어나지 못하는 부끄러움
이요." 위의 책, 126쪽. 민승우는 이러한 천민의식과 자신의 죄의식, 부끄러움을
"확실히 관련이 있"(위의 책, 200쪽)다고 연결 짓는다.

18 위의 책, 236쪽.

19 위의 책, 83쪽.

20 희원의 잡지사에서 기획하는 특집은 대개 다음과 같은 것이다. "다음 호 특집은
이게 어떨까요? 〈처자 있는 남자와의 사랑〉―요즈음 노처녀들 간에는 꽤 심각한
문제가 되어있는가 보던데요. 4월 호의 〈캐리어 우먼이 늘어간다〉와 짝을 이룰
수도 있고……." 위의 책, 47쪽.

21 위의 책, 198~199쪽.

22 위의 책, 179쪽.

23 이러한 측면에서 희원의 어머니가 과거에 화가를 꿈꾸었으나 결혼으로 꿈을 접고 예술에 대한 이해와 동경을 갖춘, 그러나 예술에 헌신하지는 않은 교양 있는 주부가 되었다는 사실은 이 소설이 희원의 성장의 지향점을 어디에 두고 있는지 분명히 한다. 희원이 등단을 했다는 말에 어머니가 "우리가 어렸을 적에 여자가 시사(詩詞)에 찬란하면 창기(娼妓)의 본색에 가깝다는 말을 듣곤 했다. 하지만 엄마는 한때 그림을 그리고 싶어 했다. 네가 시(詩)를 쓰려는 걸 이해야 못 하겠니? 어쨌든 축하한다"(위의 책, 226쪽)라고 말하며, 등단은 축하하되 "적어도 다시는 쓰지 않게 되"(같은 곳)기를 바라는 내심을 드러냈다는 것에 주목해보자.

24 위의 책, 265쪽.

25 소설 처음에 희원은 자신이 곧 결혼할 상태임을 말하고 일기를 통한 회상을 시작하지만 그 결혼이 바로 여성의 구속이나 보수화를 의미하는 것이라고 하기 어렵다. 이미 희원은 소설 후반부에 자신이 "부엌과 안방으로 되돌아가기는 어려울 만큼" "오래 나돌아다닌 셈"(위의 책, 229쪽)이라고 말하며 맞선을 본 남성에게 결혼 후에도 시를 쓰겠다고 선언할 정도로 변화해 있기 때문이다.

5장

중산층 가정의 데모하는 딸들

우린 아직은 살아 있어요. 살아 있는 건 변화하게 마련 아녜요. 우리도 최

증거로라도 무슨 변화가 좀 있어얄 게 아녜요?" 나는 목이 긴 여자를 생

깨가 되어 흐르는 그 유려하고도 따스한 고장에 내 얼굴을 묻을 수 있었

을 못 도망칠 줄 알구. 나도 한번 도망쳐 보일 테다. 더러운 거짓이 기둥

집구석을. 나를 자유롭게 하 나를 자유롭게 하라. 물색 중인 완

들로부터, 엄마가 부탁해준 인공의 순결

막대한 지참금을 할머니의 불길한

게 하라. 나는 내 을 듣고, 영화 보고

푼돈 모아 만 을 초대할

고 정결한 새 태어난 그

로운 인생을 내 세상의 슬

군. 거창한

**김향숙 소설의
'언캐니'한 딸들**

슬픔. 그 말 으로 울려퍼졌다

있으리라곤, 갑자기 시인이

묻지 않으세요? 이 쩝잖은 편지

강렬하게 되살아날 선생님 때문으

게 사랑할 수 있는 자

요. 호의는 고맙지만 자기 앞에 놓인 삶이 나 신경 써서 만년

요." 그 여자는 정말이지 온갖 역할을 다하 것이었다. 목욕탕에 갈

에서부터 가끔씩 토해내는 딸의 자잘한 신경질 쓰레받기, 팝송을 좋아하

지. "엄마 눈에…… 제가 마치 괴물처럼 비춰든 것 같은데요." 우혜는 턱

데 그러는 동안 딸과 어머니의 눈길이 얽혔다.

떻게든 영원히 살아있는 내가 되고 싶다. 아니 죽어서도 살 그러한 일을

라도 좋으니 문학작품을 남기고 싶다. 남이 읽고 언제까지라도 잊지 않

쓰고 싶다. 그래서 나는 그런 업적을 남기기 위하여 앞으로 험하디 험한

잡기 위하여 죽도록 노력하리라.

1. 80년대 중산층 가정과 정치적 공간으로의 변화

"나도 中産層(중산층)이다" 70%

創刊(창간) 65周(주)… '韓國人(한국인) 意識(의식)변화'
여론조사

　(전략) 본 조사에 의하면 약 70%의 응답자들이 자기 자
신을 중류 생활층이라고 평가하는 것으로 나타났다. 자기
스스로를 상류층으로 평가한 사람은 약 3%에 지나지 않으
며, 하층으로 본 응답자는 약 26%였다. 그러나 한 가지 재
미있는 사실은 이와 같은 자기 스스로 내린 경제 계층에
대한 평가와 자신의 소득 사이에는 상관관계가 높지 않다
는 점이다.[1]

'계층', '계급', 혹은 더 고전적이고 적나라한 표현으로는 '신
분'과 같은 단어들이 한국 사회에서 갖는 힘과 파장이란 굳
이 부연하여 설명하지 않아도 될 것이다. 자신이 이 사회에
서 경제적·사회적·정치적으로 어느 위치에 있는가를 묻고
답하는 것은 적어도 한국 사회에서는 개인의 '실존'에 육박
하는 무척이나 민감한 문제이기 때문이다. 그러한 생각을 하
면서 위의 설문조사 결과를 다시 보자. 한국 사회가 경제적
으로 급격하게 팽창하고 있던 1985년에 실시한 설문이다. 머
지않아 대망의 88서울올림픽 팡파르가 울릴 것이며 모두 더
잘살 수 있을 것이라는 희망에 부풀어 있었던 시기. 그렇다
고 해도 자신이 중산층이라고 생각하는 사람들이 70퍼센트
나 된다는 것은 다소 의아하다. 문자 그대로 '중산층'이 사회

의 계층적 질서에서 '중간'에 위치한 사람들을 일컫는다고 한다면, 무려 70퍼센트의 사람들이 자신이 그렇다고 주장하는 저 여론조사의 결과는 수치보다는 일종의 상징으로서 받아들여야 더 적합할 것이다. 그렇다면 대체 무엇을 상징하는 것인가?

우선 한국 사회에서 중산층이란 어떤 존재인지부터 짚어보자. 여기서 문제는 중산층을 정의하는 개념 자체가 고정되어 있지 않을뿐더러 시대적 정의와 변화에 대한 논의 역시 간단치가 않다는 점이다. 서구와 달리 한국은 중산층의 역사가 매우 짧은 데다가 6.25 전쟁으로 모든 물질적 기반이 파괴된 후 60년대부터 80년대 사이에 걸쳐 빠르게 진행된 경제발전을 배경으로 한다는 점에서 더더욱 독특하다.[2] 6.25 전쟁 이후 모두가 평등하게 가난하던 사회에서 아주 짧은 시간에 계층적 분화가 일어나면서 경제적 부가 품위로 전환되기에 필요한 시간이 충분치 않았던 탓에, 부르주아라고 해도 상류층다운 아비투스를 갖추지 못한 졸부가 대부분이었고 서구의 중산층처럼 이상적 역할 모델을 학습한다거나 기존의 혈통 귀족에 대항한다거나 하는 방식으로 확고한 자기 정체성을 구축할 기회가 없었던 것이다.[3]

그러나 한국 사회에서 중산층이라는 존재가 먼저 정부 주도의 담론으로 구성되고, 이후 대중 스스로 욕망하는 대상으로 발전해왔다는 것에는 어느 정도 합의할 수 있을 것이라 본다. 예를 들어 60년대부터 본격적으로 시작된 중산층 담론은 경제 발전을 위해 중산층이 두터워져야 한다는 사회적 요구에서부터 출발했다고 볼 수 있다.[4] 여기에는 중산층이 양적으로 확대되는 것이 사회적 안정에 중요[5]하다는 정부의 의도가 놓여 있었다고 볼 수 있는데, 서로 중산층 정당임을 내세우려는 정치권의 경쟁 등이 이를 잘 보여준다.[6] 즉 중산층이라는 레테르는 정부가 정치적 목적에서 내건 캐치프레이즈로서, 국민들에게 '열심히 노력하면 이렇게 잘살 수 있을 것'이라 제시하는 희망의 전시 공간이었다. 그러던 것이 70~80년대에 이르러 강남 개발이 본격화되면서 '내 집 마련'이라는 뚜렷하고 가시적인 목표와 함께 중산층 진입을 꿈꾸는 대중의 욕망이 구체화되었고, 이에 따라 중산층적 삶의 양식이 점차 퍼져 나갔다.[7] 그렇게 앞선 설문조사가 상징하는 바, 자신이 중산층이라는 환상 또는 자신이 중산층이라 믿는 '귀속의식' 역시 확산되었다.

특히 중요한 것은 중산층이라는 존재가 대개 여성적인 이미지로 제시되었다는 점이다. 흔히 중산층이라고 하면 우리는 무엇을 떠올릴까? 아마도 '스위트 홈'의 이미지일 것이다. 잘 지어진 아파트 거실과 실내를 채운 윤택한 가구와 편리한 가전 기구들, 그 안에 자리한 단란한 4인 가족……. 중산층 가정은 '가족 이데올로기'의 재생산을 담당하는 여성적 공간-사적 영역으로서, 경제와 정치 중심의 공적 영역과는 분리되어 존재하며 도덕적·윤리적·종교적 교육의 장이 되어 사회적 조화를 유지하는 역할을 담당했다. 경제-정치 등의 공적 영역과 가정-집의 사적 영역이 분리되어 운영될 때 보통 가정은 전통적 성역할을 고수하는 핵심적 특질[8]을 갖게 된다. 아내, 어머니, 안주인을 중심으로 중산층 가정의 이미지가 구성되었으며, 공적 영역을 온전히 지원하는 역할로서 중산층 가정이 운영된다는 것이다. 아버지, 아들, 가장은 집 밖으로 나가 돈을 벌며 직장, 사회로 진출하고 아내와 어머니가 집 안에서 그 정서적 지원과 돌봄을 맡게 되면서[9] 필연적으로 중산층 가정은 비정치적이고 평온한 주부-여성적 이미지로 채워지게 된다.

그러나 여기에서 우리는 80년대라는 시대의 독특함을 기억할 필요가 있다. 한쪽에선 중산층에 대한 환상과 중산층적 라이프 스타일이 확산되어 일상 속에 깊숙이 파고들고 있었다면, 또 다른 한쪽에선 어떤 일이 일어나고 있었을까? 모두 알다시피 당시는 민주화의 열망을 누르고 복귀한 군부독재의 폭압적 정치와 이에 저항하는 학생들의 데모와 집회로 뜨거운 날들이었다. '사적인' 중산층 가정마저도 이러한 정치적 소용돌이에서 자유로울 수는 없었다. 80년대 소설 속에서 다수 발견할 수 있듯이, 중산층 가정의 아내는 해직 교수나 해직 교사가 되어 변해버린 남편과 맞닥뜨리게 되었고 중산층 가정의 부모는 데모하는 운동권 자식과 갈등하고 충돌하게 되었다. 즉 평온한 가정에 갑작스럽게 틈입한 이 '정치성'을 가족 구성원이 어떻게 다루고 대처하는가가 중요한 과제가 된 셈이다.

그리고 만약 여기에서 운동하는 자식이 아들이 아니라 **딸**이라면? 문제는 한층 심각해진다. 학생운동의 대중화 속에서 운동권 여대생들은 이전 시기에 비해 증가하는데, 이는 대학생 숫자 자체가 늘어난 데 비례해 여대생의 숫자가 늘어난 것과도 관련이 있다. 지속적인 정원 억제 정책으로 일관된 시기였던 70년대와 달리, 1980년부터는 대입 정원이 7만 350명 늘어나고 전문대도 2만 9,000여 명 정원이 늘어났으며 진학 희망 학생의 51.2퍼센트가 입학이 가능[10]하여 대학 문턱 자체가 매우 낮아진 것이다. 이에 비례하여 70년대만 해도 여성 대졸자는 국민의 1.6퍼센트에 불과했으나 1983년이 되면 여대생의 숫자는 전문대, 교육대, 일반대 포함 전체 정원 89만 3,126명 중 26.5퍼센트인 23만 6,617명에 다다르게 된다. 진학 비율에서 여학생의 비율이 계속 증가하는 추세였기 때문에 "수적으로는 여대생 시대"가 온 것이라는 말들도 있었다. 선진국 수준에 육박할 만큼 여대생 비율이 늘어났으니 여성의 사회적 진출을 적극적으로 독려해야 한다는 분위기도 조성되었다.[11]

그러나 현실적으로 숫자는 늘어났으나 여대생이라는 존재는 부정적 재현의 대상이기도 했다. 이전 시기에 비해 고등교육이 보편화되었다고는 하지만 1980년대에 대학에 진학한 여성은 대다수가 상대적으로 풍족한 집안의 딸들이었는데, 이는 아들은 어떻게든 대학에 보내지만 딸은 여유가 있어야 보낸다는 성차별적 교육관이 작용한 결과였다.[12] 여대생들은 "돼지의 잠"이라는 키워드로 비유되기도 했다. 이는 중산층 이상의 경제력을 가진 집안에서 태어나 노동을 면제받고 잉여적인 대학 교육의 혜택을 누리는 존재라는 편견 속에서 허영, 사치, 정치적 무관심 등으로 여대생이 이미지화되었음을 의미한다. 조금 과장해서 표현한다면, 특정한 여성 집단을 허영과 이기심의 대명사인 것처럼 묘사해온 역사는 1920~1930년대의 모던걸-신여성에서부터 시작해 이 시기 여대생으로까지 이어졌다고 할 수 있을 것이다.[13]

여대생이 그러한 고정관념을 깨고 정치적 운동에 투신하더라도 사정은 크게 나아지지 않았다. 1980년대 학생 운동권역시 가부장적 구조 속에 갇혀 있었으니, 운동과 혁명의 주체는 언제나 열사와 전사로 상징되는 남성 모델[14]이었으며여성은 정치적 주체가 아니라 남성의 보조자나 조력자 정도로만 여겨졌다. 즉 운동권 여대생은 남성의 '큰일'을 도와주는 것 이상의 정치적 행보를 보이기 어려웠다.

남자가 벌떡 일어나서 출입문으로 걸어 나갔다. 여자는
군말 없이 남자의 뒤를 따랐다. 신태환은 머리를 흔들었
다. 오나가나 아줌마들이 골때린다니까… 물귀신처럼 물
고 늘어지는 데는 당할 수가 없는 거지 뭐. 혼잣말하듯 웅
얼대면서. 남자들은 여자들이 감정이라곤 없는 인형처럼
움직여 주기를 바라는 것 같다고 인애는 말했다. 어조는
강경했다. 어째선지 그 순간 아버지의 모습이 떠오른 때문
인지도 몰랐다. [15]

"도처에 쓰레기 같은 남자들이 널렸어. 골수에까지 남
자들 저희들이 여자들 상전이라는 생각이 인처럼 박혀 있
는 거야. 지지배들, 쓸모없는 지지배들 하며 딸년들을 밤
낮으로 못마땅한 눈으로 보았던 우리 아버지에서부터 운
동한다고 나선 것들 중에서도 여자들한테는 저희 보조역
할이나 떠맡기려는 것들이 얼마나 많은 형편인데 운동하
는 여자가 좋다고 나하고 결혼했던 우리 서방도 결국엔 다
르지 않았는데 뭘. 자식새끼 남편은 어떻게 되든 운동만

하고 다니면 다냐. 술에 취하면 본심을 털어놓기 일쑤 아니었겠어."[16]

위의 인용문은 김향숙의 〈얼음벽의 풀〉에 나오는 대목이다. 함께 노동운동하는 여자들을 '아줌마들'이라고 부르고 그들을 "물귀신처럼 물고 늘어지는" 존재라 폄하하는 남성의 혼잣말을 들으며 공장에 위장 취업한 운동권 여대생 인애는 생각한다. "남자들은 여자들이 감정이라곤 없는 인형처럼 움직여주기를 바라는 것 같다"고. 같은 노동운동 동지임에도 여자들에게는 보조역할만 맡기면 된다고 생각하는 남성들의 이중적인 사고방식은 운동권 내부에서 남자가 하는 일과 여자가 하는 일, 이른바 '성별 분업'이 있었다는 것을 잘 보여준다. 여성 입장에서 이러한 차별의 벽을 넘는 것, 술에 취하면 슬그머니 본심을 털어놓는 남성들 사이에서 자신을 독립적인 정치적 주체로 가시화하는 것은 만만치 않은 일이었다. 이러한 측면에서 본다면 안정적인 중산층 가정에서 자라나 가족들의 뒷바라지를 받으며 대학에 진학한 **여대생**이 노동운동에 발을 들여놓으면서 겪게 되는 투쟁이란 부조리한 사회와의 투쟁만을 의미하는 것이 아니었다. 운동권 내부의 남성 중심성에 대한 투쟁 그리고 무엇보다 낳고 키워준, 그러나 이제는 빠져나온 가정과의 투쟁이 복잡다단하게 얽혀 있는 총체적 고투의 과정인 것이다.

여기에서 잠깐 김향숙이라는 작가에 대해 이야기할 필요가 있다. 아주 대중적인 작가라고는 할 수 없겠지만, 등단 이후 그녀가 특히 중산층 가정의 운동권 여대생과 그 어머니를 주인공으로 한 소설을 다수 집필했다는 사실은 주목할 만하다. 중산층 가정의 아내나 딸이라는 소재는 다소 소박하게 평가되어 왔으나, '80년대 초반 운동권 여대생'과 '그 딸을 바라보는 엄마'라는 독특하고도 드문 문제 설정은 그렇게 소박하게 취급할 수 없다. 김향숙은 이와 같은 모녀 관계에서 벌어지는 이야기를 소설의 기둥으로 삼음으로써 노동운동을 소재로 한 다른 남성 중심의 소설이 말하지 못한 것들에 대해 문제를 제기할 수 있게 된 것이다. 운동과 혁명의 주체가 아닌, 적당한 정치적 몫을 차지하지 못하고 가장자리로 밀려나 사적 영역에 갇혀 있던 어머니와 딸이 80년대의 정치적 상황에 어떻게 반응하고 대응하는지를 살피는 데 있어 김향숙 소설은 하나의 길을 제시한다.

이로써 우리는 중산층 가정을 지탱하는 가장 사적인 존재였던 아내, 어머니, 주부가 어느 날 갑자기 운동권이 되어 돌아온 딸—즉 자신의 가정에 틈입한 '정치성'을 어떻게 받아들이는지 그 복잡한 감정의 지형도를 들여다볼 기회를 갖게 될 것이다. 가장 비정치적으로 여겨졌던 존재들의 정치적인 자리에 대해.

2. 여대생과 노동자 사이: 운동권 여대생의 위치

흔히 한 국가의 대통령, 왕, 그러니까 최고 권력자를 '국부'로 부르는 것, 혹은 기독교에서 가장 높은 곳에 위치한 신성인 '하나님'을 '하나님 아버지'로 호명하는 것은 일종의 관습처럼 굳어져 있다. 가족적 질서는 사람들이 권력 관계를 상상하는 데 있어 의식적·무의식적 차원에서 작용하는 가장 기본적인 범주이며, 가족 경험은 정치적 환상의 많은 부분의 원천을 이루고 있기 때문이다.[17] 특히 권력 구도에 민감한 정치적 장에서 각 주체는 일종의 가족적 은유로 성별화된다.[18] 여기서 특히 문제가 되는 것은 이러한 의미화가 기본적으로 남성 중심성을 택하고 있다는 것이다. 예를 들어 1980년대 운동권 문화에서 남성들은 정치적 카리스마를 상징하는 '형제'로서 표상된 반면, '어머니'는 정치적이라기보다는 도덕적 주체로 부각되었으며 '딸'의 자리는 애초에 없었다. 공히 '여성성'은 '정치의 타자'로서 비정치적이고 개인주의적인 자리에 남겨졌기 때문이다.[19] 여성들에게 가장 적합한 자리는 사적 영역으로 여겨졌고, 그렇기에 공적이고 정치적인 삶에서 배제되곤 했다. 따라서 이때 딸들이 자신의 정치적 자리를 확보하는 방법은 남성적 카리스마를 가진, 여성성을 지우고 남성화된 딸로서 그 역할을 떠맡는 것이었다. 그게 아니라면 아들들이 지켜주어야 하는 누이로서의 자리에 머물 뿐이었다.

그렇다면 이러한 구조적인 한계 속에서 운동권 여대생이자 중산층 가정의 딸인 여성은 어떻게 자신을 정치적인 주체로 가시화할 수 있었을까? 김향숙 소설은 이를 여러 유형으로 그려내며 그 만만치 않은 사정을 보여준다. 이를테면 완전히 운동권으로 기울지는 못하지만 데모 현장 근처를 맴돌며 갈등하는 대학 초년생(〈바다여 바다여〉)이거나, 운동권 대학생이 되어 학교를 그만두겠다고 선언하고는 취조와 고문을 받고 돌아와 대화를 거부하며 부모를 공격하거나(〈불의 터널〉, 〈가라앉는 섬〉, 〈종이로 만든 집〉), 또는 가족과의 연을 끊고 공장에 미싱 시다로 위장 취업을 하거나(〈얼음벽의 풀〉). 우선 이 중에서 〈종이로 만든 집〉의 우혜, 〈얼음벽의 풀〉의 인애, 두 딸의 이야기를 살펴보자. 두 작품은 우혜 엄마와 인애 엄마가 서로에게 딸들의 문제를 털어놓는 사이로 등장하고, 작품 말미에 자연스럽게 우혜 엄마에서 인애 엄마로 이야기의 주도권이 넘어가기 때문에 연작소설의 형태를 띠고 있다.

〈종이로 만든 집〉의 운동권 대학생 딸 우혜부터 시작하자. 이 소설은 공무원 남편과 서울로 대학을 간 외동딸 우혜를 둔 중산층 주부 영옥의 입장에서 서술된다. 영옥은 대학에 입학하면서 이전과 확연히 달라진 우혜 때문에 심경이 복잡하다. 말 잘 듣던 착한 딸 우혜는 대학생이 된 이후 엄마를 "잘못된 역사의 진행을 막지 못한 공모자"[20]라고 비난하고, 누구보다 다정하던 모녀 사이는 점점 멀어진다.

학생운동을 하던 우혜는 정학 처분을 바라면서도 실제로는 결행하지 못하는 자신에 대해 비겁함을 느끼고 괴로워한다. 결국 부모님 집으로 돌아오는데 운동권 행적으로 인해 피고인으로 기소되었다는 사실은 아버지에게까지 전달되지 못한다. 우혜의 낙향은 아버지에게는 몸 아파서 내려온 것으로, 그간의 행적 역시 오로지 혼자 타지에서 힘든 대학 생활을 한 것으로만 설명된다. 아버지는 우혜의 고통을 대학 초년생의 방황 정도로 이해하며 졸업정원제가 아이들을 압박하기 때문에 심한 경쟁감 속에서 생활하느라 심신이 지친 탓으로 돌린다. 아무것도 모른 채 그저 '행복하고 즐거운 대학

생활'을 보내야 한다고 당부할 뿐이다. 2년간의 대학 생활 가운데 있었던 우혜의 정치적 결단이나 행동은 가정 내부에서조차 완전히 가시화될 수 없다. 영옥은 그 이유에 대해 우혜가 아들이 아니기 때문이라고 말한다.

> 서영세 씨는 웃옷을 벗기 시작했다. 남편의 옷을 옷걸이에다 걸고 있는 영옥 씨의 쌍꺼풀진 큰 눈은 어느덧 누르기 힘든 격정으로 번득였다. 아무것도 모르면서 날 극성 어머니로 단정 짓는 일 따윈 그만두라고 소리치고 싶은 충동 때문만은 아니었다. 우혜가 딸 아닌 아들이었더라면 지금과 같이 근사한 말을 입에 올릴 수 있었겠느냐는 입에 올리지 못한 물음이 가슴을 찔러대기도 했고 또 우혜가 아들이 아닌 까닭에 오늘 저녁에 있었던 일들을 말할 수 없는 자신에 대한 답답함이 겹쳤기 때문이었다.
>
> 아아. 우혜가 아들이기만 했더라면. (중략) 그 여자에게 주어진 유일한 자식이 딸이라는 사실이 너무나 부당한 업이라는 것. 그것이었다. [21]

〈얼음벽의 풀〉의 인애도 마찬가지 사정이다. 영옥은 비슷한 처지의 운동권 대학생 딸을 둔 문자 씨와 속내를 교환하는데 문자 씨의 딸이 바로 인애다. 우선 인애의 위장 취업 선언은 우혜의 경우와 마찬가지로 아버지에게까지 전달되지 못한다. 이는 역시 인애가 딸이기 때문이고 아버지가 사실을 아는 순간 엄마와 같이 집에서 쫓겨날 것이 분명하기 때문이다. 엄마는 "대학이란 곳이 고등학교와 다른 것만은 분명한

지… 인애 아버지가 알면… 당신도 알잖아. 인애 아버지 성미 칼 같은 것… 인애가 학교를 관두려고 하는 걸 아는 날에는…"(집, 55쪽)이라 말하며 딸의 결단을 우선적으로 차단해 버린다. 그러나 인애는 이러한 어설픈 봉합을 거부하고 가출한 뒤 결국 위장 취업에 성공한다. 인애의 가출 감행으로 어쩔 수 없이 모든 사실을 알게 된 아버지는 딸과 연을 끊겠다고 선언하며 이때부터 인애는 공장에서 노동자로서의 자립을 하게 된다.

이 과정에서 인애는 여대생이라는 사실, 중산층 출신이라는 삶의 기반, 주위의 시선, 남다른 자의식 때문에 노동 현장에서 갈등하며 매번 자신이 다른 노동자와 다르지 않다는 것을 강조하기 위해 과잉되고 의식적인 행동을 한다. 그러지 않고서는 한 명의 온전한 노동운동가로서 인정받을 수 없기 때문에. 인애보다 먼저 위장 취업을 한 여대생 유정화가 결국 편견을 견디지 못하고 대학으로 돌아가는 것은 마치 인애의 반면교사처럼 보이기도 한다. 한 사람의 정체성이란, 하나로만 설명할 수 없는 여러 결이 복잡다단하게 얽힌 총체라는 것을 생각해보면 대학생이나 중산층 가정의 딸로서 갖는 정체성은 배제하고 오로지 여성 '노동자'로서만 자신을 정체화해야 하는 상황이 사뭇 폭력적이기까지 하다.

이때 우혜와 인애의 이야기를 모두 관통하는 것은 현실에서 옳지 못한 가부장, 아버지의 세계를 부정하고 이로부터 탈출하고자 하는 욕망이다. 프로이트의 용어를 빌린다면 현실의 부정한 아버지 대신 이상적이고 올바른 아버지를 새로 세우고자 하는 '가족 로망스Family Romance'의 기본적인 구도가 될 것이다.[22] 앞서 언급했듯 정치적 장 속에서 각 주체는 일종의 가족적 은유로 성별화되어 있으며, 과거의 무능하고 부정不正한 아버지를 부정否定하고 새로운 아버지의 세계를 건설하려는 욕망은 정치적 집단 무의식으로서 기능한다. 우리가 아는 혁명의 동기가 대체로 그러하듯이. 우혜와 인애의 이야기에서 아버지는 모두 보수적인 국가 공무원으로서 딸들의 정치적 행동을 용납하지 않으며 딸들을 (무)의식적으로 억압하는 존재로 그려진다. 따라서 딸들이 정치적 주체로 가시화되기 위해서는 우선적으로 가정 내에서 이 가부장의 최종 결재를 통과해야만 하는 것이다. 여기서 우혜의 경우 완전하진 않지만 결국 타협하여 아버지의 세계로 어느 정도 귀착되었다면 인애는 좀 달랐다. 인애는 아버지와 완전히 결별하고 위장 취업한 공장에서 열정적인 남성 노동자 신태환을 만나게 된다.

그렇다면 인애는 기존의 보수적이고 부정한 아버지에게서 벗어나 새롭고 혁명적인 젊은 가부장을 찾았을까?

> 바지 주머니에 두 손을 찌른 신태환은 고개를 처들고는 먼 곳을 보는 눈을 한 채로 걷고 있었다. 그러는 동안 난데없이 난 너를 자식으로 여기지 않겠다고 말했던 아버지의 목소리를 떠올리게 된 인애의 눈에는 어떤 격앙의 빛이 적대의식 또한 머무르고 있었다. 그것은 갑작스런 비약이었지만 이즈음의 인애에겐 드문 일이 아니었다. 인애가 파악하는 현실의 뒤틀림은 모두 아버지가 속한 집단에서 연유한 것인 때문이었다.[23]

그의 데이트 신청을 받으면서 인애는 여러 가지 심리적 갈등을 겪게 된다. 흥미로운 점은 신태환과의 만남에서 인애는 자꾸 아버지의 모습과 기억을 떠올린다는 것이다. 어딘가 억압적인 신태환의 행동에서 자신과 연을 끊은 아버지와 닮은 구석을 자꾸 발견하게 되는 인애. 소설 속에서 여성들은 노동운동을 위해 남성 노동자들과 결혼을 하지만, 남성 노동자가 '남편'이 되는 순간 그들은 가부장으로서의 정체성을 드러내며 전통적인 아내 역할을 강제한다. 부조리하고 폭력적인 사회를 개혁하기 위해 운동을 시작했으나 그 안에서 또다시 부조리와 폭력을 반복해서 경험하게 되는 이 모순적인 자리를 우리는 어떻게 이해해야 할까.

3. 언캐니한 딸들과 몰락에의 불안

그렇다면 이제 이러한 운동권 대학생 딸을 바라보는 가장 애타고 애끓는 자리—남편처럼 절연을 선언하지도 못하고 그렇다고 완전히 수용하지도 못하는 엄마의 자리에 주의를 모아보자. 김향숙 소설에 등장하는 엄마들은 대체로 대졸 출신의 고위 공무원, 전자 제품 대리점 사장, 대기업 회사원 등 화이트칼라 사무직 남편을 두었으며 일정 수준 이상의 경제력을 갖춘 중산층 가정의 주부이다. 이들은 딸을 자신의 분신처럼 여기며 자신과는 달리 '전문가의 삶'을 살기를 바라고 그것을 위한 지원을 아끼지 않는다. 또한 자신은 대학을 나오지 않았다 하더라도 대학이나 대학생의 삶에 대해 어느 정도의 지식을 갖추었으며, 사교 모임이나 남편 직장 동료 사모들과의 모임을 통해 세상 돌아가는 이치를 파악하고 있는 인물이다. 소위 '꽉 막힌 엄마'들은 아닌 것이다.

가끔 미술 전시회에 가기도 하며 고향 친구나 친척에게 소소한 일자리 청탁을 받기도 할 정도로 인맥이 있고 번듯한 집을 자가로 소유한 가정의 안주인들이다. 그뿐 아니라 도시의 셈법에도 익숙하며, 이렇듯 경제적으로 안정된 중산층적 지위를 얻기 위해 비교적 고생은 했지만, 딸이 대학에 들어가 운동권 학생이 되어 돌아오기 전까지는 비교적 평온하고 안온하게 살아온 사람들로 그려진다. 그러니까 말하자면 우리 주변에서 볼 수 있는 적당히 속물적이고 적당히 이기적인 엄마들. 이들은 주로 '아들 중심주의'에 매몰되어 오로지 아들에게서 자신의 의미를 찾는 과거 한국의 전형적인 어머니상도 아니며, 투쟁 끝에 '열사'가 된 위대한 아들을 둔 어머니처럼 고통과 헌신의 가치를 상징적으로 체현하는 전통적인 어머니상[24]과는 확연히 다르다. 말하자면 '2000년대 요즘 엄마'들의 과거 버전, 전신前身이라고 할까.

〈종이로 만든 집〉의 엄마 영옥의 마음부터 살펴보자. 친인척에게 사기업 취업 청탁을 받을 정도로 어느 정도 지위가 있는 고급 공무원의 아내인 영옥은 우혜가 운동권 대학생이 되면서 엄청난 혼란에 휩싸인다. 우혜에 대한 영옥의 마음은 "영옥 씨와 우혜는 기실 가장 사이가 좋은 모녀의 전형으로 꼽혀 온 터였음에랴. (중략) 매사에 최선을 다하고 싶어 하는 그 여자에게 자식이라곤 오로지 우혜 하나뿐이었던 것이었다. 희망, 사랑인 딸을 위해 못할 일이라곤 없었다"(집, 27쪽)

와 같이 절절하게 묘사되며, 영옥은 "우혜는 아직까지 제 또래 친구보다는 날 좋아해서 우리는 어디든 함께 다니지"(집, 31~32쪽)라고 말할 만큼 모녀 관계에 자신이 있었다.

> 그 여자는 정말이지 온갖 역할을 다해 왔던 것이었다. 목욕탕에 갈 때면 때밀이에서부터 가끔씩 토해내는 딸의 자잘한 신경질 쓰레받기, 팝송을 좋아하는 친구노릇까지. 학년 석차 3등을 넘어서지 않으려면 딸은 오직 책상 앞에서만 앉아 있어야 했고 그 일은 딸에게 친구가 없다는 소외감을 불러일으키기 일쑤여서 그 여자는 특히 친구노릇에 열성을 쏟지 않을 수 없기도 했던 것이었다. 주위의 모든 사람들은 언제나 친구 같은 모녀간이라고 했고 우혜 역시도 엄마만한 친구가 없어요 하고 말해 온 형편이었다. [25]

영옥은 딸의 입시를 위해 일류 선생에게 과외를 시키고 야간 자율학습 시간의 택시까지 대절하며 뒷바라지를 할 정도로 열성적인 엄마였는데, 김향숙의 다른 소설 속 엄마들도 영옥과 별반 다르지 않다. 만약 이때 김향숙 소설에 등장하는 대학생 딸을 둔 80년대 중산층 가정 엄마들의 생애사를 추측해본다면 아마도 다음과 같은 요약이 될 것이다. 1940년대에 지방에서 태어나 유년기에 6.25를 경험하고 가난을 체험한 뒤 산업화 경제 성장으로 극대화된 사회적 이동성 덕분에 공무원과 대기업 관리직, 전문직과 자영업자로서 이제 출세의 초입에 들어선 이들의 아내들. 그리고 어느 정도 안정된 가정을 꾸리고 아들딸 둘만 낳아 잘 기르는 핵가족의 모델을 실행에 옮기며[26] 자녀를 키워온 사람들이었을 것이다.

이런 중산층 가정의 엄마들이 딸은 자신처럼 살지 않고 전문가로 자라나기 바랐다는 것은 딸에게 자기 자신을 투영하면서 명문대 학생이 되어 사회 속에서 독립된 자리를 찾아가기를 열망했다는 것을 의미한다. 대학생이 된 딸의 성공이 곧 자신의 성공으로 대치되는 상황인 것이다. 특히 80년대에 들어서면서 여대생이 늘어났다는 사실은 그만큼 여성의 사회 진출에 대한 기대감이 높아졌다는 것을 의미한다. 물론 이러한 사회적 맥락만이 중요한 것은 아니다.

세상에 엄마와 딸, '모녀'라는 관계만큼 친밀하고도 먼 사이가 있을까? 모녀 관계는 모자 관계와는 사뭇 다르다는 것을 우리는 직관적으로 안다. 가장 가까우면서도 바로 그렇기에 서로 너무 많은 기대와 너무 많은 상처를 주고받는 '모녀'라는 관계 속에 얼마나 켜켜이 쌓인 복잡한 감정이 있을지는 쉽게 짐작할 수 있을 것이다. 우리는 그러한 감정을 흔히 '애증'이라고 부르기도 한다. 한때는 한 몸이었던 엄마와 딸은 그 기저에 서로가 서로를 분신과도 같이 여기며 수없이 동일시와 분리에 대한 연습을 반복하면서 서로 간의 욕망과 정체성을 형성해온 관계[27]라고 할 수 있다. 딸들에게 엄마는 자신을 안전하게 보호해주는 안식처 같은 존재이기도 하며 뗄 수 없는 상호보존적인 정신적 유대의 근원이 되기도 한다. 이러한 바탕에서 앞의 인용에서처럼 엄마가 딸의 "자잘한 신경질 쓰레받기"가 되며 딸은 "엄마만한 친구가 없"(집, 28쪽)는 마치 서로가 서로의 분신인 듯한 관계가 가능한 것이다.

여기에서 자세히 살펴볼 점은 마치 분신 같던 딸이 꿈꾸던 명문대학에 자랑스럽게 입학하였으나 이후 운동권 학생이 되어 집으로 돌아왔을 때 엄마가 느끼는 감정은 단순한 분노나 절망, 안타까움과는 다르다는 것이다. 그러한 단일한 감정을 초과하는 어떤 것이, 하나로 언어화되지 않는 공포스러운 이물감의 덩어리가 송두리째 엄마들의 내면에 침범한다. 소설 속에서 엄마의 눈에 비친 딸들이 '짐승'과 '괴물'로 묘사되는 것은 바로 이 때문이다. 이렇듯 그로테스크하고 동물적인 묘사는 소설 곳곳에 등장하는데 대학 입학 전까지 가장 익숙하고 가까웠던 딸에 대해 엄마는 기괴한 거부감을 느낀다.

"엄마 눈에…… 제가 마치 괴물처럼 비춰든 것 같은데요."
우혜는 턱을 치켜들면서 말했는데 그러는 동안 딸과 어머니의 눈길이 얽혔다. 어떻게 된 일이냐고 영옥 씨가 물었다. 들어오라는 말이 먼저여야 하지 않느냐고 우혜가 받아 말했다. 어둠 속에서도 딸의 두 눈은 이상한 빛을 발하고 있었다. 먹이를 찾아 오래 헤매다 마지막 포획물을 겨냥하고 있는 짐승의 눈과도 흡사했다. [28]

현관 불빛 아래서 본 우혜 얼굴은 흙빛에 가까웠다. 피부는 물에 적셔진 해면과도 흡사했고 움푹 꺼진 눈 아래쪽은 검은빛을 띤 채였다. 그리고 비웃음으로 뒤틀린 입술 주위에는 건포도 열매를 매달아 놓은 듯했다. 살아 있다는 실감이 나는 것은 오직 눈뿐이었다. 하지만 그 눈빛이란……. [29]

안방 문을 열고 바람처럼 달려갔다. 딸의 방에서 들려오기 시작한 창에 찔린 짐승의 신음소리 같은 울음소리를 도무지 참을 수 없었던 것이다. 대체 어쩌자고 저 따위로 울음을 터뜨린단 말인가.

"입닥쳐."[30]

집에 돌아온 딸을 바라보는 엄마는 "자신의 몸을 통해 생명을 얻은 딸조차 여지껏 그 여자가 알았던 딸과는 전혀 다르다는 사실"(집, 34쪽)과 "이 세상에서 유일한 분신인 딸이 자신은 전혀 이해할 수 없는 상태로 변해버렸다는 것"[31]에 대해 기괴함을 느낀다. 마치 몹시 친밀한 가운데 낯선 두려움이 엄습하는 것과 같은 모순적인 감정 상태가 바로 이런 것일 테다. 남편과 자식 외엔 다른 어떤 것도 생각하지 않고 여기까지 올라왔다고 자부하는 엄마를 향해 분신과도 같은 딸이 "이기의 성에 갇혀 그 성을 더욱 견고하게 높이려는 일에만 정신을 쏟고 있을 뿐"(섬, 73쪽)이며 "사육사"(집, 43쪽)라고 비난할 때 엄마는 극심한 혼란에 휩싸인다. 남 보기에 부끄럽지 않은 중산층 가정을 이루고 살았다는 자신의 성취가, 자신만의 안위를 위해 "세상을 두 눈 뜨고 보려고 하지도 않고 진상을 제대로 알려고도 않"(섬, 73쪽)았던 결과로 치부되며 딸에 의해 부정당하게 되는 것이다.

〈종이로 만든 집〉에서 우혜가 자신을 공격할 때마다 영옥은 자신의 인생에 분명히 존재했으나 망각의 심연으로 던져버린 몇 가지 정치적 상황을 떠올린다. 우혜의 비난이 자극제가 되어 지난 기억이 환기된 것이다. 영옥은 지리산에 숨었다가 총살을 당한 큰오빠나 이로 인해 정신 이상이 되어 수용소에 수감되어 있는 작은오빠의 이야기를 떠올리고 이러한 과거를 현재 어떻게 받아들일 수 있을 것인가 괴로워한다. 말하자면 영옥의 오빠는 '빨갱이'였던 셈인데, 그것이 80년대 한국 사회에서 영옥의 삶에 얼마나 위협적인 가족사였을지는 부연할 필요가 없을 것이다. 그동안 애써 묻어두고 살며 부정했던 기억이 우혜로 인해 수면 위로 떠오르게 된 것. 그렇다면 이때 딸들은 단순히 가정 내 소동의 주범이 아니다. 힘들게 대학 보내놨더니 쓸데없는 데모나 하는 괘씸한 자식, 그 이상을 훨씬 뛰어넘는 정체불명의 거대한 미궁이다. 이는 '운동권 대학생 딸'이라는 존재로 육화되어 나타난 **정치성**이며 아무 문제가 없어 보였던 가정을 정치적 공간으로 동요시키고 균열시키는 "미로의 입구"(집, 29쪽)인 것이다. 그리고 이때 엄마의 내면은 이러한 정치성에 어떻게 대응해야 하는지 그 고통과 혼란으로 거세게 동요하게 된다.

엄마에게 '괴물'과 '짐승'의 이미지로 나타난 딸 그리고 그러한 딸과 대면한다는 것—이는 엄마에게 자기 자신이면서 동시에 타자가 되어버린 존재, 가장 친숙하면서도 낯선 누군가를 바라보는 독특한 체험이다. 단순한 두려움이 아니라 자신 내부의 어떤 것과 직면하는 체험이며 오랜 기간 보지 않고 알지 않으려고 부정하고 억압해왔던 것들이 드러나버린 상황이라고 할까. 프로이트의 용어를 빌린다면 우리는 이를 '**언캐니**Das Unheimliche'한 상황이라고 부를 수 있을 것이다.[32] 우리말로 옮겨보자면 '두려운 낯섦' 정도가 될 것이고, 언캐니한 감정의 가장 근본적인 속성은 친숙한 것이 이상하

게 낯설게 느껴질 때의 그 불안과 공포이다. 이 불안한 감정
은 역으로 말하면 낯선 이질적 존재가 한때는 자신과 매우
가까웠기 때문에 발생하는 것으로, 그만큼 촉발되는 공포도
클 테다. 그렇다면 이때의 낯섦, 그 이질성은 아마도 자기 자
신이 이미 갖고 있었으나 무의식적으로 억압했던 것일 가능
성이 높다.

바로 이 독특한 감정. 이것이야말로 운동권 딸을 대면하
는 엄마들의 가장 깊숙한 내면의 감정이라고 할 수 있지 않
을까. 정치적 사건과 자신을 연관시키는 법을 모르거나 또는
모르는 척하면서 일상을 유지해왔다는 사실이, 운동권 딸이
라는 친숙하지만 낯선 존재를 통해 한꺼번에 육박해 들어오
는 것이다. 이는 감추어져 있던 것, 감추어져 있어야만 했던
것이 의식의 통제를 벗어나 갑자기 밖으로 표출되는 경험[33]
이다. 그렇기에 이를 촉발시킨 딸은 너무나 익숙하지만 괴기
하고 기묘한 짐승이나 괴물과 같은 형상으로, 그럼지만 "가
까이 있고 싶지 않다는 느낌"(집, 34쪽)으로 나타날 수밖에 없
는 것이다.

그렇다면 여기에서 언캐니한 딸들을 바라보는 엄마들이
궁극적으로 두려워하는 것은 무엇일까? 그것은 바로 몰락에
의 공포이다. 이 언캐니함이 자신의 평온한 삶을 침범하고
가정에 침입하여 일상에 균열을 낼지도 모른다는 불안. 단순
히 위기의식이라기보다는 지금까지 일군 모든 것이 끝내 무
너질지도 모른다는 끔찍하고 공포스러운 예감.

그랬을까. 자신은 그저 일하는 기계처럼 살아왔을 뿐이

었다고 여자는 회상했다. (중략) 삼십여 년 동안 피나는 근
검절약을 했던 결과로 겨우 숨 돌리며 살게 된 것을 두고
개인적인 안락함만을 구하며 살아왔다니.

"내가 어떻게 살아왔는데…… 나는 니 아버지와 맨손으
로 시작해서……"

여자는 딸을 노려보았다. 너는 니 에미 고생을 몰라도
너무 모르는구나. 나는 우리 한식구 남에게 손 벌리지 않고
살아야 한다고 먹을 것 먹지 않고 입을 것 입지 않고……
그렇지만 너한테는 잘했었어. 다른 애들한테 기죽게 하고
싶지 않았으니까. 너한테는 불편한 것 겪게 하고 싶지 않았
으니까. [34]

위의 인용문에서처럼 "맨손으로 시작해서" 여기까지 올
라왔다는 자부심은 80년대 중산층 가정의 부모들이 대개 갖
고 있는 정신적 거처였다. 이들은 스스로 중산층이라고 생각
하지만, 사실 중산층이 된 지 얼마 되지도 않았을뿐더러 전
쟁과 가난의 기억이 아직 생생하게 남아 있는 사람들이기도
하다. 이때의 중산층은 뚜렷한 계급적 정체성을 지향한다기
보다 최소한 거기까지는 도달해야 한다는 욕망의 목표 지점
과 같은 것이다. 이렇게 본다면 중산층은 갖은 노력 끝에 여
기까지 올라와 안정되게 살게 된 자신을 다독이며 부르는 자
기증명이나 자기지시적 레테르가 된다. 개발 독재 시기의 가
장 큰 동력인 '노력하면 잘살 수 있다'는 능력주의적 믿음과
계층 상승이 가능하다는 희망 속에서 고군분투하여 얻어낸
안정된 일상에 대한 집착은 상당히 강할 수밖에 없다.

일상에 대한 집착 이면에는 이 일상에 균열을 내는 것, 더 나아가서는 계층 추락에 대한 공포—한순간 모든 것을 다 잃어버릴지도 모른다는 불안이 자리하고 있다. 이는 아주 가까운 과거에 겪은 전쟁 체험으로 인한 강박과 신체에 각인된 생생한 공포에서부터 기원한 불안감이다. 전후 60년대에는 전쟁을 극복하는 것이 곧 배고픔에 대한 공포를 극복하는 것이었다면, 80년대 중산층은 빈곤의 문제를 해결하고 새로운 삶의 양식을 구축해가는 사람들—이른바 '떨어질 곳'이 있는 사람들이며, 이들에게 전쟁의 기억은 지금까지 아등바등 이룬 것들이 한순간에 무너져버릴 수도 있다는 정신적 외상이다. 아주 가까운 과거에 모든 삶을 일시에 붕괴시켰던 전쟁 체험은 앞으로도 또 그런 파국의 경험이 재현될 수 있다는 불안을 반복적으로 경험하게 만든다.

> 얼마동안 운숙 씨의 얼굴은 무표정한 모습이었다. 아니 그 얼굴은 근거 없는 공포감을 드러내지 않으려고 애쓰는 듯도 했다. 무얼 두려워할 게 남았을까 하는 생각을 하는데도 헬리콥터가 창을 흔들어놓을 때면 삼십몇 년 전의 피난길에서 보았던 여러 풍경들이 되살아나곤 하는 것이었다. 무의식적인 반응이었다. 다행인 것은 그 두려움이 오래 지속되지는 않는다는 점이라고 할 수 있었다. 아직도 자신의 내밀한 곳에서는 삶에 대한 애착이 남아 있다는 것으로 여겨졌으므로 더욱더 그 두려움을 떨쳐버리고 싶어 하는 것인지도 몰랐다. [35]

〈불의 터널〉에서 학생운동을 하다가 자살한 아들을 둔
어머니 운숙과 역시 학생운동을 하다가 수감 중인 딸 주애
의 어머니가 서로를 위로하며 대화하는 장면 가운데 갑자기
6.25 전쟁 피난길의 공포감이 환기되는 것은 바로 이 때문
일 것이다. 주애의 아버지가 주애로 인해 좌천을 당하게 된
다는 설정도 여기에 힘을 실어준다. 단시간에 모든 것이 무
너졌다가 복구된 경험을 갖고 있는 한국 사회의 특수성 그리
고 70~80년대가 추락의 불안도 상승의 기회도 큰 유동적인
시기였다는 점을 상기해본다면, 이때 이 부모들이 갖는 것은
더 큰 상승만이 추락을 막을 수 있으리라는 심리적 강박이
다. 그리고 엄마들이 딸에게 기대하는 상승의 지점 역시 소
설 속에 제시되는데, 심지어는 그 욕망의 현장에 일부러 딸
을 데리고 가기도 한다.[36] 이때 '더 높은 상승만이 추락을 예
비할 수 있다'는 예기 불안 상태의 부모들에게 있어서 자식
세대의 계급 상승이라 할 때는 경제적 성취 외에도 '명문대'
라는 학벌 문제가 큰 축이 된다.

1985년 도시 중산층 주부 500여 명을 대상으로 실시한
조사[37]를 보자. 이 시기 주부들은 생활에서 가장 중요한 것
이 원만한 부부관계와 훌륭한 자녀와 건강이라 답하고, 바람
직한 기혼 여성상으로는 현모(46.7퍼센트)와 양처(40퍼센트)를
꼽으면서도 동시에 살림만 하기는 억울하다고 답한 이가 64
퍼센트였다. 이전 시기 딸들에 대한 엄마의 기대가 좋은 남
편을 만나 시집을 잘 가는 것에 비교적 국한되어 있었다면,
이때부터는 딸들도 입시와 학벌이라는 한국 사회 내 계급 상
승의 사다리에 적극적으로 동참하길 바랐던 것이다.[38]

그 여자는 과외수업이 금지되기 직전까지 딸에게 일류 선생의 과외를 받게 했고 오직 공부에 전념할 수 있도록 딸의 몫의 자질구레한 모든 일들을 대신 처리해주었다. 매일같이 더운 점심 나르기를 빠뜨리지 않았고, 특히 고3 일년 동안은 택시를 대절해서 밤 10시 30분 학교 정문 앞에서 기다렸다가 집으로 데려왔다. 딸의 고단함을 덜어주기 위해서였다. 그런 반면 그 여자의 수면 시간은 네 시간을 넘지 못했다. 딸보다 늦게 자고 빨리 일어나야 하기 때문이었다. 그 밖에 열거할 수조차 없는 세세한 일들은 또 오죽 많았던가. [39]

엄마는 딸이 '명문대학의 일원'이 되도록 수면 시간을 네 시간 넘기지 않을 정도로 입시 뒷바라지를 하고 학교 앞까지 택시를 대절해가면서 공부에만 전념하게 했다. 한국 사회에서 자녀 교육에 대한 과열이야 늘 있었지만 특히 80년대에 접어들면서 대학 입시의 경쟁은 더 극심해졌다. 1974년 서울과 부산에서부터 시작한 고교 평준화와 1980년 7월 30일 과외 금지 조치가 수험생과 그들의 학부모에게 가져다준 것은 사회적 승강운동에 대한 공정성과 정당성이었다. 드디어 공평한 기회가 부여되었다는 환상을 제공했는데, 이는 오히려 수직적 계층 구조를 합리화하고 강화했다. [40] 말하자면, 공정한 경쟁이니 거기서 승리한 자는 당연히 사회의 피라미드 꼭대기에 올라설 수 있다는 통념이 만들어진 것. 결과적으로 경쟁의 최종 관문인 대학 입시 전쟁은 더 극심해질 수밖에 없다. 그리고 이러한 경쟁의 심화는, 계급 재생산을 넘어서 더 높은 계급 상승만이 추락을 예비할 수 있다는 부모 세대의 감각과 맞물리며 폭발적 효과를 낸다. 소설 속에 등장한 딸들은 모두 이른바 이러한 입시 전쟁에서 승리한 자랑스러운 딸들이며, 이에 대한 자부심으로 가득하던 엄마들은 그들이 운동권 대학생이 되는 순간 자신과 딸이 이 경쟁 구도에서 패자가 될지도 모른다는 것을 직감한다. 계급 상승에서 실패할뿐더러 심지어는 현재의 중산층적 위치를 유지하는 것조차 불안해진다는 것을 온몸으로 예감하는 것이다.

4. 정치의 윤리화와 죄책감—대속의 의미

이제 남는 것은 '언캐니한 딸'들로 눈앞에 도착한 이 낯선 **정치**를 엄마들이 어떻게 다루는가의 문제이다. 여기서 유심히 보아야 할 대목은 꽤 여러 작품에서 운동권 딸의 이야기와 가정사의 비밀이 동시에 서술된다는 점이다. 딸의 운동권 생활과 검문, 취조, 위장 취업과 관련된 일련의 에피소드들은 언제나 남편의 외도, 자신이 저질렀던 과거의 잘못 등과 겹쳐 서술된다. 그리고 딸의 수감이나 취조와 관련한 인물들도 구체성 없이 추상적인 이미지로만 등장한다는 점도 독특하다. 이를테면 딸을 취조하는 형사들, 딸을 협박하는 사람들은 오로지 '회색 점퍼', '갈색 점퍼', '가죽점퍼'로만 묘사되는 식이다.

우선 운동권 생활로 수감되었던 딸 기옥이 집에 돌아오면서부터 기옥의 엄마(소설 속에서는 '여자'로 지칭)에게 벌어지는 일을 그린 소설 〈가라앉는 섬〉을 보자. 여자의 남편은 공무원이며 이들 부부는 '명륜동'에 "대지 칠십 평에 건평 스물다섯 평짜리 반듯한 집"(섬, 73쪽)을 소유한 사람들이다. 강남과 강북의 부동산 가격 차가 지금처럼 벌어지기 이전의 시기이니 이들은 격조 있고 전통 있는 동네에 자가 주택을 소유한 유복한 중산층인 셈이다. 여자에게 곱게 기른 딸 기옥의 수감과 출소는 당연히 엄청난 정신적 충격으로 다가오는데, 여자는 기옥과 관련한 일련의 사건을 겪을 때마다 기옥과는 무관한 자신의 과거, 자신의 주변 일 중에서 부정적인 것들을 골라 환기한다.

기옥이 운동권 행적으로 취조를 당하자 여자는 처음에 "생활에 무능했으면서 두 집 살림을 했던 아버지와 일본으로 밀항선을 타고 간 뒤 죽었는지 살았는지 연락이 두절되었던 오빠를 돌이켜"(섬, 64쪽)본다. 여자의 생각에서는 딸의 수감과 불행했던 자신의 유년사가 모두 비슷하게 "평탄한 삶이 아닐 것"(섬, 63쪽)임을 예고하는 "나쁜 일"(섬, 64쪽)의 차원으로 여겨지기 때문이다. 그리고 그다음에는 집을 나가 공장에 시다로 위장 취업을 하겠다는 기옥의 가출 선언과 동시에 남편이 아들을 얻기 위해 자신을 기만하고 외도를 했다는 사실이 겹쳐 떠오른다. 아들이 없다는 것이 불만이었던 남편은 분식점 주인 여인과 아들만 낳아주면 결혼하겠다는 조건으로 오랜 기간 내연 관계를 유지해왔던 것이다. 기옥은 여자에게 부정한 아버지와 헤어지라고 종용하고, 여자는 남편에게 일평생 속아 살아왔다는 것에 남편을 "사기꾼"(섬, 81쪽)이라 부르며 식칼을 들고 아우성을 칠 정도로 분노에 휩싸인다. 이 과정에서 우선적으로 일어나는 일은 딸을 괴롭힌 "무자비한 악마"(섬, 69쪽)로 묘사된 "회색 점퍼"(섬, 64쪽)와 남편이, 여자에게는 특별한 분별없이 모두 악한 존재로 여겨진다는 것이다.

주목할 것은 여자의 사고방식이다. 여자는 노동운동을 위해 공장 시다가 되겠다고 집을 나간 딸에 대한 분노와 이해, 외도한 남편에 대한 증오와 이해를 동시에 처리해버린다. 이 과정에서 딸을 심문한 '회색 점퍼'와 '남편', '딸'은 차이 없이 모두 똑같은 분노의 대상이 된다. 즉 '회색 점퍼=남편=딸'이라는 동일시가 이루어지는데 여자가 계속해서 이들을 함께 떠올리는 것은 바로 이 때문이다. 그렇기에 여자는 소설 마지막에서 위장 취업한 딸을 이해하는 문제와 남편의 부도덕을 이해하는 문제를 동일 선상에 놓게 된다. 딸의 일도 남편의 일도 모두 자신의 일상의 질서를 위협하는 '공포스럽고 나쁜 일'들이기 때문이다. 그 이유와 맥락은 중요하지 않다. 오로지 공포스럽고 나쁜 일일 뿐. 이는 정치적인 판단이나 해석이 필요한 상황을 일종의 규범으로의 윤리, 선과 악에 관련한 관습과 인습의 문제—즉 '좋은 것과 나쁜 것'으로 만드는 메커니즘이다.

그러나 이 엄마들의 마음이 단지 자기 자신 또는 가정의 안위를 기준으로 한 일차적인 반응에만 머물러 있는 것은 아니다. 운동권 자식의 고문이나 고통 앞에서 자신의 사적인 죄를 떠올리고 그것을 확장함으로써 이전과는 다른 사회적 감정의 가능성을 보여주기도 한다. 이를테면 〈불의 터널〉에서 주애 어머니가 수감 중인 딸 주애를 위해 "하루속히 이

땅의 사람 모두에게 평화를 주시옵소서. 사랑 이외의 어떤 것도 섬기지 말게 하옵시며 특별히 권력 앞에 무릎꿇는 자 모두 멸하게 해주시옵소서"(불, 37쪽)라고 기도할 때 이를 지켜보던 운숙 씨는 갑자기 자신이 남편의 약혼자에게서 남편을 빼앗았던 과거를 떠올린다. 특별히 관계없는 두 가지 사건이 왜 하필 동시에 떠오른 것일까.

> 주애어머니의 기도는 계속되고 있었다. 운숙 씨의 뇌리를 스치는 말은 여전히 '죄가 많습니다'였다. 그러자 이즈음 더욱 빈번하게 떠올리게 된 한 여자의 얼굴이 눈앞을 가로막았다.
>
> 딸 연배의 젊고 깨끗한 모습의 여자. 당신은 당신의 처신이 얼마나 나쁜 해악을 끼치는가 짐작조차 할 수 없는 것 같지만…… 너무나 큰 잘못을 저지르고 있으신 거예요. 삼십여 년 전 남편의 약혼자는 조금도 늙지 않은 모습이었다. 당신은 날 서서히 죽이고 있어요. 그것을 탓하지는 않겠어요. 그를 제게 보내만 주신다면요. 남편의 약혼자는 애원하고 또 애원했었다. 그건 제가 결정할 몫이 아니어서요. 23살의 운숙 씨는 그 당시 남편의 약혼자의 아픔을 제대로 짐작할 수 없질 않았던가. (중략) 제게 그 같은 고통을 주시지는 않으리라 믿겠어요.
>
> 죄. 지불해야 되는 대가. 다시금 바윗덩이가 어깨를 짓누르는 아픔이 시작되었다. [41]

자식의 고통 앞에서 운숙 씨는 계속 자신이 과거에 죄를 지었던 상황, 더 구체적으로는 죄를 짓지는 않았더라도 타인에게 의도치 않게 고통을 주었던 상황을 반복적으로 떠올리며 죄책감을 느낀다. 운숙 씨가 떠올린 과거사는 자신의 행동이 타인에게 어떤 고통을 주는지 알면서도 모른 척 묵인했던 경험이다. 게다가 남편의 약혼자가 운숙 씨에게 남편을 놓아달라고 사정하고 운숙 씨는 자신에겐 결정권이 없다고 외면하는 상황은 남편 집안의 반대를 연상하게 하며 결혼 문제에 있어서 운숙 씨가 약혼자보다 우위에 있음을 알려준다. 일면 서로 공통점이 없어 보이는 두 가지 사건이 동시에 겹쳐지며 운숙 씨가 죄책감을 느끼는 이유는 무엇일까.

감정을 사회적 맥락에서 고찰하는 논의에 따르면, 감정은 무엇보다 그것을 유발하는 구조적 권력 관계에서 이해될 필요가 있다.[42] 그렇다면 우리는 언제 죄책감을 느낄까. 보통 죄책감은 권력 관계에서 자신이 우위에 있고 그로 인해 누군가 상처받았다는 것을 인지했을 때 나타난다. 이를테면 '내가 다른 사람에게 어떤 해를 끼쳤으며, 그것은 무엇이 잘못되었는가?'와 같은 성찰의 결과로 발생하는 것이다.[43] 즉, "죄책감은 어떤 사람이 자신이 다른 사람에게 과도한 권력을 사용했다는 것을 알았을 때 느끼는 감정"[44]이라는 측면에서 자기성찰적이다. 타인의 고통을 알면서도 모른 척한 것, 과거 남편의 약혼자 앞에서 그것은 자신이 결정할 일이 아니라면서 사태의 책임을 전가한 과거를 떠올리는 것은 여자에게 자신의 현재를 성찰하는 도구가 된다. 겉으로는 관계없어 보이는 두 가지 사건―'권력자의 횡포 아래 소외된 사람들을 위해 노동운동을 하다가 수감 중인 주애의 이야기'와 집안의 반대에 시달린 남편의 오랜 연인의 애원을 모른 척하고 결혼을 강행한 자신의 과거사'의 이면에는 구조적 유사성이 존재한다. 중산층 주부로서 자신은 열심히 성실하게 최선을 다해 여기까지 살아왔다고 하지만, 그렇게 만들어진 지금의 일상이 사실은 어떤 수많은 것들을 소외시키고 배제하며 유지되고 있었다는 무의식적 인식이다.

물론 이를 정치적 판단의 영역을 단순하고 소박한 휴머니즘으로 환원한 것일 뿐이라고 비판할 수 있다. 또한 이러한 죄책감을 중산층으로서의 계층적 지위를 지키는 한도 내에서 급진적 정치성을 어떻게든 소화할 수 있는 형태로 전환하려는 타협의 산물이라고 보는 이도 있을 것이다. 그러나 엄마들의 이러한 변화는 결코 폄하될 성질의 것이 아니다. 이들은 '명시적인' 죄를 제 손으로 짓지는 않았다 하더라도 자신들이 암묵적으로 불의를 저지른 세대라는 인식으로 나아간다. 그리고 이러한 죄책감은 감정의 발생 그 자체에서 멈추는 것이 아니라 대속代贖하는 행위로 발전된다는 데 의미가 있다. 소설 속에 자신이 실제로 짓지 않은 죄를 두고 용서를 비는 대속 행위가 계속해서 드러난다는 점에 주목해보자. 아래 인용문에서 '의로운 삶을 살지 못한 이 땅의 어른들'이라 함은 부모 자신이 속한 세대를 말하는 것이며, 이는 사적이고 개별적인 죄에 대한 속죄에서 부모 세대의 속죄로 나아가는 것이다.[45]

"전능하신 하나님, 이 땅의 어른들은 죄가 많습니다. 의로운 삶을 살지 못하였습니다. 진정으로 용서를 비오니 우리 아이들에게 평화로운 삶을 마련해주시옵소서. 우리 아이들이 어른들의 죄 때문에 고통받지 않을 수 있도록 좋은 세상 만들어주시길 간절히 기도드리는 바입니다."[46]

전능하신 하나님, 이 나라의 부모들은 죄가 많습니다. 우리 죄는 우리 대에서 끝나게 하소서. 두 손 모아 사죄하옵고 비오니 우리 후세들은 평화의 나라에서 살게 하소서.[47]

"의로운 삶"과 같은 표현에서 볼 수 있듯 아직은 추상적 차원에 머물러 있지만, 죄책감에 대한 세대적 인식은 이러한 감정이 중산층 주부의 감상적 휴머니즘이라기보다는 한층 사회적 감정임을 시사한다. 이는 정치적 문제를 휴머니즘이나 선악의 차원으로 편의적으로 이해하거나 봉합해버리는 것을 넘어설 수 있는 중산층의 가능성을 보여준다.

그리고 논의를 조금 무리하게 확장하는 것이 허락된다면, 이러한 사회적 감정으로서의 죄책감이 중산층의 심정적 근거가 되고 이것이 어떠한 정치적 행동으로 이어질 가능성을 암시한다고 볼 수도 있을 것이다. 그렇지 않다면 역사상 모든 혁명에서 가장 중립적이자 비정치적 계층이자 '정치적 부동층'인 중산층이 어떻게 87년 6월 항쟁에 그토록 뜨겁게 대대적으로 참여할 수 있었을까. 어쩌면 이것이 바로 한국의 중산층이 갖고 있는 특유의 '도덕적 감수성'의 정체를 시사해줄 수 있는 실마리일지도 모른다.

5장은 다음 논문을 바탕으로 했다.

오자은, 〈중산층 가정의 데모하는 딸들: 1980년대 김향숙 소설에 나타난 모녀관계를 중심으로〉, 《한국현대문학연구》 45집, 한국현대문학회, 2015.

1 유재천, "'나도 중산층이다' 70%", 〈조선일보〉, 1985년 3월 6일, 4면. 팔호 안 한글은 인용자가 표기.

2 이병렬, 〈일제 식민지 유산과 한국자본주의 발전과의 관계에 대한 소고〉, 《사회와 문화》 9권 1호, 고려대학교 사회학연구회, 1995, 56면.

3 오자은, 〈박완서 소설에 나타난 중산층의 정체성 형상화 연구〉, 서울대학교 박사학위논문, 2017, 11~14면 참조.

4 김성국, "한국사회 중산층의 실체와 의식", 〈서울대학교 대학신문〉, 1993년 5월 31일.

5 서성민, 〈중산층의 규모와 계층의식의 결정 요인에 관한 연구〉, 서울대학교 석사학위논문, 2007, 3면.

6 홍두승, 《한국의 중산층》, 서울대학교 출판부, 2005, 6쪽.

7 오자은, 앞의 글, 35~48면 참조.

8 레너드 카수토, 김재성 옮김, 《하드보일드 센티멘털리티》, 무진트리, 2012, 170쪽 참조.

9 위의 책, 48쪽.

10 "내년 大入定員 7만3백50명 增員", 〈조선일보〉, 1980년 9월 30일, 7면.

11 홍숙자, "고학력 여성 퇴장 많다", 〈경향신문〉, 1983년 4월 25일, 3면.

12 전희경, 《오빠는 필요없다》, 이매진, 2008, 111쪽.

13 같은 곳.

14 김재은, 〈민주화 운동과정에서 구성된 주체위치의 '성별화'에 관한 연구 (1985~1991): 상징정치 담론분석을 중심으로〉, 서울대 사회학과 석사학위논문, 2003, 2면.

15 김향숙, 〈얼음벽의 풀〉, 《종이로 만든 집》, 문학과비평사, 1989, 86쪽. 이후 본문 안의 짧은 인용은 축약하여 괄호 안(얼음벽, 쪽수)과 같이 표기.

16 위의 책, 124쪽.

17 린 헌트, 조한욱 옮김, 《프랑스 혁명의 가족 로망스》, 새물결, 1999, 10~11쪽.

18 김재은, 앞의 글, 2면.

19 위의 글, 2~3면 참조.

20 김향숙, 〈종이로 만든 집〉, 《종이로 만든 집》, 문학과비평사, 1989, 54쪽. 이후 본문 안의 짧은 인용은 축약하여 괄호 안(집, 쪽수)과 같이 표기.

21 위의 책, 64쪽.

22 프로이트는 아이의 성장 과정에서 특이한 점을 발견했다. 아이들에게는 자신의 부모를 왕, 왕비와 같이 높은 지위의 사람으로 상상함으로써, 즉 현실의 부족한 부모를 상상 속 훌륭한 부모로 대체함으로써 실제 부모에게 복수하고 동시에 자신까지 높은 지위로 상승하고자 하는 무의식이 있다는 것이다. 아이들이 많이 보는 동화―이를테면 '소공녀'나 '해리 포터'의 이야기도 결국 이런 가족 로망스

적 구조이다. 지금은 어떤 착오로 인해 남루하고 보잘것없는 처지에 놓여 있지
만, 언젠가 훌륭한 진짜 부모가 찾아와 원래 나의 지위를 당당히 되찾을 수 있을
것이라는 생각. 이러한 프로이트의 '가족 로망스'는 프랑스 혁명을 연구한 린 헌
트에 의해 혁명에 놓인 정신분석학적 구조로서 의미화되었다.

23 김향숙, 〈얼음벽의 풀〉, 앞의 책, 88쪽.

24 김재은, 앞의 글, 50면.

25 김향숙, 〈종이로 만든 집〉, 앞의 책, 28쪽.

26 박해천, 《콘크리트 유토피아》, 자음과모음, 2012, 63~64쪽 참조.

27 홍기령, 〈모녀관계와 여성 욕망 정체감: 크리스테바의 욕망이론-그리스신화: 데
   메테르와 페르세포네 최윤의 《굿 바이》: 아름다운 사람과 그녀〉, 《시학과 언어
   학》 2권, 시학과 언어학회, 2001, 90면.

28 김향숙, 〈종이로 만든 집〉, 앞의 책, 18쪽.

29 위의 책, 20쪽.

30 위의 책, 40쪽.

31 김향숙, 〈가라앉는 섬〉, 《수레바퀴 속에서》, 창작과비평사, 1988, 74쪽. 이후 본문
   안의 짧은 인용은 축약하여 괄호 안(섬, 쪽수)과 같이 표기.

32 애초에 프로이트는 Das Unheimliche를 미학적 측면―특히 문학에 나타나는 '두
   려운 낯설음'을 해명하고자 이론화했고 미학적 매혹으로서 '두려운 낯설음'이
   생성되기 위해 필요한 몇 가지 조건을 제시했지만 이 글에서는 보다 광의적인
   차원에서 이 개념을 사용하고자 한다. 언캐니의 가장 근본적인 속성인 "친숙한

것이 이상하게 불안감을 주고, 공포감을 주는 것"(지그문트 프로이트, 정장진 옮김, 《예술, 문학, 정신분석》, 열린책들, 2003, 406쪽), "자기와 똑같은 사람에게서 전혀 예상치 못했던 힘들이 나오고 그와 동시에 이 힘들이 자기 자신의 깊은 곳 어딘가에 숨어 있음을 느끼는 것"(위의 책, 437~438쪽)의 측면에서 이 용어를 사용했음을 밝힌다.

33 조현준, 〈《프랑켄슈타인》에서 나타난 낯선 두려움: 서사구조, 응시, 비체에 대한 정신분석학적 접근〉, 《19세기 영어권 문학》 13권 1호, 19세기영어권문학회, 2009, 162면.

34 김향숙, 〈가라앉는 섬〉, 앞의 책, 78쪽.

35 김향숙, 〈불의 터널〉, 《수레바퀴 속에서》, 창작과비평사, 1988, 32쪽. 이후 본문 안의 짧은 인용은 축약하여 괄호 안(불, 쪽수)과 같이 표기.

36 〈바다여 바다여〉에 나오는 국장 사모님이 이를테면 그러한 존재인데, 명문 여대를 졸업하고 고시 패스한 고위 공무원 남편을 만나 일본 여성 잡지에서 볼 법한 정원이 딸린 저택에 사는 인물이다. 소설 속 엄마는 딸 연수를 데리고 국장 사모님 댁을 방문해 노골적으로 계급 상승에 대한 욕망을 보여준다.

37 신세미, "살림만 하기는 억울 64%", 〈조선일보〉, 1985년 5월 28일, 6면.

38 여대생들 역시 "공통된 바람은 가정적이면서도 자신의 일에 진취적인 남편을 만나 아들-딸 남매를 낳고 27~35평 정도의 아파트에 살면서 자기 자신은 주부, 어머니, 아내의 역할을 잘 해내며 자기개발을 위해 교육받은 것을 활용할 수 있는 직업이나 일을 갖고 싶다는 것"과 같은 희망 사항을 갖고 있었다. 김숙희, "졸업

앞둔 여대생들의 고민", 〈조선일보〉, 1984년 6월 21일, 6면.

39 김향숙, 〈종이로 만든 집〉, 앞의 책, 27~28쪽.

40 황병주, "1970 박정희부터 선데이서울까지(14) 고교 평준화", 〈경향신문〉, 2013년 11월 8일.

41 김향숙, 〈불의 터널〉, 앞의 책, 37쪽.

42 잭 바바렛, 박형신, 정수남 옮김, 《감정의 거시사회학: 감정은 사회를 어떻게 움직이는가?》, 일신사, 2007, 54~56쪽.

43 제프 굿윈 외 엮음, 박형신, 이진희 옮김, 《열정적 정치: 감정과 사회운동》, 한울, 2012, 112쪽.

44 잭 바바렛 엮음, 박형신 옮김, 《감정과 사회학》, 이학사, 2010, 107쪽.

45 여기서 자신이 실제로 짓지 않은 죄에 대해 부모 세대를 대표해 대속하는 주인공의 심리에 대해서는 짐멜의 논의를 참조해볼 수 있다. 짐멜은 '부끄러움'이라는 감정이 형성되는 방식 중 하나로서 개인이 명시적으로 잘못한 것은 없지만 자신이 속한 집단 전체를 대신해서 전체의 결점을 자신의 것으로 받아들여 부끄러움을 가지게 되는 경우를 이야기한 바 있다. 게오르크 짐멜, 김덕영, 윤미애 옮김, 《짐멜의 모더니티 읽기》, 새물결, 2006, 238쪽 참조.

46 김향숙, 〈불의 터널〉, 앞의 책, 36쪽.

47 김향숙, 〈가라앉는 섬〉, 위의 책, 58쪽.

6장
'문학 여공'과 '소설가' 사이

-린 아직은 살아 있어요. 살아 있는 건 변화하게 마련 아네요. 우리도 최소

중거로라도 무슨 변화가 좀 있어야 게 아네요?" 나는 목이 긴 여자를 생z

개가 되어 흐르는 그 유려하고도 따스한 고장에 내 얼굴을 묻을 수 있었으

못 도망칠 줄 알구 나도 한번 도망쳐 보일 테다. 더러운 거짓이 기둥목

집구석을. 나를 자유롭게 ~~~~~ 나를 자유롭게 하라. 물색 중인 완전

로부터, 엄마가 ~~~~~~ 부탁해준 인공의 순결로

막대한 지참금~~~~~ 고 할머니의 불길한 저z

하라. 나는 ~~~~~ 을 듣고, 영화 보고,

푼돈 모아 만~~~~~ 님을 초대할 수

정결한 새~~~~~ 태어난 고장

로운 인생을~~~~~ 내 세상의 슬픔

. 거창한

슬픔. 그 딸~~~~~ 으로 울려퍼졌다.

으리라곤,~~~~~ 갑자기 시인이

묻지 않으세요? 이~~~~~ 쯤짤은 편지

강렬하게 되살아날~~~~~ 선생님 때문이<

사랑할 수 있는 자~~~~~

호의는 고맙지만 자기 앞에 놓인 삶~~~~~ 신경 써서 만년 문

." 그 여자는 정말이지 온갖 역할을 다해~~~~~ 것이었다. 목욕탕에 갈 때

서부터 가끔씩 토해내는 딸의 자잘한 신경질 쓰레받기, 팝송을 좋아하는

. "엄마 눈에…… 제가 마치 괴물처럼 비춰든 것 같은데요." 우혜는 턱을

그러는 동안 딸과 어머니의 눈길이 얽혔다.

게든 영원히 살아있는 나가 되고 싶다. 아니 죽어서도 살 그러한 일을 하

도 좋으니 문학작품을 남기고 싶다. 남이 읽고 언제까지라도 잊지 않

고 싶다. 그래서 나는 그런 업적을 남기기 위하여 앞으로 험하디 험한 먼

잡기 위하여 죽도록 노력하리라.

《외딴방》의 희재언니와
열여덟의 나

1. '문학 여공'의 탄생과 글을 읽는다는 것

> 난, 어떻게든 영원히 살아있는 나가 되고 싶다. 아니 죽어서도 살 그러한 일을 하고 싶다. 단 몇 작품이라도 좋으니 문학작품을 남기고 싶다. 남이 읽고 언제까지라도 잊지 않고 기억해줄 그런 글을 쓰고 싶다. 그래서 나는 그런 업적을 남기기 위하여 앞으로 험하디 험한 먼 곳에 있는 행운을 잡기 위하여 죽도록 노력하리라.[1]

> 어젯밤 애숙이가 자신의 시 2편을 가지고 와서 나에게 보여주었다. 요즈음은 흔히들 그런 문법으로 시를 구상하는가 보다. 주간지나 잡지책 같은 데도 보면 어려운 문자로 된 시들뿐이다. 나로서는 도저히 이해를 못할 정도로 어렵다. 소월 시처럼 마음의 나래를 달아준다든가, 하이네 시처럼 낭만적이고 아름다운 것을 느끼지 못하겠다. 그렇다고 바이런의 시처럼 자신의 심정을 절실히 나타내지도 않았고 괴테의 시처럼 신비롭지도 않다. 시라고 하면 으레 어려운 말로 가상해서 쓰는 것 같다. 한마디로 의미는 없으면서 어렵기만 해…….[2]

"영원히 살아 있는 나"가 되기 위해 문학작품을 남기고 싶다고 소원을 빌고, 잡지에 실린 시들을 읽으며 소월이나 하이네, 바이런이나 괴테 스타일도 아닌 의미도 없고 어렵기만 한 글이라고 비평하는 이 소녀를 우리는 어떻게 부를 수 있을까? 이 독백은 아마도 중고등학교에 다니는 열다섯에서 열여섯 살, 정형화된 국어 수업 대신에 《테스》나 《여자의 일생》 같은 세계 고전을 읽고 설레거나 혹은 마음이 아파서 잠을 이루지 못하는 문학소녀의 낭만 섞인 불만 같은 것이 아닐까? 그러나 여기에 '반전'과 같은 다소 범박한 단어를 쓰는 것이 허용된다면, 반전이라면 반전이라 할 만한 소녀의 비밀이 있다. 이 수기를 쓴 이는 여유 있게 혼자만의 시간을 가지며 독서를 하고 글을 쓸 수 있는 학생이 아니라 어린 나이에 상경하여 힘겹게 공장 생활을 해야 했던 '여공'이기 때문이다. 위의 글은 어느 여공이 쓴 수기의 한 대목이다. 물론 이들의 수기가 당시 독자 대중의 손에 그리고 지금 우리의 손에 놓여 읽히기까지는 여러 우여곡절이 있었을 것이다.

1970년대 후반에서 1980년대 초반, 이례적으로 여공들의 수기가 공개되고 출판되어 나름의 주목을 받은 일련의 흐름이 있었다. 노동자들이 글을 쓰고 발표할 수 있는 기회 자체가 이전보다 많이 확보되어 노동문학장이 확대되었기 때문이다. 노동자 독자를 넘어 노동자 작가까지 아우르는 노동잡지가 많이 출간되었는데 이를테면 '평범한 노동자를 위한 문예잡지'라는 모토를 가지고 탄생한 〈노동문학〉의 창간 목표에서도 볼 수 있듯, 노동자들의 다양한 글쓰기를 장려하고 가르치는 프로그램도 운영되었다. 기존 소설에 대한 비판과 더불어 노동문학의 본질은 노동하는 삶에 있으며, 따라서 노동자야말로 진짜 노동문학을 써낼 수 있는 존재라는 인식이 강화된 것이다. 노동자문학학교, 여름노동문학학교, 노동문학상 등 여러 프로그램에의 참여가 적극 권장되면서 노동문학의 학습장이 마련되었고, 말하자면 이는 지식인들이 제공한 노동문학장 내부에 노동자들의 글쓰기가 흡수되는 양상이었다.

장남수의 《빼앗긴 일터》, 석정남의 《공장의 불빛》, 송효순의 《서울로 가는 길》 같은 여공이 직접 쓴 수기집이 그러했다. 제목만 보아도 수기의 배경과 주인공의 신상이 대충 짐작이 되는 이 수기들은 당대 노동문학가들에 의해 발굴되어 문학장에 소환되는 식으로 대중에게 알려졌다. 지식인에 의해 재현된 것이 아닌, 진짜 노동자의 입으로 말하는 진짜 노동 이야기가 필요했던 것이다. 예를 들어 앞에 소개한 석정남의 수기는 어떤 남성 시인에게 보여준 일기가 몇 차례에 걸쳐 잡지에 연재되면서 대중에게 공개된 경우였다.

이러한 수기에서 공통으로 읽히는 것은, 시골에서 상경하여 공장에 취직한 가난하고 못 배운 생계부양자 '공순이'라는 주어진 정체성 외에는 다른 정체성 찾기의 통로가 모두 막혀 있음을 토로하고, 공장을 비롯한 어느 곳도 온전히 자신들의 '장소'가 될 수 없음을 이야기하는 여공들의 서글픔이다. 이들은 어디에 있어도 낯설고 괴리된 느낌에서 벗어나지 못한다. '인간답다'는 것은 자신이 가장 잘 알고 있는 자신의 '장소'를 갖고 있다는 것이라는 에드워드 렐프Edward Relph의 주장을 따른다면, 이는 곧 그러한 '장소 상실'의 경험이기도 하다.

그뿐 아니라 앞서 언급한 장남수, 석정남, 송효순의 수기는 모두 일상인, 학생, 노동자, 여성으로 이어지는 사회의 다양한 정체성에 자기 자신을 대어보지만 언제나 이에 부적합하거나 미달되는 존재, 누락된 존재로 판정받는 경험을 이야

기한다. 그 경험은 '여공다움'에 대해 주어진 몇 개의 정체성
—'산업 역군으로서 자립해가는 당당한 여성'이라는 국가의
전시, '가난하고 못 배운 공장 다니는 여자애'라는 대중적 정
체성, '남자들에게 이용당하기 쉬운 성적 대상'이라는 취약
한 섹슈얼리티의 표상 등—과 불화하고 불일치하는 어긋남
자체였다고 할 수 있다. 이들에게 '여공'은 자기 자신을 온전
하게 설명해줄 수 없는, 자기 자신의 일부와만 부합하는 가
장 협소한 레테르였던 것이다. 그렇다면 이들의 수기는 사회
의 규정이나 통념에 의한 것이 아니라, 진짜 자신의 정체성
을 어떻게 구성할 수 있고 승인받을 수 있는지에 대해 반복
적으로 탐색하는 **자기 정체화**의 서사로 읽을 수도 있을 것이
다.[3] 여기에서 흥미로운 점은 그러한 정체화의 방법으로 '문
학'이 아주 중요하게 등장한다는 것.

한편에서는 하이네나 바이런을 이야기하지만 동시에 자
신을 "시간의 노예"라고 말할 수밖에 없는 이 여공은 문학의
세계와 너무나 동떨어진 삶을 아래와 같이 묘사한다.

> 새벽 6시와 오후 2시, 10시, 3교대로 나뉘어 작업을 하
> 는데—그것은 이제까지의 생활 습관을 완전히 뒤집어엎
> 어야 했기 때문이다. (중략)
> 시골에서는 날이 어두우면 잠자리에 들고 시간에 관계
> 없이 새벽이 밝아오면 일어나곤 했었는데 이곳에서는 완
> 전히 시간의 노예일 뿐 날씨의 변화라든가 밝고 어두운 게
> 상관이 없었다.[4]

많은 기계를 빨리빨리 돌아다니며 이상이 없도록 살펴보는 일을 하기 때문에 우선은 동작이 빨라야 했다. 그래서 회사에서는 1분에 140보를 기준으로 정해놓고 있었다. 양성공들의 걸음마 연습은 바로 1분에 140보 걷기 연습인 것이다. [5]

소녀들은 공장에 취업하자마자 공장에 알맞게 규격화된 공원의 신체와 규율을 강요받고 가장 자연스러운 일상인으로서의 정체성을 위협당한다. 기계를 빨리빨리 돌아보아야 하기 때문에 1분에 140보를 걸을 수 있도록 걷기 연습을 해야 한다. 그뿐 아니라 남들은 잠자리에 드는 늦은 밤까지 졸면서 잔업을 해야 하기도 했다. 즉 보통 사람의 생활 리듬에서 완전히 벗어난 '공장형 인간'으로서 개조되는 것이다. [6] 여공들은 날씨의 변화나 해가 뜨고 지는 자연의 흐름으로부터 분리되면서 공장식 생활에 적합한지의 여부에 따라 자신의 존재 가치가 결정되는 상황에 처하고, 이들의 신체는 극한의 노동에 효율화되도록 재편된다.

그렇다면 그때 그녀들에게 문학은 무엇이었나? 무엇이었기에 계속 문학에 대한 꿈을 꾸고 글을 쓰기를 원했던 것일까? 문학, 아니 글쓰기라는 것은 애초에 인간에게 무엇인가? 어떤 의미가 있기에 어느 여공은 문학을 하지 못하는 자신을 두고 '돼지같이 죽는 것'이라고 말할 정도가 되는 걸까. '돼지'의 반대편에 놓인 문학은 대체 어떤 존재인가.

그러나 작품을 쓰지 못하여 마음은 한없이 괴로움에 떨

어진다. 죽도록 일만 하고 밥 먹고 잠자고. 이런 일은 너무 나 무의미하다. 이건 뭐 밥을 먹기 위해서 사는 벌레나 마 찬가지의 생활이다. 나는 가끔 시라는 형식의 글을 써놓고 훌륭한 작품이라는 착각에 빠져 스스로 기뻐할 때가 있다. 그러나 나중에 다시 보면 정말 보잘것없는 글이라는 것을 알고 나의 무능력에 대한 깊은 실의에 빠진다. 노력이 부 족한 탓일까. 원래가 문학적으로 미개하기 때문일까. 너무 배움이 없어서일까. [7]

오늘은 종일 시를 썼다. 헬만 헷세, 하이네, 윌리엄 워 즈워드, 바이런, 괴에테, 푸쉬킨. 이 얼마나 훌륭한 이들의 이름인가? (중략) 비록 화려한 영광을 받지 못할지라도 함 께 걷고 싶다. 아아, 그러나 그럴 수도 없는 어려운 일을 내가 괴롭게 원하고 생각한들 무슨 소용이 있으리오. 나 같은 건 어림도 없다. 내 최고의 실력을 다해 지은 이것도 결국 보잘것없는 낙서에 지나지 않는다. 감히 내가 저 위 대한 이들의 흉내를 내려 하다니. 이거야말로 짐승이 웃 고 저 하늘의 별이 웃을 것을 모르고……. 아무 지식도 배 움도 없는 나는 도저히 그런 영광을 가질 수 없다. 이대로 그날그날 천하게 밥이나 처먹으며 사는 거지. 그리고 끝내 돼지같이 죽는 거야. [8]

흥미롭게도 이들의 욕망은 **문학**이라는 특수한 제도, 일정 정도 이상의 교양과 독해력 같은 문화자본을 필요로 하는 이 특수한 예술 장르를 향해 있거나 이를 통해 매개된다. 문학을 동경하거나 문학가가 되기를 꿈꾸는 차원을 넘어서 이들은 실제로 소설이나 시를 쓰기도 하며 이때 일기는 **문학하기**의 전 단계, 글쓰기 독학으로서의 의미를 지닌다. 이들은 글을 쓰기 위해 공장의 동료들과 격절된 개인의 공간과 시간을 확보하길 원하고 자신이 동료들과 다른 존재, 다른 자질을 가진 사람이라는 것에 기쁨을 느끼기도 한다.

이는 고등교육 시스템 속의 목록을 통해 보편적으로 읽힌 정전의 의미와 여공이 밤에 잠을 자는 대신 노조 도서실에서 혼자 읽어낸 괴테나 헤르만 헤세의 독법이 내용적으로 동일하다는 말이 아니다. 문학은 앞서 언급한 것처럼 일면 고등 교양교육을 받은 이들의 고급스럽고 세련된 취미처럼 여겨지기도 하지만, 역설적으로 수학이나 영어와 달리 기초 문해력과 개인의 열망이 있다면 제도 교육을 거치지 않아도 접근 가능한 영역이며 그렇기에 누구나 꿈꿀 수 있는 대상이기도 하다. 문학은 같은 인간으로서 대상을 각자의 방법으로 해석하고 그러한 해석을 통해 타인과 소통하며 그러한 소통 속에서 타인을 이해하기 위해 노력하고 있음을, 그러한 모든 행위 속에서 사실상 동일한 지적 능력이 작동하고 있음을 깨닫게 해준다.[9] 괴테나 헤세, 하이네, 푸쉬킨의 세계를 벗어나면 바로 사회의 차별과 편견이 난무하겠지만, 적어도 문학의 세계에서 문학을 읽는 구성원은 모두 동등하다. 가장 평등할 수 있는 문학이라는 공간.

여기에서 문학과 여공, 글과 글을 쓰는 자 사이에 형성된 특수한 관계의 의미를 생각해본다면, 우리는 한국 문단에서 가장 유명한 소설가 중 한 명인 어떤 이름을 떠올릴 수 있을

것이다. 가장 유명한 소설가가 되면서 동시에—비록 과거형
이지만—가장 유명한 여공(이었던 사람)이 되었던. 여공, 노동
자, 공장 등 한국 문단에서 가장 '리얼리즘적'이라고 일컬어
지는 소재를 다루면서도 세련된 문체와 메타픽션적 구성으
로 90년대 한국 문단에 큰 감흥을 준 작가 신경숙이다. 신경
숙도 석정남의 수기 속 여공처럼 《사반의 십자가》를 가슴에
품고 다니고 《난장이가 쏘아올린 작은 공》을 베껴 쓰던 공장
시절을 지나 그녀가 그토록 꿈꾸던 소설가가 되어 비로소 구
로공단 시절의 이야기를 썼다. 바로 한국 문단의 '정전'이 된
소설 《외딴방》이다.

2. 재현하는 소설가와 재현되는 여공의 거리

신경숙은 《외딴방》의 첫 장에서부터 "이 글은 사실도 픽션도
아닌 그 중간쯤의 글이 될 것 같은 예감"[10]이라 표명한다. 그
리고 '이 글'을 쓰게 된 계기에 대해 이어서 말한다.

> "너는 우리 얘기는 쓰지 않더구나."
> 어딘가가 또 저려왔다.
> "네가 썼다는 책을 사서 읽어봤단다. (중략) 어린 시절
> 얘기도 많이 쓰는 것 같고, 대학 때 얘기도 쓰는 것 같고
> 사랑 얘기도 쓰는 것 같은데 우리들 얘기는 전혀 없었어."
> "……"
> "우리들 얘기가 혹시 써져 있을까, 하고 일부러 찾아가

며 읽었거든."

　내가 침묵을 지키자, 하계숙은 내 이름을 나직이 부르
며 목소리의 톤을 가라앉혔다.

　"혹시 네게 그런 시절이 있었다는 걸 부끄러워하는 건
아니니?"[11]

　'나'는 어린 시절 이야기도 대학 때 이야기도 사랑 이야기
도 쓰는 인기 작가가 되었지만 딱 한 가지 쓰지 못하는 이야
기가 있는데, 그것은 바로 '우리들'의 이야기이다. '우리들'
은 누구를 의미하는 것일까? 그 우리들 중 한 명인 하계숙이
'나'를 찾아 전화를 걸어와 혹시 그런 시절이 있었다는 것을
부끄러워하는 것이 아니냐고 물었을 때 '나'는 애써 굳게 걸
어둔 심연의 외딴방이 열리는 듯한 느낌을 받는다. 그 '우리
들'이란 바로 구로1공단 동남전기주식회사에 다니던 열여덟
의 '나'가 공장에서 만났던 친구들이다. '나'는 열여섯 살에
외사촌과 함께 서울로 상경하여 동남전기주식회사의 여공으
로 들어간다. 열여섯 살은 공장에 들어가기 어린 나이였지만
다른 사람의 서류를 빌려서까지 나름 어렵게 들어간 이유는
공장을 다니면서 학교에도 다닐 수 있다는 '산업체 특별학
급' 때문이었다. 어린 나이에 장남의 무게까지 짊어진 큰오
빠와 외사촌 그리고 '나', 이 남매들은 3공단 주택가 외딴방
에 세를 들어 살게 된다.

　'나'는 공장에 다니면서도 시나 소설을 쓰는 사람이 되기
를 열망한다. 노조 활동을 하면 학교에 보내주지 않겠다는
회사 측의 엄포에 동료들과 같이 잔업 거부를 하지도 못한

자신에게 수치심을 느끼지만, 그 수치심마저 상쇄할 수 있는 것이 바로 문학에 대한 열망이다.

> "나는 작가가 될 거야."
>
> (중략)
>
> "나는 글 쓰는 것 이외의 다른 일은 아무래도 괜찮다구, 지금도 하나도 안 부끄러워. 아무렇지도 않아!"[12]

고향 친구 창이 선물해준 김동리의 《사반의 십자가》를 신줏단지처럼 끼고 다니던 '나'는 비록 남루한 생활일지라도 공부하는 것을 지지해주는 여러 사람들을 만난다. '나'에게는 학교에 낸 반성문을 보고 '나'의 문장력에 감탄하여 《난장이가 쏘아올린 작은 공》을 선물로 준 선생님이 있었고, 어떻게든 대학에 보내줄 테니 걱정 말라고 격려하는 큰오빠도 있었다. '나'는 오로지 문학만이 자신을 이곳에서 벗어나게 해줄 수 있다고 믿는다.

> 나도 그랬을까? 헤겔을 읽는 미서처럼, 프루스트나 서정주나 그런 사람들, 김유정이나 나도향이나 그런 사람들, 장용학이나 손창섭이나 혹은 프란시스 잠, 그 사람들을 읽고 있는 그때에만, 무슨 뜻인지 잘 알지도 못하면서, 그들이 남긴 찬란한 문구들을 부기 노트 귀퉁이에 옮겨놓고 있는 그때에만, 그 교실의 그 얼굴들과 나는 다르다고 생각되었던 건 아니었을까. 책이, 그중의 소설이나 시 같은 것이, 나를 그 골목에서 탈출시켜줄 것이라고 생각했던 건

아니었을까.[13]

　서정주, 김유정이나 나도향, 장용학이나 손창섭, 한국 문학의 걸출한 작가들의 이름을 읊으며 오로지 그들을 읽을 때만 자신이 산업체 특별학급 속 지친 얼굴의 여공들과는 다른 존재라고 느꼈던 '나'. '나'는 '다름'을 인식함으로써 그곳에서 벗어날 수 있을 것이라는 생각에 빠진다. 다소 오만하게도 보일 수 있는 이러한 생각은 다른 '평범한 여공'들과 문학을 하고자 하는 '특별한 나'를 구별 짓는 사춘기 소녀 특유의 자의식으로만 설명될 수 있는 것은 아니다. '나'는 문학가들의 "찬란한 문구"(375쪽)를 옮겨놓는 것만이 자신을 이 세계, 작업복을 입고 몸수색을 받으며 출근하고 지친 얼굴로 잔업을 해야만 하는 공장 세계에서 탈출시킬 수 있다고 믿는다. 자신의 존재를 전자 공장의 수많은 부품같이 취급하는 물질세계 속에서.

　문학에 대한 이러한 믿음—문학의 효용 가치에 대한 의문이 이미 여기저기에서 들려오는 21세기 현재로서는 상상하기 어려운 이 천진한 믿음—은 어디서 온 것일까. 만약 이 믿음에 이론적인 이름을 붙인다면 그것은 문학가를 세계의 물질적 가치를 초월하여 영원한 정신적 가치를 실현하는 신성한 존재로 보고, 스스로 그러한 존재가 되기를 꿈꾸는 낭만주의적 열정이라고 할 수 있을 것이다. 그렇다면 이러한 낭만주의적 태도를 우리는 어떻게 읽을 수 있을까. 루카치와 같은 마르크스주의자들은 낭만주의 문학의 부르주아적 한계와 심지어 반근대적인 반동성을 문제 삼으면서도, 그 속에 인간을 물질 또는 상품 생산의 노예로 만드는 자본주의적 소외 현상에 대한 비판적 잠재력이 담겨 있음을 인정한다.[14] 연탄가스 중독으로 사망한 여공 친구, 노조에 참여했다는 이유로 해고당한 언니들, 월급이 체불되고 직장이 폐쇄되어도 공장에 출근해 투쟁하는 동료들을 보며 '나'는 분노하고 슬퍼한다. 자신이 처한 현실의 문제가 단순히 물질적 빈곤이나 육체적 고통이 아니라 인간을 물질적 존재로 격하시키는 데 있다는 '나'의 비판적 인식은 문학에 대한 낭만주의적 태도와 본질적으로 무관하지 않으리라. "시여. 제발, 저 소리를 이겨내다오. 한 집의 문턱이 쳐부숴지는 소리를"(361쪽)이라고 간절히 비는 '나'의 마음은 바로 이런 것이다. 시가 현실에서 벌어지는 어떤 파괴를 이겨내고 치유해줄 수 있을 것이라고 믿는 마음.

구로공단에서 그나마 가족들의 보호를 받으며 비교적 안전하게 공장 생활을 하던 '나'는 결국 작가로 등단한다. 여기에는 다른 동료 여공들보다 '나'의 처지가 더 좋았다는 점도 고려되어야 하는데, '나' 역시 이를 분명히 알고 있다. 적어도 '나'에게는 자신을 도처에 놓인 위험에서 보호하려는 혈연관계의 남성들, 그러니까 오빠들이 있었다. 그 남성들이 가진 보호의 힘이 결코 크지 않았다고 말할 수 없으며 적어도 70년대는 그러한 전통적인 가부장의 보호가 여성들을 현실적인 위험으로부터 지켜주기도 하는 시대였다. 그렇게 소설가가 된 '나'가 드디어 '우리 얘기를 안 쓴다'는 전화를 받게 된 것이다.

그런데 도대체 어떻게 쓸 것인가. 어떻게 그 외딴방 시절의 이야기를 쓸 수 있을 것인가. 이야기는 누구나 쓸 수 있지만 가난 때문에 공장에 들어와 "이름도 없이, 물질적인 풍요와는 아무런 연관도 없이, 그러나 열 손가락을 움직여 끊임없이 물질을 만들어내야 했던 그들"(506쪽)을 어떻게 정확히 재현할 수 있을 것인가. 재현해야 하는 대상이 사회적 힘이 약한 존재일수록 재현하는 태도는 극도로 신중하고 섬세해야 하지만 그 신중함과 섬세함이 오히려 재현하는 대상을 한없이 무기력하고 위축되게 만들 수 있다. '나'는 그것을 알고 있다. 그러나 동시에 누구보다 잘 쓸 수 있다는 것도 알고 있다. 누군가 이들의 이야기를 재현해야 한다면 그것은 바로 '나'라는 것을.

앞서 언급한 여공 수기의 저자인 석정남은 잡지에 게재된 자신의 수기에 대해 이렇게 술회한다. 자신의 동의도 없이 어떤 시인이 그녀의 일기를 빌려갔다가 무단으로 잡지에 실어버린 것이라고.[15] 이는 노동자는 자신의 진실을 재현할 수는 있지만 그것이 서사적 권위, 편집의 권위로 이어지지는 않는다는 존 베벌리John Beverley의 지적을 떠오르게 한다. 노동자, 하위 주체는 말할 수 있지만 반드시 지식인의 제도적 권위를 경유해야만 한다는 베벌리의 비판적 인식[16]은 지식인이 노동자의 글쓰기에서 노동자가 처한 현실에 관한 다큐멘터리적 증언만을 취하고 그 서사에 대한 노동자 자신의 편집권과 저자성에는 무관심하거나 인정하지 않는 태도에 질문을 던진다. 이는 노동자를 노동자의 이야기로부터 소외시키는 역효과가 발생할 수도 있음을 의미한다.

그렇다면 한때 저 자신이 분명 여공이었지만 지금은 주

목받는 소설가가 되었으며 자신의 글을 펴낼 수 있는 지면
에 대한 권리 역시 갖고 있는, 말하자면 계층 상승을 이룬 지
식인이 된 '나'는 자신 스스로 재현의 대상이면서도 재현하
는 주체가 될 수 있다는 점에서 독특한 존재가 된다. 그리고
그렇기에 자신이 가장 진실하게 쓸 수 있는 사람이라는 것을
알고 있다. 부르튼 손으로 연탄을 갈고 남동생과 오빠의 학
비를 대주고, 몸수색까지 당하면서 출근하고 졸린 눈으로 잔
업을 해가며 고향에 돈을 부치던 그 시절 '나'의 동료들, 세
상에서는 '공순이'라고 폄하하던 존재들을 누군가 어설픈 동
정심이나 또는 어설픈 소명 의식이나 또는 설익은 호기심으
로 섣부르게 재현하기 전에. 외딴방 시절의 기억으로부터 끊
임없이 도망치고 싶었으면서도 결국 돌아와 그 시절의 이야
기를 쓰게 된 것은 바로 이 때문이다.

> 봐라, 나는 도망친다. 도망치는 나를 내가 붙잡는다. 앉
> 아봐, 더는 도망을 못 가. 그때나 지금이나, 그리고 언제까
> 지나. 앉으라구.[17]

3. 묘사할 수 없는 것을 묘사하는 것:
희재언니를 어떻게 구할 것인가

소설가가 된 '나'가 자신에 관한 여러 이야기를 쓰면서도 차
마 외딴방 시절의 이야기는 쓰지 못했던 결정적인 이유는 바
로 그 시절 같은 집 위층에 살던 한 여자 때문이다. 그녀의

이름은 희재. '나'는 그녀를 '희재언니'라고 불렀다. '나'가 외딴방 시절 이야기를 쓰지 못하는 이유는 바로 "턱하니 희재언니의 모습이 나를 가로막아서"(76쪽)였다고 서술된다.

희재 역시 동생 학비를 대기 위해 돈을 모으며 공장에 나가고 저녁엔 학교에 다니는 산업체 특별학급 학생이었다. 아직 생리도 시작하지 않은 소녀 '나'는 위층에 살던 희재언니를 보면서 희미하게 어떤 매혹을 느낀다. 처음 본 순간을 이렇게 묘사한다. "넓게 퍼지는 치마 속에 넣어 입은 블라우스의 잔꽃무늬가 그녀의 몸짓에 따라 당겨져서 일그러지곤"(172쪽) 했는데, "한 주먹이나 될까 한 얄팍한 허리와 자주자주 엉망이 되어지는 그 잔꽃무늬를 아슬아슬한 기분"(172쪽)이 되어 희재언니를 보는 '나'의 시선은 이미 '여성'이 다 된 어떤 존재를 향해 품는 동경을 분명히 내포하고 있다.

희재는 자신에 대해 이렇게 설명한다. 처음에 다닌 공장은 봉천동. 가방 만드는 그 공장에서 먹고 자고 하면서 실밥처리하는 일을 하다가 미싱 일을 하는 남자를 만나 봉천동 꼭대기에 방 얻어서 사 개월쯤 같이 살았다고. 그러다가 그 남자와 거기서 계속 살다간 영영 그 산꼭대기에서 못 내려올 것 같다는 생각에 그 남자를 두고 도망쳤다고. 이야기를 마치고 "놀랐니?"(223쪽)라고 '나'에게 묻는 희재의 마음 어딘가에는 '나'가 남자와 이미 사 개월이나 동거한 자신을 색안경 끼고 보는 것은 아닌가 하는 두려움이 깃들어 있다. 그 두려움을 먼저 없애기 위해 일부러 자신의 과거부터 남김없이 털어놓는 조급함엔 사회의 시선으로부터 이미 여러 번 상처

받은 여린 마음이 놓여 있을 것이다. 오빠들과 외사촌의 사랑 속에서 공장 생활을 하는 '나'와 달리 희재는 혈혈단신 서울로 올라와 어떤 보호도 없이 외롭고 고단하게 이 공장 저 공장을 떠돌며 살아가고 있었던 것.

　이미 세상이 자신을 보는 편견 어린 시선을 알고 있던 희재언니. 사실 그러한 시선은 공장에 다니는 여성들 다수에게 해당했다. '나'는 공장을 그만둔 동료들이 다방이나 술집으로 흘러들어갔다는 식의 소문을 이미 들어왔다. "회사엔 이따금 그런 사람들이 있다. 새로운 취직자리를 찾아 컨베이어 앞의 작업의자를 떠나는 사람들. 그들은 그 작업의자를 떠나 다방이나 술집으로 간다."(285쪽) '나'는 여성들이 공장 다음에는 다방이나 술집으로 간다는 것이 결국 신분의 계속되는 하강을 의미하는 것임을 모르지 않는다. 물론 공장에 다닌다고 해서 어떤 위험도 없었다고는 할 수 없다. 여공들에게 성적 위험은 언제나 도사리기에 '나' 역시 공장의 관리자 남성들에게 성폭력의 대상이 될 뻔한 적도 있다.

> "너 조심해야겠드라."
>
> "……"
>
> "생산계장이 널 찍었대."
>
> "……?"
>
> "지 맘 속으로 찍으면 이계장 그놈 얼마나 추근대는 줄 아니? 그러다가 안 되면 온갖 구박을 다 하는 그런 놈이야."[18]

제멋대로 여공들을 찍어 추근거리고 뜻대로 되지 않으면

구박을 일삼는 유부남 생산계장으로부터 '나'를 빼낸 것은 외사촌이다. 외사촌은 "애는요, 아직 생리도 없어요"(134쪽)라고 생산계장에게 일갈함으로써 아직 '나'는 '성인 여성'이 되지 않은 상태라고 말한다. 그래야만 성적 위협에서 '나'를 구할 수 있기 때문이다. 이미 생산계장은 외사촌에게 다짜고짜 입을 맞추려고 하던 전력이 있었을뿐더러 C라인의 미스 최는 그로 인해 임신까지 했다. "생산과장이 노조에 가입한 여자 공원에게 탈퇴를 권했다가 말을 안 들으니까 제품창고로 끌고 가서 강간을 했대"(157쪽)라는 소문들. 이 에피소드는 여공들의 노동 환경에 섹슈얼리티에 대한 위협이 상재하고 있었음을 보여주는데, 나아가 여공의 여성성, 섹슈얼리티는 언제나 취약하게 취급당했다는 것을 알려주기도 한다. 출근 때마다 아무렇지도 않게 여성을 몸수색하는 공장 관리자들의 태도 속에서, 실습 나온 남고생을 사모했지만 '공순이라서 싫다'는 말을 들은 이후 공장을 관두고 전화교환원이 되기로 결심한 외사촌의 눈물 속에서, 여공은 사회가 규정하는 '여성'으로서의 자질을 인정받지 못하거나 의심당하는 존재였음을 읽을 수 있다. 앞서 언급한 실제 여공 수기인 《빼앗긴 일터》의 저자, 장남수는 이렇게 쓴다.

> 사람들은 말한다. 여자 목소리가 담을 넘어가도 아니 되고 여자는 얌전하고 교양있게 얘기를 해야 하며 행동도 조용해야 한다고…… 그러면 우리는 무언가? 자로 잰다면 우리는 여자로선 제로 아닌가. 큰 소리로 하지 않으면 말이 전달이 안 되고 작업복을 입고 분주하게 기계 사이를

오가며 일해야 하니 자연히 행동이 덤성덤성하다. 이 나라의 산업발전과 경제성장을 위해 밤잠도 못 자고 땀흘리는 우리에게 돌아오는 댓가가 공순이라는 천시하는 명칭과 세상에서 말하는 여자다움이 박탈되는 거라면 우린 뭔가?[19]

'여자다움이 박탈'됨에 따라 여공들은 정상적인 연애를 하기 어려운, 미달된 존재가 된다고 장남수는 분노한다. '나'의 외사촌이 실습 나온 공고생에게 '공순이'란 이유로 거절당하고 엉엉 우는 장면은 이제 조금 더 깊이 이해될 수 있다. 특히 여공들의 수기에서 연애는 해서는 안 되는 것이거나, 사랑받고 존중받는 평등한 관계가 아니라 성적 농락의 대상이 될 위험한 관계로 묘사된다. 따라서 연애에 대한 이들의 서술은 그 위험을 경고하고 자발적으로 경계하는 것이거나, 아니면 내가 아닌 타인의 것, 즉 완벽하게 외부의 것으로 간주하는 체념적 내용이 전부라고 할 수 있다.[20] 즉 '여자다움'의 자질을 빼앗긴 무성화된 '공순이'이면서도 동시에 손쉽게 성적 대상화되는 모순 속에서 이들은 상황에 따라 편의적으로 이쪽 혹은 저쪽에 배치된다. 여공의 신분에서 더 하락하면 다방 레지나 술집 여성이 된다는 사회의 계층 질서는 이들이 '아직은 안전한' 상태를 보장받고 있지만, 자칫 한 걸음만 잘못 디디면 바로 추락한다는 것을 의미했다.[21] 그러나 계층 질서 내 이들의 위치가 이들이 처한 모순적 상황을 전부 설명해주진 못한다. 이는 이들이 본질적으로 가정에서 돌보지 않거나 가정에 속하지 않은 여성이라는 인식, 가족을 위한 생계 부양자이긴 하지만 가부장의 경계에서 벗어난 존재,

따라서 그 육체가 통제되지 않는 불미스러운 존재라는 인식과 연동되어 있다. 반대로 말하면, 이들이 자신과 가족에게 드는 비용을 책임지고 있다는 사실, 즉 돈을 벌고 있다는 사실은 그만큼 가부장의 통제에서 자유로울 수 있다는 것을 의미하기도 한다. 다만, 그 '자유'를 쉽게 '문란함'으로 연결 짓는 세상의 편견이 존재했던 것이다.

희재언니와 '나'의 결정적 차이는 바로 여기에 있다. '나'는 큰오빠, 작은오빠, 셋째 오빠까지, 남자 형제들의 철저한 보호 속에서 학교에 다니기 위해 '잠시' 여공 생활을 하는 것이며 대학에 보내줄 것을 약속하는 큰오빠의 지원까지 있지만, 희재언니는 홀로 서울에서 공장 생활을 하며 돈을 벌어 동생 학비를 대고 생활비를 부친다. 희재언니는 70년대 한국 사회에서 아무도 보호해주지 않는 여성이자 어떤 남성의 책임 안에도 속해 있지 않은 '떠도는 여성'이며 그런 차원에서 같은 여공인 '나'보다 취약한 처지에 놓여 있다. 자칫하면 언제 '나쁜 길'로 빠질지 모르는 여공이라는 것. '나'의 오빠가 동생이 그녀와 어울리는 것을 계속 꺼려 하는 것, 그녀의 정체에 대해 자꾸 의심하는 것은 바로 이와 연관되어 있다. 희재는 끊임없이 남자를 함부로 만나는 '행실이 나쁜 아이'로 의심받는다.

> 큰오빤 희재 언니가 새벽에 교복을 입고 들어오는 걸 봤다면서 얼굴을 찡그린다. 그래 보이지 않더니 행실이 나쁜 아이 아니냐고, 하면서.
>
> "아니야."

나는 대번에 손을 내젓는다. [22]

희재언니는 결국 산업체 특별학급에 다니는 것을 그만두지만 이는 술집이나 다방에 나가기 위해서도 아니며 남자를 만나기 위해서도 아니다. 돈을 더 벌기 위해 저녁에는 의상실에 취직한 것이다. 이 역시 "너…… 혹시?"(285쪽)라는 말로 그 의도를 의심받지만 희재는 아랑곳하지 않는다. 새벽에 들어오는 것은 다른 이유가 아니라 의상실 일거리가 너무 밀려서 밤샘을 많이 해 그런 것이고, 일이 늦게 끝나면 통금 때문에 집에 올 수가 없었기 때문이다. 이러한 희재를 의심하지 않고 이해하는 것은 '나'뿐이다. '나'는 의상실에서 새벽까지 일하다 졸음 때문에 미싱기에 다쳐 벌겋게 달아오른 손등을 대야에 담그고 통증을 가라앉히는 희재언니의 마음을 안다. 그러나 '나'를 제외한 모든 이는 희재언니를 행실이 나쁜 아이로 규정하거나, 현재는 아니더라도 언젠가 행실이 나쁜 아이가 될 것을 확신이라도 한다는 듯 의심한다.

그녀가 술집에 나가냐는 말을 큰오빠가 또 한다. 열여덟의 나, 들어서는 안 될 말을 들은 것처럼 펄쩍 놀라며 완강하게 부인한다.
"아니야, 아니라니까." [23]

희재언니가 소위 세상이 말하는 식의 '행실이 나쁜 아이'가 된 것은 오히려 한참 이후의 일이다. 여기에서 희재의 행동과 선택을 '행실이 나쁜'이라고 표현하는 것은 편견의 언어이지만 굳이 그 표현을 빌려 써본다. 희재가 의상실에서 일하면서 만난 재단사 남자와 동거를 하기로 하고 '나'에게 그 이야기를 전달하며 '동거'라는 사실보다 더 알리고 싶었던 것은 이백만 원만 모으면 결혼을 할 것이라는 계획이었다. 희재는 자신이 남자를 방에 끌어들이는 행실 나쁜 아이가 아니라는 것, 그러니까 자신을 그리고 자신과 함께 살 재단사를 결혼을 계획한 신실한 사이로 이야기하고 싶어 한다.

> 하고 싶은 말이 있는데 하지 못하고 자꾸만 나, 말이야, 를 되풀이하는 희재 언니를 열아홉의 나, 빤히 본다.
> "그 사람이랑 함께 살기로 했거든……"
> 그 사람? 얼굴에 점이 있는 진희의상실의 재단사?
> "그냥 어쩐지, 너에겐 말을 해야 될 것 같아서…… 나, 이백만 원만 모아서 남동생한테 주구선 그때 결혼할 거야."
> 결혼. 그럼, 결혼해야지. [24]

그러나 남동생 학비만 마련해주고 식을 올리겠다는 희재의 계획, 결혼을 앞둔 예비부부 정도로 자신과 재단사를 이해해주기 바라는 기대는 끊임없이 무너진다. 그뿐 아니라 재단사와의 행복한 동거도 잠시일 뿐, 희재에겐 엄청난 일이 일어나고 그 일은 '나'로 하여금 아주 오랫동안 외딴방 시절의 이야기를 절대 글로 쓰지 못하도록 하는 결정적 계기를 제공한다. 희재는 둘 사이에서 아이를 가지게 되는데, 재단사가 아이를 지우라고 말한 뒤 그녀를 버리고 떠난 것이다. 철석같이 믿었던 남자의 사랑 역시 배신만을 남겼고 희재는 결국 자살을 택하는데, 그 자살의 과정에서 '나'에게 영원히 잊을 수 없는 고통스러운 기억을 새기고 세상을 떠난다. 자신의 자살이 완벽해질 수 있도록 '나'에게 이렇게 부탁한 것이다. 오후에 고향에 가야 하는데 문을 안 잠그고 나왔으니 자신의 방문을 잠가 달라고. '나'는 그 방에 자살을 기도한 희재가 있다는 사실도 모른 채 그 부탁대로 도둑이 들면 안 되니 방문을 굳게 걸어 잠근다. 그리고 아주 오랜 시간이 지난 후에야 희재는 '구더기밥'이 되어 발견된다.

우리는 희재에 대해 어떻게 말할 수 있을까. 세간의 언어로 희재의 삶을 한 줄로 정리한다면 이렇게 될 것이다. 의상실에서 만난 남자와 겁 없이 동거부터 하다가 혼전에 아이까지 임신하고 남자에게 버림받아 자살한 여공. "내 말을 뭘로 알아듣는 거냐…… 그 여자랑 가까이 지내지 말랬지 않았어"(400쪽)라고 '나'를 단속하던 큰오빠의 예상은 적중했다고, 희재는 정말 행실이 나쁜 아이였고 누구의 보호도 없이 혼자 살며 남자를 방으로 끌어들이는 여공이었다고. 결국 뻔한 결말로 끝나고 말았다고. 세간의 호기심을 충족시킬 만한 여공의 동거와 임신 그리고 자살이라는 비극적 이야기는 너무나도 전형적이며, 그렇게 세간에 회자되는 이야기 속에는 한 줌의 저속한 관음과 저열한 동정이 숨어 있다.

앞서 언급한 여공 수기의 저자, 장남수가 구치소에 수감되었을 때 만난 여공 운희의 이야기 속에는 이러한 모든 문제가 총체적으로 드러난다. 장남수는 자신의 수기 《빼앗긴 일터》에서 당시 여공서사의 전형성, 여공에 대한 대중적 이미지가 그대로 반영된 운희의 사랑 이야기에 대해 쓴다. 여기서 주목할 것은 장남수가 운희의 이야기를 마치 액자 구성처럼 짤막한 소설로 다시 쓰는 기법을 택했다는 사실이다. 운희와 그의 연인의 대화는 모두 장남수의 추측과 상상에 의해 다시 소설적으로 재구성된다.

서울로 상경한 가난한 소녀 운희는 인형 옷 공장에 취직한다. 여공이 된 운희는 경복궁에 놀러 갔다가 대학생 성호를 만나게 되고, 혼자 서울살이에 외로웠던 탓에 쉽게 그와 친해진다. 운희는 여공 생활을 하며 모은 적금도 헐어가며 그의 학비를 대주었는데, 그는 갑자기 목돈이 필요하다면서 운희에게 급전을 부탁한다. 도움이 되고 싶었던 운희는 같은 동료 여공에게 돈을 융통하기 위해 그녀의 빈 자취방에 찾아 갔다가 급한 나머지 일단 돈을 먼저 가져가고 나중에 그 사실을 이야기해야겠다고 생각한다. 목돈을 받은 성호는 운희에게 같이 잘 것을 제안한다. 거절할 수 없는 운희는 어쩔 수 없이 여관에 가고 하룻밤을 보낸다. 성호는 운희가 너무 착하고 사랑스러운 여자라고 말하며 죽도록 사랑하겠다는 맹세를 했고, 운희는 그 말을 믿는다. 그러나 대학생 성호에게는 사실 여대생인 진짜 애인이 있었다. 운희는 바바리를 입고 대학교 교재를 가슴에 낀 채 걸어오는 성호의 애인을 발견하고 자괴감에 빠진 채 집에 돌아오지만, 그녀가 훔쳐간 동료 여공의 돈 때문에 집에 와서 기다리고 있던 경찰에게 그 자리에서 바로 체포된다. 운희의 사랑을 이용한 성호는 운희를 버리고, 운희는 죄수가 된다.

이 이야기에는 여공의 사회적 지위와 열등감, 여공의 연애, 여공의 섹슈얼리티, 여공의 타락과 몰락 등 '가난한 여공의 깨진 사랑, 더럽혀진 육체 그리고 추락'이라는 대중적 인식에 부합하는 여공서사의 모든 요소가 극적인 형태로 담겨 있다. 이 부분이 전체 수기 내에서 이질적으로 **소설**의 형태를 갖추고 있는 것은 장남수의 전략적 서술 방식이다. 장남수는 늘 비슷한 방식으로 읽혀온 일정한 패턴으로서의 여공서사를 의도적으로 **소설**의 형태로 다시 쓰면서 이러한 여공서사만이 전부가 아님을, 그리고 그것을 전부라고 인식하는 폭력을 저지르지 말 것을 독자에게 경고한다. 이 짧막한 소설을 끝내며 장남수는 전형적인 재현으로서의 여공서사를 강하게 거부하고 이로부터 일탈하겠다는 소망을 표명한다. 세간의 인식에 부합하는 여공의 사랑과 몰락에 대한 이야기, 이러한 전형적 서사를 위한 이야기 소재로서 더는 이용당하지 않겠다고 말하는 것이다. 그것이 여공 이야기의 '진짜'가 아니기 때문이다. 이혜령은 이러한 태도를 "공순이" 담론의 재료를 제공하지 않음으로써 여성 노동자들의 명예를 지키려는 태도와 의지로 설명한 바 있다.[25]

그러니까 《외딴방》의 '나'가 끝까지 희재의 이야기를 쓰지 못했던 것, 쓰려다가도 끊임없이 이야기의 처음으로 돌아올 수밖에 없었던 것도 사실은 그 전형적인 이야기의 뻔한 틀에서 어떻게 희재의 '진짜'를 구해낼 수 있을 것인가, 자신의 글쓰기가 그것을 해낼 수 있을 것인가, 아니 문학이 그런 역할을 할 수 있을 것인가, 바로 그 확신이 없었기 때문이 아닐까.[26]

'나'는 그 시절 희재언니의 삶과 죽음이 통속적인 이야기의 재료 혹은 자원으로 소비되는 것을 막기 위해 차라리 글을 쓰지 않는 것이 낫지 않을까 망설였지만, 그러나 결국 쓴다. 불온하고 문란한 여공의 전형적 서사에서 희재언니를 구하는 일, 그것은 실패하고 미끄러지면서도 진실에 다가가기 위해, 진실을 재현하기 위해 끊임없이 쓰는 자만이 할 수 있는 일이라는 것을 알기 때문이다. 외딴방이 있던 그 골목길에 함께 살았던 또 다른 여공인 '나'가 쓰지 않는다면 희재언니는 세상에 존재하는지도 몰랐던 아무개이거나, 그렇고 그런 삶을 살다 간 행실 나쁜 여공, 둘 중 하나로만 남을 것이다. 결국 《외딴방》의 이야기는 '문학여공'에서 '소설가'로 성장한 '나'가 한때 자신이 속해 있었던, 그러나 이제는 빠져나온 여공들의 존엄과 진실을 그려내기 위해 갈등하는 분투 그 자체이다. 물론 "언젠가 내가 그녀들을 내 친구들이라고 부를 수 있을 때, 그때 언니와 그녀들이 머물 의젓한 자리를 만들어주고 싶다고"(234쪽) 그리고 그 자리는 "사회적으로 혹은 문화적으로 의젓한 자리"(234~235쪽)여야 한다는 독백은 유명한 소설가가 된 이후에야, '여공'의 위치에서 아주 멀리 떨어져 상승하고 난 후에야, 그러니까 자신이 한국 사회에서 계층 이동을 한 다음에야 비로소 여공 시절의 이야기를 떳떳하게 할 수 있게 되었다[27]는 서글픈 고백이기도 하다.

그러나 그녀들, 혹은 사회의 소외된 존재에게 그들의 오롯한 자리를 만들어주는 가장 진실한 방식은 여공이든 소설가든 혹은 그 어떤 존재든, 진실에 가 닿으려는 글쓰기의 고통을 통과해야만 이룰 수 있다는 것—그 고통의 공평함을 떠올려본다면 조금은 위로가 될지도 모르겠다.

내가 진실해질 수 있는 때는 내 기억을 들여다보고 있는 때도 남은 사진들을 들여다보고 있을 때도 아니었어. 그런 것들은 공허했어. 이렇게 엎드려 뭐라고뭐라고 적어보고 있을 때만 나는 나를 알겠었어. 나는 글쓰기로 언니에게 도달해보려고 해. [28]

6장은 다음 논문을 바탕으로 했다.

오자은, 〈'문학 여공'의 글쓰기와 자기 정체화: 여공 수기와 소설에 나타난 자기 정체화와 문학의 의미〉, 《한국근대문학연구》 19권 1호, 한국근대문학회, 2018.

1 석정남, 〈인간답게 살고 싶다〉, 《월간 대화》, 1976년 11월 호, 203면. (1974년 12월 21일 자.)

2 석정남, 〈불타는 눈물〉, 《월간 대화》, 1976년 12월 호, 223면. (1976년 2월 27일 자.)

3 이러한 문제의식에 루스 배러클러프의 연구가 도움이 되었다. 루스 배러클러프는 여공들이 수기에서 자신들을 '산업화에 따른 고통의 상징(노동운동 진영)', 또는 '산업 전사와 같은 칭송(정부 측)'으로만 강제하는 분위기가 자신들을 어떻게 억압했는지 표현하려 했다고 분석한다. 루스 배러클러프, 김원, 노지승 옮김, 《여공문학》, 후마니타스, 2017.

4 석정남, 《공장의 불빛》, 일월서각, 1984, 13쪽.

5 위의 책, 16쪽.

6 김양선, 〈70년대 노동현실을 여성의 목소리로 기억/기록하기〉, 《여성문학연구》 37호, 한국여성문학학회, 2016, 19면.

7 석정남, 〈불타는 눈물〉, 앞의 책, 205면. (1975년 5월 12일 자.)

8 석정남, 〈인간답게 살고 싶다〉, 앞의 책, 188면. (1974년 4월 26일 자.)

9 자크 랑시에르, 양창렬 옮김, 《무지한 스승: 지적 해방에 대한 다섯 가지 교훈》,

궁리, 2016, 38쪽.

10 신경숙, 《외딴방》, 문학동네, 2017, 11쪽. 이후 본문 안의 짧은 인용은 괄호 안 쪽수로 표기.

11 위의 책, 36~37쪽.

12 위의 책, 119쪽.

13 위의 책, 375쪽.

14 게오르크 루카치, 반성완, 김지혜, 정용환 옮김, 《리얼리즘 문학의 실제 비평》, 까치, 1987, 197쪽.

15 석정남은 그저 읽어보기만 하겠다는 시인의 약속에 일기를 빌려준 것뿐이고, 나중에서야 그것이 잡지에 실렸다는 사실을 알게 된다. 따라서 〈인간답게 살고 싶다〉라는 제목 역시 그녀가 붙인 것이 아니며 오히려 1회 연재분인 이 일기에는 문학에 대한 열망이 가장 강하게 드러나 있다.

16 존 베벌리, 박정원 옮김, 《하위주체성과 재현》, 그린비, 2013, 184쪽.

17 신경숙, 앞의 책, 52쪽.

18 위의 책, 131쪽.

19 장남수, 《빼앗긴 일터》, 창작과비평사, 1984, 42~43쪽.

20 "여대생이 연애를 하면서 키 크고 코 큰 남자와 팔짱을 끼고 영어를 중얼거리며 거리를 활보해도 그것은 국경을 초월한 사랑이니 어쩌니 하면서, 공단에서 일하는 우리들이 연애를 하면 성문란이라고 한다." 위의 책, 101쪽.

21 "어떤 사연들을 가지고 이런 곳까지 흘러오는 것일까! 아이스크림을 한 개씩 들
    고 저희들끼리 깔깔대며 웃는 모습을 보면 쟤네들도 웃을 때가 있구나 하는 생
    각도 들지만 그 여자들한테도 나같이 나이 잔뜩 처먹은 공순이는 아마 구경거리
    일 거라는 생각이 든다. 너희들이나 나나 모두 이 세상에 버려진 닮은꼴들이야."
    작자 미상, 〈창녀나 공순이나 똑같은 인간인데〉, 김경숙 외 125명, 《그러나 이제
    는 어제의 우리가 아니다: 80년대 노동자 생활글 모음》, 돌베개, 1986, 106쪽.

22 신경숙, 앞의 책, 283쪽.

23 위의 책, 366쪽.

24 위의 책, 389~390쪽.

25 이혜령, 〈"여공 문학" 또는 한국 프롤레타리아 여성의 밤: 루스 배러클러프, 《여
    공 문학: 섹슈얼리티, 폭력 그리고 재현의 문제》〉, 《상허학보》 53호, 상허학회,
    2018, 260면.

26 루스 배러클러프는 이러한 희재의 이야기를 여공문학에서 여공이 비극적 희생양
    으로 재현되는 "장르적 클리셰"라고 설명하며 신경숙이 이런 관례들로부터 저
    항하려 한다고 말한 바 있다. 루스 배러클러프, 앞의 책, 282~283쪽.

27 이혜령, 앞의 글, 261면.

28 신경숙, 앞의 책, 235쪽.

7장

90년대식(式) 연애, 90년대산(産) 사랑

...린 아직은 살아 있어요. 살아 있는 건 변화하게 마련 아녜요. 우리도 최소...

...증거로라도 무슨 변화가 좀 있어야할 게 아녜요?" 나는 목이 긴 여자를 생각...

...개가 되어 흐르는 그 유려하고도 따스한 고장에 내 얼굴을 묻을 수 있었으...

...못 도망칠 줄 알구 나도 한번 도망쳐 보일 테다. 더러운 거짓이 기둥목...

...집구석을. 나를 자유롭게 ... 나를 자유롭게 하라. 물색 중인 완전...

...로부터, 엄마가 ... 부탁해준 인공의 순결로...

...막대한 지참금 ... 할머니의 불길한 저주...

... 하라. 나는 내 ... 음악 듣고, 영화 보고, ...

...푼돈 모아 만년 ... 을 초대할 수...

...정결한 새 ... 태어난 고장...

...로운 인생을 ... 내 세상의 슬...

...거창한 ...

...슬픔. 그 말 ...

《마지막 춤은 나와 함께》의 진희

...으로 울려퍼졌다.

...으리라곤, ... 갑자기 시인이 ...

...묻지 않으세요? 이 ... 쩨쩨잖은 편지 ...

...강렬하게 되살아날 ... 선생님 때문이...

... 사랑할 수 있는 자 ...

...호의는 고맙지만 자기 앞에 놓인 삶 ... 신경 써서 만년 문...

...." 그 여자는 정말이지 온갖 역할을 다해 ... 것이었다. 목욕탕에 갈 때...

...서부터 가끔씩 토해내는 딸의 자잘한 신경질 쓰레받기, 팝송을 좋아하는...

...."엄마 눈에…… 제가 마치 괴물처럼 비춰든 것 같은데요." 우혜는 턱을...

... 그러는 동안 딸과 어머니의 눈길이 얽혔다.

...게든 영원히 살아있는 나가 되고 싶다. 아니 죽어서도 살 그러한 일을 하...

...도 좋으니 문학작품을 남기고 싶다. 남이 읽고 언제까지라도 잊지 않고...

...고 싶다. 그래서 나는 그런 업적을 남기기 위하여 앞으로 험하디 험한 먼...

...잡기 위하여 죽도록 노력하리라.

1. 《새의 선물》의 소녀는 자라서 무엇이 되었는가

'열두 살 이후 나는 성장할 필요가 없었다'라고 선언하는 조숙한 소녀, 90년대 최고의 베스트셀러였던 은희경의 《새의 선물》의 주인공 진희를 기억하는 독자는 아직도 많을 것이다. 《새의 선물》은 은희경을 단숨에 스타 작가의 반열에 오르게 했다. 여기에는 애늙은이 같은 목소리로 세상을 건조하게 냉소하는 진희라는 캐릭터의 기여가 컸다. 하숙을 하며 홀로 가족을 부양하느라 억세질 수밖에 없었던 할머니, 언제나 마을 사람들의 소문 속에 회자되는, 실성해서 목을 매달아 죽었다는 엄마, 제 손으로 첫사랑인 누이의 시신을 거두어 화장한 기억을 간직한 채 서울로 떠난 대학생 삼촌, 철없어 보이지만 실연의 고통을 호되게 겪는 이모 '영옥' 그리고 온갖 사연을 간직한 마을 사람들과 함께 어울려 살며 마치 주말 아침 가족 드라마 같은 전원적 공동체의 삶을 보여주는 듯하지만, 이 소설은 그 가운데에서도 한 가지 명료하게 건조한 진실을 진희의 눈을 통해 보여준다. 죽은 엄마와 타지로 떠난 아빠 대신 할머니, 이모와 함께 살며 너무 일찍 세상을 알아버린 소녀 진희는 아래와 같이 선언한다.

> 그때 1969년 겨울, 나는 조그만 앉은뱅이 책상 앞에서 '절대 믿어서는 안 되는 것들'이라는 제목의 목록을 지우고 있었다. 동정심, 선과 악, 불변, 오직 하나뿐이라는 말, 약속…… (중략) 그 이후 지금까지 나는 인간이 진심으로 사랑하는 것은 자기 자신뿐이라고 확신하고 있는 것이다. 요

즘도 나는 뭔가를 쓰다가 이따금 연필을 내려놓고 가운뎃 손가락 마디의 옹이를 한참 내려다보곤 한다. 나는 삶을 너무 빨리 완성했다. '절대 믿어서는 안 되는 것들'이라는 목록을 다 지워버린 그때, 열두 살 이후 나는 성장할 필요가 없었다. [1]

'목매달아 죽은 여자'의 딸이라는 딱지 그리고 자신을 두고 떠나버린 아버지. 가장 절대적인 사랑을 받아야 할 부모에게서 이미 버려진 존재라는 것을 일찍 알아버린 진희는 자신의 삶에서 모든 절대적인 것을 지워간다. 이모와 자신이 물에 빠지면 할머니는 이모를 구할 것임을 순순히 인정하고 '세컨드'의 삶에 순응해가는 진희의 생존법은 삶은 운명적인 것이 아니라 해프닝에 불과하다는 것, 영원하고 유일한 것은 존재하지 않는다는 것을 아는 것이다. 소중한 것으로부터 배신당하기 전에 먼저 그 소중한 대상을 자신으로부터 분리하여 냉소의 자세를 갖는 것. 냉소의 태도를 유지하기 위해서는 감정의 균형이 필요하다. 자발적으로 감정을 통제하는 것이다. 그렇기에 진희는 엄마가 어떻게 목을 매달아 죽게 되었는지 할머니로부터 그 내력을 들으면서도 오히려 자신이 그 이야기에 '슬픔'을 느끼는 일을 경계한다. 그런 슬픔은 약점을 만들고, 아픔을 느끼는 상처를 갖는다는 것은 감정의 조절 능력을 상실하는 것이기 때문이다.

'그 어떤 것도 절대적이고 유일한 것은 없다. 세상의 모든 것은 우연적이며 일회적이고 순간적이다. 어떤 대상에도 영속적인 의미를 부여해서는 안 된다'라는 진실을 일찍부터 깨친 것이다. 아버지가 재혼을 하게 되어 새 가족에 편입이 되고, 이복동생과 엄마 아빠, 자신으로 이루어진 그럴듯한 '보통' 가정의 외형을 갖게 되었음에도 진희에게 오히려 그 경험은 자신은 절대적이고 유일한 대상이 될 수 없다는 것을 확정 짓는 계기로 작동한다. 할머니에겐 나보다는 이모가, 새어머니와 아버지에겐 나보다는 이복동생이 먼저라는 것.

그뿐 아니라 진희는 유년 시절을 보낸 시골의 사람들, 특히 혜자 이모, 영옥 이모, 장군이 엄마, 광진테라 아줌마, 영숙 이모 등 '이모'들의 공동체나 마찬가지인 시골 마을 여자들의 삶을 통해 어떤 대상—특히 남자—의 약속이나 맹세 같은 것에 영원과 절대의 가치를 부여하는 것이 얼마나 삶을 고단하고 고통스럽게 만드는가를 추체험한다. 이를테면 '첫 남자'라는 이유로 자신을 겁탈한 남자와 결혼하여 불행한 가정생활을 이어가다 이 삶을 탈출할 가능성을 엿보는 광진테라 아줌마를 보면서 진희가 생각하는 것은 이런 것이다.

> 나도 떠나고 싶은 건가. 나에게도 지금의 삶에 대한 번민이 있어 여기에서 벗어나고자 하는 마음이 있는 건가. 그렇다면 내가 원하는 다른 삶은 어떤 것인가. 엄마의 존재를 의식하지 않고 또 아버지라는 발음을 극복하지 않아도 되는 삶? 생각이 여기에 이르자 나는 더욱 우울해진다. 내 삶이 이어지는 한 그들의 이미지를 떠날 수 없다는 걸 알기 때문이다. [2]

"엄마의 존재를 의식하지 않고 또 아버지라는 발음을 극복하지 않아도 되는 삶"이란 더는 부모와 가족, 핏줄, 계통에 얽매이지 않는 삶을 사는 것이며 독립적이고 개별적인 삶을 사는 것이다. 열두 살에 이미 그런 삶을 꿈꾸던 진희. 진희는 커서 정말 그런 삶을 살 수 있었을까. 자신은 더는 성장할 필요가 없다고 선언했지만, 정신적인 성장과 별개로 어찌 되었든 그녀는 나이를 먹고 어른이 되었을 것이다. 어떤 어른으로 살고 있을까.

소설은 진희가 60년대에 유년기를 보내고 '희망찬' 70년대를 맞이하면서 끝이 난다. 70년대가 되자마자 진희는 중학생이 되고 할머니를 떠나 재혼한 아버지의 새 가정으로 들어가게 된다. "70년대가 오면 새로운 삶이 시작되기라도 할 듯이 떠들어대는 저 사람들"(새, 363쪽)이라고 냉소하면서도 "맙소사, 아버지라니, 70년대엔 내게 아버지가 있다니"(새, 380쪽)라며 공교롭게도 시대의 변화에 따라 동시에 일어난 삶의 변화를 받아들인다. 이후 소설은 완전한 성인이 된 진희의 현재를 에필로그처럼 아주 짧게 보여주는데 그 장면은 그동안 필요 이상으로 조숙해야만 살아갈 수 있었던 소녀 진희, 서늘할 정도로 사리 분별이 정확하고 이성적이던 열두 살 소녀 진희와는 사뭇 다른, 실망스럽기도 한 허무한 모습으로 묘사된다.

그렇게 똑똑하고 야무지던, 일찍 철든 진희의 종착지는 슬프게도 불륜이었다. 학위를 마치고 전문대학 전임 자리까지 잡아 비교적 안정된 사회적 지위를 확보한 삼십 대 여성이 된 진희의 현재 모습은 같은 학교 교수와 비밀스러운 만남을 갖는 소위 불륜녀이다. "신념 따위의 강렬하고 고급한 감정은 갖추지 못했지만"(새, 383쪽)이라고 자조하듯, 진희는 어떤 죄책감도 없이 불륜을 한다. 더군다나 상대는 이복동생의 첫사랑이다. 불륜과 배신이 뒤엉킨 셈이지만 진희에게 사랑은 무겁고 엄숙한 것이 아니기에 가능한 일이다.

호기롭던 불륜의 정사가 "바람 빠진 풍선처럼 축제의 부력을 잃고 한갓 고무주머니"(새, 384쪽)가 되자마자 뉴스에선 "무궁화호 발사 성공", "가명계좌와 4천억, 광복절 사면, 보스니아, 삼풍 유가족…"(새, 384쪽)이라는 앵커의 멘트가 들려온다. 누가 보아도 90년대임을 알 수밖에 없는 시대적 사건들 속에서 정사를 마친 진희. 상처를 감추기 위해 냉소를 먼저 배운 이 애늙은이 소녀에 대해 수많은 독자들이 보낸 애정을 배신하기라도 하는 것처럼 진희는 아무렇지 않게 불륜을 한다.[3] 도대체 왜? 자조하듯, 어차피 누군가를 배신하고 살지 않기란 힘들기 때문에? 그러나 은희경은 진희의 삼십대, 90년대의 진희에 대해 깊게 말해주기 위해 한 편의 소설을 더 썼다. 어쩌면 독자들이 느꼈을 그 실망과 허무에 대해, 90년대 진희의 현재에 어떤 부연과 주석을 덧붙일 필요가 있었기 때문이 아닐까. 그 소설의 제목은 《마지막 춤은 나와 함께》이다.

2. '90년대라는 포즈'와 세 명의 여자라는 형식

《마지막 춤은 나와 함께》는 《새의 선물》이 초판 발간된 지 3년 후에 나온 소설이다. 정확히 《새의 선물》의 그 소녀,

진희가 삼십 대의 지방 소도시 전문대학의 교양과 교수가 된 이후의 삶을 그려내고 있다. 진희는 결혼 전에 두 번의 중절 수술을 경험했고 그 수술을 하게끔 같이 아이를 만들었던 남자와 결혼했으며 결혼 생활 도중 그 남자의 '발길질'로 아이를 잃은 것으로 나온다. 교수가 되기까지의 커리어 역시 쉽지 않았던 것으로 설명된다. 아버지의 반대를 무릅쓰고 결혼했다는 이유로 모든 지원이 끊겼고, 생활비를 벌기 위해 사립여중 국어과 교사로 근무했으나 여교사를 달가워하지 않는 재단의 압력에 교사를 그만둔다. 그 바람에 다시 대학원으로 돌아가 학위를 계속하여 현재 대학교 교수까지 된 것이다. 진희는 《새의 선물》의 에필로그 내용 그대로 동생의 첫사랑을 애인으로 삼고 비밀스러운 만남을 지속하고 있다. 다만 애인이 그(현석)만이 아닐 뿐이다. "내게 애인이 언제나 꼭 셋이었던 것은 아니다"[4]라는 말처럼 넷일 때도 있었다. 여러 개의 가방에 나눠 담으면 사랑도 덜 무거워진다는 진희의 사랑법은 이혼 이후 내내 지속된다.

소설 속에서 진희는 무려 세 명의 남자를 두고 동시다발적인 만남을 갖는 것으로 나온다. 세 명의 남자 중 두 명은 현재 긴밀한 연인관계를 유지하고 있으며 마지막 한 명은 전남편으로서 지금은 아니지만 언제든 연인관계로 전환될 수 있는 여지를 갖고 있다. 남자들의 목록은 다음과 같다. 독신주의자인 대학교수 현석. 사회부 기자이자 유부남인 종태. 그리고 과거 유명한 운동권이었음이 암시되는 전남편 상현. 진희는 심지어 유부남을 만나는 것이 처음도 아니며 종종 있었던 일이라고 회고하며, 각각의 남성에게 다른 애인의 존재를 감추지 않는다고 밝힌다. "미래에 대한 부담이 전혀 없는 관계이며 언제라도 원할 때에 자기의 감정을 철회할 수 있는 매력적인 관계라는 암시"(춤, 30쪽)를 위해서이다. 게다가 진희는 이 동시다발적 연애 속에서 임신을 하는데, 당연히 아이의 아버지가 누구인지 완전히 확정하긴 어려울뿐더러 아이를 낳고 결혼 제도에 속할 마음이 없기 때문에 인생의 세 번째 중절을 선택하고 별 아픔 없이 그 일에 대해 매듭을 짓는다.

그런데 진희의 이러한 태도에는 21세기, 지금의 독자들이 보기에 어딘가 과잉된 모습이 있다. 물론 도덕과 부도덕의 경계를 명확하게 나눈다는 것이 쉽지 않은 문제이기는 하지만 동시에 여러 명의 남자와 연애를 하며 잠자리를 갖고 임신과 중절을 하고, 유부남과의 불륜 관계를 지속하며 그 유부남의 아내까지 알고 지내면서도 시종일관 '쿨'한 태도를 유지하는 모습은 아무래도 작위적이다. 무엇보다 힘들게 얻은 대학 전임 자리에도 큰 집착이 없어서 학내에서 자신이 남자 문제로 평판이 좋지 않다는 사실을 알면서도 별로 개의치 않은 채 파격적인 행동을 지속할뿐더러 심지어는 먼저 사표를 제출하여 학교를 떠나기까지 한다. 이런 여성이 90년대에 과연 '있을 법'한 존재인가를 생각해본다면 진희라는 여성이 상당히 예외적인 인물임을 알 수 있다. 그렇다면 이제해야 할 일은 이러한 과잉과 작위성의 이유와 의도를 헤아려보는 것일 테다.

《새의 선물》의 마지막 장면으로 돌아가 보자. 진희의 불륜 정사는 전면적으로 90년대의 시작과 함께 이뤄진다. 진희 스스로 시대적 구분을 무시하려 해도 어쩔 수 없이 그러한 구분법에 민감하다는 것은 소설 전편에 드러난다. 앞서 언급했듯이 정사가 끝나자마자 뉴스에선 "무궁화호 발사 성공", "가명계좌와 4천억, 광복절 사면, 보스니아, 삼풍 유가족…"(새, 384쪽)이라는 앵커의 멘트가 흘러나오고, 이는 해당 장면에 확실한 시대감을 부여한다. 동시에 진희의 90년대이자 삼십 대를 그린《마지막 춤은 나와 함께》는 그 바통을 이어받아 전면적으로 새로운 시대의 새로운 분위기를 담고 있다. 그렇다면 여기서 대체 새로운 시대란 무엇인가?

이 소설은 진희의 연애 이야기와 사랑론을 펼쳐놓는 동시에 다양한 담론이 등장한다. 읽다 보면 진희의 서사 자체가 이러한 담론을 구현하기 위해 직조된 듯한 느낌을 받을 정도이다. 예를 들면 '몸' 담론, 여성의 임신 중절 이슈, 동성애 문제, 페미니스트와 페미니즘의 부상, 젠더 권력적 관점에서의 성 정치, 일부일처제에 대한 저항까지. 진희가 가는 곳곳마다 그와 관련된 문제가 제기되거나 혹은 주변 인물이 갑자기 그런 질문을 하는 식으로 이러한 담론이 시시때때로 펼쳐진다. 여성학을 전공한 것으로 나오는 동료 여교수, 그 반대편에서 남성 중심적 사고방식을 강요하는 시니어 남교수, 갑자기 등장해서 여성 문제에 대해 취재하는 잡지사 기자와 같이, 진희 주변의 '마치 꼭 만들어진 듯한' 인물 배치는 이러한 심증을 더욱 굳히게 만든다.

> "술 따르는 데 편견이 없는 걸 보니 강선생은 진짜 페미니스트인데요?"[5]

"강 선생은 동성애에 대해 어떻게 생각해요?"[6]

"다른 게 아니고…… 전에 어느 대학에서 '성 정치 문화제'를 했잖아요. 그때 동성애에 대해 원고를 썼었거든요."[7]

위의 인용문에서처럼 술자리에서 뜬금없이 등장하는 '페미니스트', '동성애', '성 정치 문화제'와 같은 단어들은 오히려 특별한 맥락 없이 등장함으로써 어떤 시대적 필연성을 강하게 갖게 된다. 소설 전체의 이야기 전개를 위한 서사적 필연성보다는 지금이 어떤 시대임을 강하게 알리기 위한 일종의 레테르로 기능한다는 것이다.

"하긴 결혼도 윤락도 다 상거래니까. 결혼은 청부업이고 매춘은 임대업이라고, 어떤 사람이 그런 말을 했을걸?"
"맞아. 일부일처제, 그게 문제야."[8]

섹스를 사랑의 표현으로만 생각하고 있는데 그것이 가부장적인 생식의 현실로 다가올 때 혐오가 느껴지는 것은 당연한 일이다. 나 역시 그랬다.[9]

또한 일부일처제에 대한 비판이나 가부장적인 생식으로서의 섹스가 아닌, 표현으로서의 섹스를 언급하기도 하는데 이는 곧 전격적인 몸 담론으로 이어진다. 이 소설의 파격적인 면은 단지 진희의 남성 편력뿐 아니라 진희가 본인의 언어로 직접 구사하는 몸 담론, 성 담론에서도 나타난다.

사랑하게 되어 섹스를 원하는 것이 순서이겠지만 먼저 섹스를 공유한 뒤에 사랑에 빠지는 일에도 많은 진실이 있다. 우정이나 호감을 사랑으로 바꾸어주는 것도 섹스이고, 교착된 관계를 결정적으로 밀착하거나 끊어지게 만드는 것도 섹스의 영역이다. 술에 취했거나 어떤 충동에 휘말려 관계를 가졌다고 해서 께름칙하게 여길 필요는 없다.[10]

섹스에 대한 본인의 생각을 길게 펼치는 위와 같은 대목은 사실 지금의 독자들이 읽기에는 다소 어색하거나 혹은 교조적으로 느껴질 수 있다. 요즘 누가 타인을 설득하기 위해 섹스에 대한 생각과 주장을 (촌스럽기까지 할 정도로) 이토록 길게 펼친단 말인가?

진희는 중간중간 만나는 남자들과의 여러 사건을 풀어놓는 가운데 몸과 섹스에 대한 자신의 입장을 아주 길게 공들여 설명한다. 셋 중 어떤 남자를 만나는가와 관계없이, 그러니까 서사적 개연성과 무관하게 이 성 담론은 독립적으로 존재한다. 마치 이러한 담론을 이야기하기 위해 늘 준비해온 것처럼. 그로 인해 진희의 성 담론은 단순히 진희 개인에 국한된 이야기라기보다 어떤 시대성을 띠게 된다. 말하자면 새로운 성 문화, 몸 담론이 급격히 부상한 90년대적 분위기를 보다 적극적으로 보여주기 위한 장치라는 것이다.

거대한 정치적 이념의 시대였던 80년대가 지나가고 90년대부터 특정 이념에 속박되지 않은 개인적인 것, 사적인 것에 대한 열풍이 불었다는 것은 주지의 사실이다. 이른바 80년대와 90년대를 "광장"과 "외딴 방"[11]으로 비유하며 대립적으로 간주하는 기왕의 인식 틀은 이러한 급격한 시대적 변화에서 기인한 것이다. 특히 90년대에는 개인적인 것 가운데 가장 개인적인 것, 가장 은폐되어 있던 것, 바로 '성'과 '몸'에 대한 담론이 여기저기에서 등장하기 시작했으며, 문화 전반에 대담한 성의 묘사들이 나타났다. 더불어 이를 조명하는 사회적 담론이 형성되었고 대중 매체 역시 수면 위에 올라온 성에 대해 앞다투어 다루기 시작했다.

90년대 성문화의 현주소

★〈교양 특집 스페셜: 또 하나의 문화, 우리 시대의 성性〉(MBC 오전 8:00)

90년대를 사는 젊은이들에게 성은 더 이상 부끄러워해야 할 이야기도 목소리를 죽여 나누어야 할 이야기도 아니다. 대학가에 버젓이 섹스숍이 문을 여는가 하면 성에 대한 논쟁이 PC통신의 단골 메뉴로 등장하기도 한다. '성문화제' 혹은 '성포럼'이라 이름 붙여진 각종 행사가 스스럼없이 대학축제에 등장하고 있다. 90년대 성문화의 현주소를 알아보고 '야한 여자론'의 마광수, '창녀론'의 김완섭, 직설적인 성 묘사로 매스컴의 초점이 됐던 시인 최영미, 장정일 씨 등이 출연해 '성'에 대한 공방을 벌인다. [12]

위의 기사에서 보듯이 '성 문화'는 90년대의 대표 키워드이기도 했지만, 일종의 '사회적 걱정거리'이기도 했다. 대담한 성 담론의 부상에 새로운 변화라며 주목하는 한편, 이에 대한 사회적 우려 역시 대두되었기 때문이다. 특히 기사에서 확인할 수 있듯 대학가에서 일어나는 성 문화의 변화는 주요 화두였는데, 이는 《마지막 춤은 나와 함께》에서 진희와 주변 인물들이 대화를 나누며 대학 축제에 있었던 '성 정치 문화제'를 언급하는 대목과 정확히 일치한다. 그러한 측면에서 《마지막 춤은 나와 함께》를 전면적인 90년대식 소설로, 진희를 '90년대스러움'을 전격적으로 구현하고 있는 인물로 보는 데에는 결코 무리가 없을 것이다. 당대 문학장 역시 90년대 문학을 "여성성의 새로운 제기, 성에 대한 과감한 문학적 형상화, PC통신문학 등으로 특징 지워지는"[13] 것으로 규정했음을 생각해보면 더더욱 그러하다. 즉 이 소설은 '진희'라는 인물에 90년대라는 시대의 특이성을 극대화하여 기입해 넣는 방식으로 쓰였다고 할 수 있다. 이러한 심증에 하나의 확신을 더한다면, 《마지막 춤은 나와 함께》가 취하고 있는 독특한 전개 방식 하나를 들어 설명해볼 수 있겠다.

이 소설은 진희를 주인공으로 하여 주변 인물로 두 명의 친한 여자 친구가 등장한다. 고등학교 교사 시절 동료이자 전직 운동권인 경애와 중매결혼을 해서 의사 부인으로 살고 있는 전업주부 윤선이 그들이다. 흥미로운 것은 진희, 경애, 윤선, 이 세 여성이 90년대 한국 사회에 각각 일정 지분을 갖는 세 가지 유형의 여성을 형상화하고 있다는 점이다. 우선 경애는 운동권 남편의 뒷바라지를 하느라 번역이나 교정 일거리를 하면서 생계를 유지하는 인물이다. 자신들 부부가 젊은 시절 가졌던 가치에 여전히 의미를 부여하고 있으나 남편이 뒤늦게 취직하면서 세속적으로 타락해버린 것에 대한 경멸과 혐오를 갖고 있다. 어떻게 보면 전형적인 386 운동권의 퇴보를 보여주는 경애의 남편과 그런 남편을 바라보는 경애의 시선은 마치 후일담 소설의 일면을 보는 것 같기도 하다.

> (전략) 남편이 이른바 운동을 할 때는 신문 미담 면을 장식하는 자원봉사자처럼 "고생스러워도 보람 있어요" 하는 궁색하고도 밝은 미소를 짓고 다녔다. 요즘은 그렇지 않다. 남편이 뒤늦게 선배의 부름을 받고 어떤 기업의 홍보실에 들어간 뒤부터는 남편 안부를 물어보면 "홍, 기자들 입 틀어막는다고 룸살롱 돌아다니느라 신났어" 하고 함부로 대꾸하는 것이다. [14]

위의 인용문에서처럼 경애는 이념에 대한 가치를 아직 포기하지 못한 마지막 운동권 세대를 보여주는 역할을 한다. 남편의 '큰 뜻'을 지지하기 위해 가정 경제를 맡아 온갖 잡일을 하며 집안을 도맡아 꾸려왔지만 이제 와 남는 것은 룸살롱을 다니는 전직 운동권 남편의 타락한 모습뿐.

한편 윤선은 전혀 다른 종류의 여성 인물이다. 대학 졸업 후 바로 성형외과 의사와 선을 보고 결혼한 뒤 강남의 전업주부로 살며 피부 관리실에 다니고 가사 도우미를 쓰면서 유복하게 산다. 그러나 동시에 반복되는 답답한 전업주부의 생활에 염증을 느끼며 집이 아닌 다른 데에서 삶의 활력을 찾고자 한다. 바로 혼외의 사랑, 불륜이다. 진희를 통해 알게 된 남성과 불륜의 만남을 지속하며 평소에 누리지 못한 열정과 쾌감을 느끼고 이를 갑갑한 삶의 탈출구로 삼고자 하는 것이다.

그러나 불륜은 불장난일 뿐, 윤선은 절대로 성형외과 의

사의 부인 자리를 내놓을 용기도 자신도 없다. 이혼하면 당장 혼자 살아갈 방도도 막연하다. 답답한 자신의 삶을 잠깐의 로맨스로 순간순간 채우려 할 뿐.

사회적으로 인정받는 커리어를 쌓는 이혼한 여성이자 독신 여성, 이념을 포기하지 못한 채 운동권 언저리에 있다 생계형 워킹맘이 된 여성, 경제력 있는 남성과 결혼하고 전업주부를 선택해 유복한 생활을 하지만 답답한 생활에 염증을 느껴 불륜으로 활력을 찾는 여성. 이 소설은 세 여성의 삶을 묘사함으로써 독자들에게 '어떤 여성으로 살아갈 것인가' 상상하게끔 하고, 그중 하나의 삶을 선택했을 경우 어떤 결과값이 펼쳐질지를 보여주는 역할을 하기도 한다. 왜? 드디어 90년대에 들어서면서 여성의 삶에 '갈래'라는 것이 생겨났기 때문이다. 어떤 선택을 하는가에 따라 다른 결과를 얻게 될 수 있다는 것은 결국 여성 앞에 단일하지 않은 복수의 선택지가 놓인 시대가 도래했음을 의미한다.

90년대 이야기를 조금 더 해보자. 당대 최고의 인기 배우였던 강수연 등 세 명의 여자 배우가 각자의 노출된 다리를 올리고 있는 인상적인 포스터로 익숙한 영화, 〈처녀들의 저녁식사〉를 기억하는지. 지금은 유명 감독이 된 임상수가 90년대에 연출한 이 영화는 29만 명이라는 관객을 동원하여 1998년도 한국영화 흥행 순위 8위를 차지했고, 같은 해 청룡영화상도 수상할 정도로 대중이나 평단의 호응도 컸다.

처녀들의 성에 관한 질펀한 수다

"첫 느낌이 어땠어?" "그건 말이야, 뭐랄까⋯."

29세 처녀들의 성에 대한 질펀한 수다 〈처녀들의 저녁
식사〉(우노필름 제작). 그러나 이들로 하여금 이처럼 적나
라한 수다를 하게 만든 사람은 정작 이 작품으로 데뷔하는
남성 감독이다.

임상수 감독은 이 작품을 위해 6개월 동안 직접 여성들
을 만나 이야기하고 시나리오도 썼다. 그래서인지 여성 감
독의 작품이 아닌가 싶을 정도로 여성 심리를 섬세하게 펼
쳐내고 있다.

디자인 회사 사장인 호정(강수연)은 성개방주의자다.
반면 식당 웨이트리스인 연(진희경)은 결혼이 여자 인생의
최대 목표라고 생각하는 전형적인 현모양처형. 또 다른 친
구 순(김여진)은 남자 경험이 없는 대학원생으로 그녀는 경
제적으로 독립해서 혼자 아이를 낳아 기르겠다는 당돌한
꿈을 갖고 있다.

몇 번의 저녁식사가 반복되면서 처녀들이 늘어놓는 적
나라한 성에 대한 수다는 호정과 연, 그리고 순이 겪게 되
는 각기 다른 경험과 시행착오를 통해 충돌하기도 하고,
때론 굴절을 겪기도 한다.

그런데도 영화의 언어는 이런 상황들을 지극히 차분하
면서도 경쾌하게 표현하고 있다. 그것은 영화가 주인공들
의 삶에 대해 이러쿵저러쿵 가치 판단의 잣대를 들이대지
않기 때문이다.

이 영화에서 강조하고 있는 것은 그동안 남성들만의 시
각으로 왜곡·은폐돼온 성에 대한 담론에 이제 서서히 여자들
도 주체로서 자리할 수 있음을 보여주는 데 있는 듯하다. [15]

성에 개방적이며 독립적인 직업을 가진 여성과 경제력이 부족한 대신 현모양처를 꿈꾸는 여성, 지금은 아니지만 언젠가 완전히 자립할 날을 꿈꾸는 대학원생. 각기 다른 가치관을 가진 세 가지 유형의 여성을 제시하고 그녀들의 성 경험과 성 담론을 적나라하게 보여주는 파격성 때문에 이 영화는 큰 화제를 낳았다. 이러한 파격성은 위 기사에 나와 있듯이 곧 "성에 대한 담론에 이제 서서히 여자들도 주체로서 자리할 수 있음"을 보여주는 것으로 의미화되었다. '실제' 90년대 여성의 삶과 '얼마나' 닮아 있는가를 따지기에는 다소 앞서 나가는 부분이 있겠지만 대중의 마음과 욕구를 가장 민감하고 빠르게 캐치하는 것이 미디어의 속성이라는 것을 생각해볼 때 90년대는 이런 파격과 소란을 기다리고 있었다고 해도 과언은 아닐 것이다.

이처럼 몇 가지 전형의 여성형을 제시하고 각기 다른 선택과 삶을 보여주는 **세 명의 여자라는 형식**은 '90년대식' 특징이기도 하다. 예를 들어 비슷한 시기에 공전의 베스트셀러가 되었으며 은희경과 함께 90년대 인기 여성 작가의 반열에 오른 공지영의《무소의 뿔처럼 혼자서 가라》역시 마찬가지 구성이다. 전남편의 폭력으로 이혼한 소설가 혜완, 전직 아나운서였으나 의사와 결혼하여 현재는 유복한 전업주부로 사는 경혜, 운동권 출신 영화감독 남편을 뒷바라지하다가 피폐해진 영선—명문대 80년대 학번인 세 여성이 자의든 타의든 선택한 세 가지 삶은 일종의 전형성을 띤다. 소설가로서 어느 정도 사회적 지위를 확보했으나 여전히 삶이 녹록하진 않은 이혼한 여성, 능력 좋은 남편을 만나 편하게 사는 것으로 자기 자신과 타협했으나 현실이 갑갑한 전업주부 여성, '이념'이라는 80년대의 자장 안에서 반쯤은 계류된 채 남편 뒷바라지만 하게 된 '애매한' 여성.

사실 《무소의 뿔처럼 혼자서 가라》는 전형적으로 '운동 그 이후'의 후일담 소설로서의 형식을 취하고 있어서 언뜻 《마지막 춤은 나와 함께》와 다른 결로 보이기 쉽지만, 두 소설은 상당한 유사성을 띠고 있다. 우선 주인공 혜완은 아이를 잃고 남편의 폭력으로 이혼했는데 진희 역시 아이를 임신한 상태에서 폭력을 저지른 남편과 이혼한 것으로 나온다. 혜완의 전남편은 민주시민운동을 하는 전직 운동권이며 진희의 남편 또한 운동권이었음이 암시되고 그는 학내 모든 학생이 다 알던 유명 인사로서 어떤 신념을 위해 해외 단체에서 일하고 있는 것으로 설명된다. 나머지 여성 인물들의 유사성도 마찬가지이다. 커리어를 포기하고 의사와 결혼한 전업주부이지만 활력을 위해 바람을 피우는 경혜와 윤선, 운동권 남편을 지원하다가 자신의 인생을 잃어버린 영선과 경애. 그뿐 아니라 두 작품에서 모두 어떤 서사적 개연성을 특별히 띠지 않은 채로 '레즈비언'이나 '동성애' 같은 단어들이 당시의 분위기를 보여주기 위해 갑자기 등장하기도 한다.

공지영과 은희경의 문학적 스타일이 결코 유사하다고 할 수 없고 각각의 독자층도 꽤 다르게 분포되어 있음에도 불구하고 전혀 다른 스타일의 두 작가가 같은 시기에 이런 세 여성 인물의 삶을 그렸다는 것은 그것이 어느 정도 90년대 여성이 상상할 수 있었던 삶의 전형성을 보여주기 때문일 것이다. 그 무렵 상상할 수 있는 각기 다른 선택지의 유형과 그로 인해 각각의 삶 속에서 벌어지는 시행착오와 깨달음을 독자에게 제시하고, 저마다 자신에게 더 가까운 유형의 가치관과 삶을 대입해볼 수 있게 만든 것. 적어도 이러한 차원에서 《마지막 춤은 나와 함께》의 진희가 진희 개인에 국한된 인물이라기보다는 '90년대라는 포즈'를 적극적으로 구현하는 인물이라는 점은 확인할 수 있을 것이다. 그렇다면 이제는 진희의 내면에 대해서도 조금 더 시대적인 의미를 부여해보면 어떨까.

3. 하찮고 사소하고자 하는 시대의 마음

앞서 언급한 《무소의 뿔처럼 혼자서 가라》에서 혜완은 자신과 친구들의 지난 시절에 대해 다음과 같이 회상한다.

> "왜냐하면 우린 아마…… 우리가 아주 어리고 그랬을 때 우린…… 우린 진지했었고, 그리고 또…… 우린 목숨이라도 걸 희망을 가져보았던 세대였으니까."[16]

진지했으며 목숨을 걸 정도로 희망을 가진 세대였다는 회고 속에는 자랑스러움보다는 더는 진지함이 아무 의미도 없이 무용해졌다는 자조가 강하게 배어 있다. 이 자조는 혜완이 표현한 대로 "대망의 80년대 초에서 90년대의 거리"(무소, 52쪽)에서부터 온 것이다. 모두 함께 동일하게 '이념'이라는 대의를 추구하던 80년대가 지난 후 너무나 많은 것들이

변질되었다. 과거 유명하던 운동권 선배는 돈만 밝히는 출판
사 사장이 되고 학생운동에 투신했던 동기는 유명 영화감독
이 되어 젊은 여자를 집으로 불러들인다. 큰 뜻을 품고 시민
운동을 하던 남자는 이제 집에서는 아내에게 폭력을 행사한
다. 그렇다면 당시에 목숨을 걸 만큼 '진지'하다고 생각했던
우리의 가치는 애초에 허상과 같은 것이었나? 과거 '진지'하
다고 믿었던 것들이 현재에 와서 가차 없이 배신을 하는 경
험에 주인공들은 방황한다.

《무소의 뿔처럼 혼자서 가라》의 주인공들이 사방에서 닥
쳐오는 배신에 휘청거린다면《마지막 춤은 나와 함께》의 진
희는 사뭇 다르다. 조금도 휘청거리지 않는다. 미동도 없는
한결같은 자세. 어쩌면 배신당하지 않기 위해 미리 사방에
방어막을 둘러치는 치밀함이라고 할까. 배신당해서 받는 고
통은 서로의 관계에 대해 얼마나 진지했는지 그 진지함의 크
기에 따라 달라지기 마련이다. 소설 처음부터 진희는 단호하
게 선언한다.

> 지금 막 내 머릿속에 셋에 대한 또 하나의 생각이 떠올
> 랐다. 하찮고 사소하다는 뜻의 트리비알, 그 어원에도 셋
> 이라는 숫자가 들어 있다. 트리비알은 세 갈래 길이란 말
> 인데 누구든지 모일 수 있는 흔해빠진 장소이기 때문에 하
> 찮고 사소하다는 뜻이 된다.
> 하찮고 사소함. 셋은 역시 좋은 숫자이다. [17]

진희는 여러 명의 남자를 동시에 만나지만 결코 남자나

섹스 그 자체에 대한 탐닉 때문에 복잡한 관계를 유지하는 것으로 보이진 않는다. 그저 한 명의 남자와 독점적인 관계를 만드는 것이 싫기에 여러 명의 남자를 곁에 두는 것뿐이다. 세 명 정도가 딱 적당하다고 말한다. 하나에 독점되는 마음을 셋으로 분산시켜 하찮고 사소해질 수 있도록. 진희 혼자 여러 남자를 동시에 점유하고, 각각의 남자들은 오직 진희만을 바라보고 있는 그런 상태도 아니다. 또한 최대한 많은 남자의 사랑을 갖고 싶다는 식의 유치한 욕망도 아니다. 진희가 만나는 남자 중 종태는 아내가 있는 유부남이며, 진희는 그의 아내와 동시에 종태를 공유해도 별 상관이 없다고 생각한다. '무거움'에 대해 지나칠 정도로 히스테리컬한 반응, 결코 대상에 몰입하지 않고 끝까지 거리 두기를 하려는 고집. 진희는 왜 그토록 하찮고 사소해지고 싶어 하는 걸까.

> 운명적 사랑이나 특별한 존재 같은 건 없다고 생각하는 나 같은 사람은 현실을 쉽게 받아들인다. (중략) 덕분에 나는 내게 허락되지 않았음이 분명한 행복을 추구하다가 절망하기보다는, 아예 그 행복에 의미를 두지 않는 쪽으로 생각해버리는 데에 익숙해져 있다. [18]

진희가 가장 두려워하는 것은 운명이나 특별함에 의미를 부여하다가 절망하게 되는 것이다. 그렇다면 그 절망을 미연에 방지하기 위한 최선의 대책은 무엇인가? 그 어떤 대상에도 운명적인 진지함을 부여하지 않는 것이다. 그렇다면 중요한 것은 왜 진희가 이토록 운명적인 것, 진지한 것, 열정을 다 쏟아붓는 일은 악착같이 피하면서 사소하고 하찮은 상태를 유지하고자 하는지에 대해 생각해보는 것일 테다. 물론 여기에는 진희의 어린 시절, 즉 자살한 어머니 때문에 할머니 집에 더부살이를 하게 되었고 재혼한 아빠의 새 가정에 편입되어 외롭고 불편한 가족생활을 했다는 점 역시 고려되어야겠지만 그것만으로는 어딘가 부족하다.

우선 진희가 이처럼 하찮음과 사소함에 대해 집착하게 된 것은 그녀의 결혼이 실패한 다음부터라는 점을 생각할 필요가 있다. 진희는 다니던 대학교의 모든 학생이 다 아는 남성과 연애 중에 임신 중절을 경험한 후 결혼했고, 이후 임신 중에 남편의 폭력으로 아이를 잃고 이혼한 것으로 나온다. 다른 남성들과 달리 남편의 신상에 대해서는 정확하게 설명하는 대신 묘하게 그 구체적인 세목을 흐리게 제시하는 방식으로 서술한다. 독자들로 하여금 그렇게 상상하고 추측하게 함으로써 진희의 전남편이 갖는 의미를 강하게 남기는 서술 방식이라고 하는 것이 옳겠다.

> 상현은 독일에서 돌아왔다. 그 동안의 고생이 컸기 때문에 사람들은 그가 신념을 굽힌 것쯤은 이해해주었다. 해외에 있는 많은 단체가 해체되는 시점이므로 당연한 일이기도 했다. [19]

진희의 전남편 상현은 그 학교에 다닌 학생들이면 누구나 알고 있으며 '경칭'을 붙여 불릴 만큼 유명하고 또 대하기 어려운 인물이다. 그는 독일에서 '어떤 신념'을 가지고 많은 고

생을 하는 '어떤 일'을 한 것으로 나온다. 그가 독일에 간 이유는 해외에 있는 '어떤 단체의 일' 때문이었고 이 소설의 배경이 되는 90년대 중반에는 이미 그러한 단체들이 해산되고 있었다고 서술된다. 이 서술은 의도적으로 애매모호하다고밖에 볼 수 없는데 아무것도 명확히 말하고 있지 않지만 누구나 알아챌 수 있는 일련의 서술에서 진희의 전남편이 상당히 인지도 높은 운동권이었음이 드러난다. 그리고 그러한 유명세와 '신념'을 가졌던 사람이 임신한 아내에게 발길질하여 아이를 잃게 만들었다는 엄청난 모순.

그러나 아무도 그 사실을 알지 못한다. 심지어 사람들은 현재의 그가 신념을 굽힌 것을 이해해주고 동문들은 그를 위한 환영회까지 만들어 환대한다. 그의 신념이란 이미 임신한 아내에게 폭력을 휘두를 만큼 이중적인 것이기도 했고 일정 시간이 지난 지금에 와서는 그 신념을 굽혀도 스스로도 타인도 그에 대해 이의를 제기하지 않고 자연스럽게 받아들일 만큼 허약한 것이기도 했다. 신념의 힘과 영향력이 가장 강할 때란 어떤 모습인지, 또한 그렇게 절대적으로 보였던 신념이란 얼마나 모순적인 것인지 그리고 그 신념이 어떠한 모습으로 너무나 자연스럽게 꺼져 가는지를 가장 가까이 목도한 자가 바로 진희였다. 절대적인 하나의 '대의'로 뭉쳤던 80년대 운동권의 쇠락 혹은 변절에 대한 가장 가까운 목격자로서.

이는 일종의 서브 텍스트인 친구 경애의 이야기에서도 구체적으로 드러난다. 앞서 언급했듯이 학창시절부터 같은 운동권이었으며 졸업 후엔 시민운동을 하다 현재는 기업에 취직해 룸살롱을 드나들 정도로 변한 남편에 대해 경애는 이렇게 말한다.

> "얼마 전부터 그 남자가 제발 싸구려 면양말 좀 갖다 버
> 리라고 신경질을 내더라. 어디 가서 구두 벗기가 창피하다
> 고 말야."

경애는 동기이기도 한 남편에게 '우리 남편' 소리가 안
나온다고 늘 '그 남자'라는 호칭을 썼다.

> "그래서 내가 양말까지 고급 찾고 언제부터 그렇게 호
> 사스러운 팔자가 됐냐고 잔소리를 했지. 뭐, 이미지 메이
> 킹? 자기가 운동 쪽에서 실패한 것은 바로 그 이미지 메이
> 킹을 잘못해서라나? (후략)"[20]

순수하고 신실했던 운동권 그 남자는 사라지고 "운동 쪽
에서 실패한 것은 바로 그 이미지 메이킹을 잘못해서"라고
주장하는 세속적 한탄만이 남았다. 남편의 시민운동 뒷바라
지를 위해 생계를 책임지며 고생할 때는 자랑스럽고 뿌듯한
보람이라도 있었으나 이제는 자신이 그 긴 시간 왜 그런 짐
을 지고 살았는지 제대로 된 의미조차 부여할 수 없게 된 것
이다. 하나의 가치에 목숨 걸었던 그 시절 운동권의 변질된
현재 모습이 서사에 불쑥불쑥 노출되면서 이 소설은 진희의
내면에 놓인 이상한 트라우마, 절대로 하나의 존재, 하나의
가치에 나를 걸지 않을 것이며 자신을 최대한 '사소하고 잘
게' 만들어 '가볍게' 살겠다는 기묘한 사랑법의 심층을 조금
씩 보여준다.

"나는 인생에 자신이 없어. 그래서 가볍게 살고 싶어 하
　는 거야. 난 내 인생을 사소하고 잘게 나누어서 여러 군데
　에 걸쳐놓고, 그리고 작은 긴장만을 갖고 그 탄성으로 살
　아갈 거야. 전부를 바쳐서 커다란 것을 얻으려고 하기엔
　나는 삶의 두려움을 너무 빨리 알았어. 그리고 어쩌면 그
　것이 나를 지탱해주는 힘인지도 몰라."[21]

　가볍게 살고 싶은 진희. 인생을 사소하고 잘게 나누어서
여러 군데에 걸쳐놓겠다는 진희. 이는 어쩌면 "전부를 바쳐
서 커다란 것을 얻으려고" 한 자들의 끝을 본 사람이 할 수
있는 말인지도 모른다. 혹은 전부를 바쳐서 얻으려 한 '커다
란 것'이 사실은 얼마나 쉽게 허약해질 수 있는 것인지를 지
켜본 사람이 할 수 있는 말일지도. 무엇보다 전부를 바쳤다
는 그 절대적 맹목은 필연적으로 다음과 같은 문제를 안고
있다. 의도치 않게 주변의 타인들에게도 자신과 같은 강도
의 맹목이나 희생을 강요하거나 그들에게서 그러한 희생이
미달될 경우에 비난의 폭력을 가하게 되는 것. '커다란 것'은
더는 힘이 없다. "하룻밤 자고 나면 세상이 바뀌는데"(춤, 191
쪽) 뭐가 옳고 그른지 알 수 없기 때문이다. 80년대는 갔고
90년대가 왔다.
　80년대식 진정성은 근본적으로 '대의'라는 완전하고 근본
적인 대타자의 가치, 대타자의 시선 속에서 구조화되었다고
할 수 있다. '대의', '희생', '하나'와 같은 가치는 80년대 운동
성의 아비투스가 만들어낸 집단적 자아 이상이기도 했다. 말
하자면 하나의 가치에 전부를 거는 '열사'와 같은 자기완결

적 모델이 존재하고 이를 의식하면서 자신이 그 준거점에서 얼마나 가깝고 먼지를 재야 하는 것이다.[22]

또한 1980년대 한국 사회의 강압적 대립구조—민주화 운동과 군사정부, 자유와 독재, 노동운동과 강력한 경제 개발주의 등 선과 악의 선명성과 각 가치의 뚜렷한 대립 속에서 적어도 공적 영역에서는 중간지대가 허용되지 않았던 특수성을 고려해보자. 이러한 끊임없는 이항대립 속에서 하나의 선택지가 강요된 당대 한국 사회의 시공간을 떠올려본다면 진정성을 구현한 집단적 자아이상의 모델이 다른 주체들에게 그 이상형을 따르기를 강요하거나 그것에서 벗어난 다른 사회 구성원들을 폄하하는 위계적 가치 질서를 낳았다고도 볼 수 있다.[23]

그러나 진희의 어법처럼 "전부를 바쳐서 커다란 것을 얻으려" 하는 것, '대의'를 위해서 자신을 '희생'한다는 것, 그러한 절대성은 살아 있는 육체를 가진 인간으로서 감당하기 어려운 엄청난 고통을 대가로 치러야 한다는 점에서 사실 그만큼 인위적인 것이다.[24] 그뿐 아니라 '이념'은 '인간'을 다 담을 수 없으며, 언제나 인간은 이념을 초과하여 존재한다. 무엇보다 그 '대의'라는 것 역시 영원한 것이 아니라 가변적이다. 90년대는 지난 시대의 가치가 무용하게 여겨질 만큼 빠른 변화를 겪었다. 앞서 언급한 90년대 문화의 키워드들—여성의 성, 동성애, 성 정치……. 90년대의 대표적인 문화가 주로 인간의 유한한 육체, 몸에 관심을 집중하는 것 역시 이념적·정신적 가치를 중시했던 80년대에 대한 적극적 반작용일지도 모른다. 90년대의 문화는 80년대의 이념을 역사의 뒤안

길로 급속도로 사라지게 만들었다. 아니면 '대의'라는 절대적 가치가 중요시되었던 80년대의 이념이 사라진 공허한 자리에 90년대의 문화가 들어온 것일 수도. 그러나 전자든 후자든 빠른 속도로 모든 것이 교체되고 있다는 점은 다르지 않다.

> 갑자기 경애가 뜻 모를 한숨을 내쉬더니 나서서 대답한다.
> "그렇게 생각할 것 없어. 억누르고 산다고 다 보상을 받는 것도 아니고…… 아무튼 인생이란 단순하지가 않아. 하룻밤 자고 나면 세상이 바뀌는데 뭐가 옳고 그른지 어떻게 알아. 뭘 추구하면서 산다는 것도 고리타분한 생각이야."[25]

절대적인 가치를 추구하고 산다는 것의 무용함과 고단함이 잔뜩 묻어나는 경애의 말에서 진희의 삶 속에 깊게 깔린 환멸과 지리멸렬이 겹치는 것은 우연이 아닐 것이다. 어느 하나의 가치가 나를 독점하도록 두지 않기 위해 끊임없이 환멸과 지리멸렬을 생산해내는 진희의 내면. 어쩌면 진희는 이렇게 생각했을지도 모른다—절대적인 가치에 대한 맹목이란 결국 한때 진정했다가 급속도로 변절할 수도 있다는 배반의 가능성을 품고 있는 것이다. 운이 좋아 배반하지 않게 된다 하더라도 진정성에 매몰되어 인간 스스로가 그 속에서 장렬히 산화해버리는 함정에 빠질지도 모르는 일이다. 그것도 아니라면 진정성에 발을 담갔다가 도망쳐서 자신을 속물이라 자조하게 될 뿐이다…….

이 글을 시작하게 한 《새의 선물》로 잠깐 돌아가보자. 《새의 선물》에서 진희는 조숙한 아이이며, 어떤 절대도 순수도 믿지 않는, 전혀 아이답지 않은 냉소적 감성을 갖고 있다. 소설 줄거리상의 논리로 볼 때 그것은 후속작 《마지막 춤은 나와 함께》에서 성인이 된 진희가 왜 불륜의 당사자가 되어서 지극히 가벼운 사랑과 인간관계만을 추구하는 삶을 살게 되었는지, 그 기원을 보여준다. 물론 어려서부터 부모에게 버림받았다는 것이 세상에 거리를 두고 불신하는 태도의 원인이 된다고 읽을 수도 있을 것이다.

그러나 무엇보다 이 당돌한 60년대 소녀 진희의 이야기에 당시 독자들이 열광한 것은 어린 진희의 내면이 실은 60년대의 것이 아니라 어쩌면 90년대의 감성에서 온 것이기 때문이 아닐까. 《새의 선물》의 배경은 60년대이지만 90년대에 쓰였고 읽혔다. 그러니까 90년대 《새의 선물》의 독자는 소설 속 60년대 소녀 이야기를 읽으면서 동시에 그 독특한 소녀로부터 90년대의 이미지를 보았을지도 모른다. 이 특이한 소녀가 탄생한 것은 단지 부모가 그녀를 버렸기 때문만이 아니라 이후 《마지막 춤은 나와 함께》에서 성인이 된 진희가 남편에게서 겪은 것 같은, 90년대 세대가 경험한 80년대적 진정성의 거대한 배신과 몰락 때문일 수 있으리라. 거기서 나타난 90년대적 냉소의 감성, 사소함의 감성이 투사되어 만들어진 인물이 《새의 선물》의 조숙한 어린아이 진희인 것.

이처럼 60년대 진희에서 90년대 진희로 이어지는 입체적이고 독특한 인물을 통해 구현된 '90년대적 사랑법'이 아니라면, 이 이상한 사랑에 대한 수많은 독자 대중의 호응이 가능했을까. 그것은 시대의 분위기이자 시대의 내면이었다는 이름을 붙여봄으로써《새의 선물》의 영특한 소녀 진희의 삼십 대—불륜과 복잡한 남자관계로 "교수의 명예를 더럽히는 한 마리의 미꾸라지이자 윤리 사회의 독버섯"(춤, 240쪽)이라 불리며 학교를 떠난—에 대한 긴 변명이 완성되었다.

1 은희경, 《새의 선물》, 문학동네, 1997, 12~13쪽. 이후 본문 안의 짧은 인용은 축약하여 괄호 안(새, 쪽수)과 같이 표기.

2 위의 책, 135~136쪽.

3 은희경은 '불륜'이라는 단어를 이후 100쇄 기념개정판에서는 '공인되지 않은 관계'라는 표현으로 바꾸어 썼다고 인터뷰한 바 있다. 플랫팀 여성 서사 아카이브, "'63살 은희경'은 '27년 전 은희경'에서 무엇을 보았을까", 〈경향신문〉, 2022년 8월 1일. https://www.khan.co.kr/culture/culture-general/article/202208011049001

4 은희경, 《마지막 춤은 나와 함께》, 문학동네, 1998, 11쪽. 이후 본문 안의 짧은 인용은 축약하여 괄호 안(춤, 쪽수)과 같이 표기.

5 위의 책, 79쪽.

6 위의 책, 80쪽.

7 위의 책, 81쪽.

8 위의 책, 133쪽.

9 위의 책, 162쪽.

10 위의 책, 214~215쪽.

11 서경석, 〈광장에서 보였던 것과 외딴 방에서 안 보이는 것〉, 《사회평론 길》, 1996

년 7월 호, 110면.

12 〈경향신문〉, 1996년 6월 23일, 15면.

13 서경석, 앞의 글, 110면.

14 은희경, 《마지막 춤은 나와 함께》, 189~190쪽.

15 김주영, "처녀들의 성에 관한 질펀한 수다", 〈매일경제〉, 1998년 9월 24일, 28면.

16 공지영, 《무소의 뿔처럼 혼자서 가라》, 오픈하우스, 2011, 83쪽. 이후 본문 안의
   짧은 인용은 축약하여 괄호 안(무소, 쪽수)과 같이 표기.

17 은희경, 《마지막 춤은 나와 함께》, 12쪽.

18 위의 책, 142쪽.

19 위의 책, 266쪽.

20 위의 책, 190쪽.

21 위의 책, 260쪽.

22 오자은, 〈전환기의 내면, 진정성의 분화: 김인숙 소설을 중심으로〉, 《현대문학의
   연구》 62권, 한국문학연구학회, 2017, 309~310면.

23 위의 글, 300면. 이러한 폭력성에 대해 김홍중은 1980년대 한국 사회의 진정성
   에 대해 분석하면서 진정성의 윤리는 세속적인 일반의 삶에 대해 도덕적인 억
   압과 폭력을 가한다고 말한 바 있다. 그리고 그러한 진정성의 레짐이 '이상화'한
   존재로서 요절한 '열사'를 언급한다. (김홍중, 〈진정성의 기원과 구조〉, 《한국사회학》,
   43집 5호, 한국사회학회, 2009, 1면, 17~19면 참조.)

24 이혜령, 〈포스트 80년대, 비범한 날들의 기억: 신경숙과 김인숙 소설을 중심으
   로〉, 《반교어문연구》 39권, 반교어문학회, 2015, 528면. 이혜령은 해당 논문에서
   '대의'와 인간의 '유한성'이 어떻게 대립되는지 설명한 바 있다.

25 은희경, 《마지막 춤은 나와 함께》, 191쪽.

8장

'절대'와 '환영' 사이,
어느 중년 여성 예술가의 불온한 사랑

린 아직은 살아 있어요. 살아 있는 건 변화하게 마련 아녜요. 우리도 최소

즌거로라도 무슨 변화가 좀 있어야 게 아녜요?" 나는 목이 긴 여자를 생각

개가 되어 흐르는 그 유려하고도 따스한 고장에 내 얼굴을 묻을 수 있었으

못 도망칠 줄 알구 나도 한발 도망쳐 보일 테다. 더러운 거짓이 기둥목치

구석을. 나를 자유롭게 □□□□□ 나를 자유롭게 하라. 물색 중인 완전

로부터, 엄마□ □□□□ □□□□□ □□부탁해준 인공의 순결로

□대한 지참금□ □□□□ □□□□□ □고 할머니의 불길한 저

하라. 나는 □□ □□□□ □□□□ □□□□ 음악 듣고, 영화 보고,

□돈 모아 만□ □□□□ □□□□□ □□□□ 를 초대할 수

□정결한 새 □□□□ □□□□□ □□□□□ 태어난 고장

로운 인생□□ □□□□ □□□□□ □□ 내 세상의 슬

《그녀의 여자》의 현석화

거창한 □□ □□□□ □□□□□ □□□□□ □으로 울려퍼졌다.

슬픔. 그 말 □□□□ □□□□□ □□□□□ □□□□□

리라곤. □□□ □□□□ □□□□□ □갑자기 시인이

지 않으세요? □ □□□□ □□□□ □□쩍잖은 편지 □

강렬하게 되살아날 □□□□□ □□□ 나밥을 □□□ 선생님 때문이□

사랑할 수 있는 자□□□□ □□□□□ □□가 그□□ □□□□

호의는 고맙지만 자기 앞에 놓인 삶□□□ □□□ 신경 써서 만년 문

." 그 여자는 정말이지 온갖 역할을 다해□□□ 것이었다. 목욕탕에 갈 때

서부터 가끔씩 토해내는 딸의 자잘한 신경질 쓰레받기, 팝송을 좋아하는

."엄마 눈에…… 제가 마치 괴물처럼 비춰든 것 같은데요." 우혜는 턱을

그러는 동안 딸과 어머니의 눈길이 얽혔다.

게든 영원히 살아있는 나가 되고 싶다. 아니 죽어서도 살 그러한 일을 하

도 좋으니 문학작품을 남기고 싶다. 남이 읽고 언제까지라도 잊지 않고

고 싶다. 그래서 나는 그런 업적을 남기기 위하여 앞으로 험하디 험한 먼

압기 위하여 죽도록 노력하리라.

1. '금기'의 작가, '금기'의 소설

제멋대로 집을 찾아와 밥상을 뒤엎고 폭력을 행사하는 유부남 그리고 그런 그를 위해 미련하게 따뜻한 밥을 짓고 매달 생활비까지 보내는 내연녀. 유부남의 이름은 한수이고, 내연녀이자 미혼모인 여자의 이름은 문자이다. 한수는 문자가 가진 것을 하나씩 다 빼앗아가다 결국 그녀가 키우던 둘 사이의 아들까지 빼앗지만, 문자는 "그가 나에게 준 고통을 나는 철저히 그를 사랑함으로써 복수할 테다. 나는 어디도 가지 않고 이 한자리에 주어진 그대로를 가지고도 살 수 있다는 걸 보여줄 테야"[1]라고 외친다. 꿋꿋이 홀로 사막을 걷는 고독한 낙타 한 마리를 마음속에 떠올리면서. 유부남과 미혼 여성이라는 전형적인 불륜 서사를 뛰어넘어 이 불가해한 기형적 사랑 속에 한 여성의 '구도求道'를 그려냄으로써 작품의 의미를 한 단계 상승시킨 작가는 바로 서영은. 그리고 이 작품의 이름은 〈먼 그대〉, 이상문학상 수상작이다.

뛰어난 작품성만큼이나 개인사로 화제가 되었던 서영은은 이미 여러 매체를 통해 알려지기도 했고 작가 스스로 인터뷰에서도 밝혔듯 한국 문단의 거목 김동리와의 오래된 사랑의 주인공이다. 엄청난 나이 차이에서 알 수 있듯 김동리는 작가 손소희의 남편, 즉 유부남이었고 서영은은 미혼인 상태에서 연애를 시작한 것으로 알려져 있다. 손소희가 세상을 떠난 뒤에 둘은 정식으로 결혼식을 올렸다. 서영은은 이러한 자신의 역사를 자전적 소설의 형태로 세상에 펴냄으로써 삶과 문학을 일치시키는 강렬한 작가적 태도를 보여주기도 했다. 그뿐 아니라 파격적인 금기의 사랑에 평생을 걸었던 삶을 반영이라도 하듯, 소설 속에서도 대부분 주어진 체제를 위반하거나 금단에 도전하는 인물을 그림으로써 다른 작가들과는 다른 독특한 위치를 차지해 왔다.

기존 연구들이 서영은 소설의 가장 큰 특징으로 사회적 통념에 도전하는 인물의 형상화나 사회적 제도 또는 관습에 대한 문제 제기를 꼽는 것은 바로 이 때문이다. 이는 보편적 사회 윤리에 반하는 고유한 개인적 윤리나 일반적 현실과 개인적 이상의 괴리에서 기인하는 "반도덕"[2]으로 설명되거나, 결혼이나 가부장제에 얽매이지 않는 '제도 밖의 성'을 선구적으로 보여준다는 측면에서 "위반"[3]으로 의미화된 바 있다. 최초의 습작품인 〈교橋〉에서 이미 사회의 보편적 전형성과 충돌하는 개인을 문제화한 이후, 이러한 문제의식은 〈술래야 술래야〉에서 제도를 위반하는 인물들의 임신 중절이나 가출, 〈살과 뼈의 축제〉에서 유부남과 금전과 섹스를 매개로 한 관계를 유지하는 여성 등으로도 나타난다. 흥미로운 것은 앞서 소개한 〈먼 그대〉에서 알 수 있듯이 '불륜'을 소재로 사용하는 서영은의 독특한 작가적 태도이다. 사회 통념에 반하는 금기로서의 불륜이 자신을 더 큰 어려움에 빠뜨리고 '극기'하게끔 하는 동력으로 작용하는 것이다. 이는 단지 불륜을 소재로 삼음으로써 가부장제의 부조리를 폭로하거나 여성해방을 주장하는 식의 일반적인 태도와는 거리를 두는 것으로 보인다.

그렇다면 서영은의 작품 중에서 가장 강력한 금기를 다룬 소설은 무엇일까? 독자들에게 아주 널리 알려지진 않았지만,

그 금기의 강도에 비례해 위반의 충격 역시 가장 큰 소설이 바로 《그녀의 여자》라는 데에는 이견이 없을 듯하다. 성공한 중년 여성 화가가 아들의 연인인 젊은 여성과 사랑에 빠지고 그에 대한 집착 끝에 자살하는 과정을 그린 이 작품은 이전까지 서영은이 그려왔던 반도덕적·반통념적 인물의 성향이 가장 집약적으로 나타나 있기에 더욱 문제적이다. 도덕, 인습과의 충돌이 극단적인 양상을 띠는 만큼 그동안의 작품에서 보여준 금기 위반의 상징성도 더욱 극명하게 드러나기 때문이다.

줄거리를 간략하게 소개하면 다음과 같다. 중견 화가 현석화는 2년 전 교통사고로 위장하여 남편이 자살한 이후 큰 공허함에 시달려왔다. 현석화와 남편의 인연도 범상치 않은데, 그들은 남편이 유부남이던 시절부터 불륜관계였고 그의 아내가 병으로 죽은 이후 정식 결혼을 하게 된 사이였다. 전처의 아들을 같이 키웠고 서로 완벽하게 사랑한다고 믿었으나 그 믿음은 남편의 자살로 배반당한 상태. 그러던 중 아들의 연인인 문화부 기자 소연을 알게 되고 현석화는 그녀와 걷잡을 수 없는 사랑에 빠진다. 엄청난 나이 차이와 아들의 연인이라는 핸디캡에도 불구하고 현석화는 그녀에게 집착하며 광기 어린 사랑을 느끼는데, 심지어는 아들에게 둘의 관계를 폭로하기까지 하는 극단적 행동을 한다. 그런 현석화에게 부담을 느끼며 평범한 생활인의 일상으로 돌아가고 싶은 소연은 점차 거리를 두고, 결국 현석화는 자살로 생을 마감하는 것이 소설의 결말이다. 구성 역시 흥미로운데 각 장이 현석화의 시점, 소연의 시점에서 교차하며 진행된다.

그동안 이 소설은 금기의 사랑을 주로 다뤄온 서영은이 동성애 서사에 도전함으로써 그 파격성을 극대화했다는 입장에서 대체로 이해되어 왔다. 다만 그러한 기존 입장을 받아들이면서도 주의 깊게 다뤄지지 않은 한 가지 문제, 바로 현석화가 '예술가'라는 점을 경유할 때 이 소설의 금기 위반이 갖는 독특한 의미가 드러날 수 있다는 점에 주목할 필요가 있다. 정리하자면 '아들의 연인과 동성애적 사랑에 빠진 중년 여성 예술가'라는—'아들의 연인과의 사랑', '동성애', '중년 여성' 등 어느 하나 간단하지 않은 키워드들—한국 문학에서 거의 다뤄지지 않은 키워드들을 '예술가소설'의 관점에서 접근하여 보다 세밀하게 읽어낼 필요가 있다는 것이다.

특히 이 작품의 배경에는 여러 예술가소설의 모티프가 놓여 있다. 이 중에서 가장 확연한 연관성을 드러내는 것은 예술가소설의 고전인 토마스 만의 《베니스에서의 죽음》이다. 주인공 구스타프 아셴바하는 성공한 중년의 남성 작가로, 휴양지 베니스에서 발견한 미소년 타치오를 향한 열렬한 사랑에 빠지고 그 열정을 주체하지 못한 나머지 소년을 조금 더 보기 위해 역병이 도는 베니스를 떠나지 못하다가 자살에 가까운 죽음을 맞게 된다. 이러한 파국적 서사의 얼개는 성공한 중년 화가가 한참 어린 동성에게 걷잡을 수 없는 열정을 느끼고 집착하다 자살에 이르는 《그녀의 여자》의 줄거리와 매우 유사하다.[4]

아셴바하가 타치오에게 느끼는 이해할 수 없는 열정은 거칠게 말하면 예술가의 내면에 놓인 죽음 충동, '생활인'의 반대편에 놓인 예술가로서 필연적으로 갖게 되는 파괴적 열정에의 탐닉으로 종종 해석된 바 있으며, 이는 《그녀의 여자》에도 적용 가능한 것으로 보인다. 그렇다면 가정과 생활의 요구에 순응하는 유부녀 로테와 그녀를 향한 금지된 열정을 이기지 못해 점점 무너져가다 자살로 생을 마감하는 예술적 청년의 사랑 이야기 《젊은 베르테르의 슬픔》은 또 어떤가? 예술가 현석화가 열정을 쏟아붓는 상대 여성인 소연이 생활인으로서 자신의 세계를 끝내 포기하지 못하고 그것이 연인의 관계를 좌초시킨다는 점에서 《그녀의 여자》는 괴테의 소설과도 닮은꼴을 이룬다. 이러한 연관성은 《그녀의 여자》가 예술가소설의 전통에 서 있으며 장르 특유의 구도—'예술가의 걷잡을 수 없는 열정과 그로 인한 삶과의 갈등 또는 자기파괴'—를 일정 정도 내재하고 있다는 것을 보여준다.

또한 뉴욕 메트로폴리탄 뮤지엄의 작품을 소재로 하여 전개되는 아름다움에 대한 담론, 그 속에 살짝 변형되어 삽입된 릴케의 《두이노의 비가》의 한 구절("신적인 아름다움은 우리를 경멸하지"[5]), 토마스 만의 《파우스트 박사》의 '악마'를 연상시키는 '야수'와의 대화, 주인공들이 관람하고 감상하는 숱한 예술 작품(〈바베트의 만찬〉, 〈율리시즈의 시선〉, 〈페드라〉, 〈오블로모프의 생애〉와 같은 예술 영화, 레스피기의 〈로마의 소나무〉와 같은 고전 음악 등)……. 이러한 장치들은 예술적 분위기를 고조시킬 뿐만 아니라, 이 작품에서 예술과 아름다움의 문제가 핵심 주제임을 드러낸다.

이처럼 '어린 동성과 사랑에 빠진 여성 예술가'라는 관점에서 본다면 《그녀의 여자》의 새로운 의미들이 발견된다. 무엇보다 주인공 현석화가 '중년 여성'이라는 점을 생각해보

자. 앞서 살핀 이 소설과 유사한 줄거리와 모티프를 가진 《베니스에서의 죽음》이나 《젊은 베르테르의 슬픔》, 《파우스트 박사》는 모두 '남성'이 주인공이다. 그뿐 아니라 한국 문단에서 예술가소설을 주로 집필해온 작가인 이청준, 최인훈 등을 떠올려보아도 마찬가지. 예술가(작가)의 실존적 문제를 다룬 한국 소설도 대부분 남성이 주인공으로 등장한다. 남성 예술가가 젊은 여성 뮤즈를 통해 활력과 예술적 영감을 얻는다는 클리셰 역시 전통적으로 예술적 창조자의 지위를 남성이 차지해온 현실을 반영한다.

그러나 《그녀의 여자》는 어떠한가? 남성 예술가가 오랫동안 독점한 바로 그 자리에 여성, 그것도 사회 통념상 '성적 매력'이 하강했다고 여겨지는 중년 여성을 배치함으로써 예술가소설의 장르적 전통에 정면으로 도전한다. 이는 앞서 언급한 《베니스에서의 죽음》과 비교했을 때 특히 잘 드러나는데 현석화는 아셴바하처럼 내면에 숨겨진 열정을 좇다 파국을 맞는 고전적인 예술가 인물형에 속하면서도 그 파국적 운명의 전개 양상과 의미는 사뭇 다르게 나타난다는 점에서 더욱 새롭다. 여기에서 기존 예술가소설과 다른 독특한 지점이 발생하며, 바로 이 지점에서부터 강렬하고도 특이한 이 소설의 독해를 시작하고자 한다.

2. '중년 여성 예술가'의 위기와 불온의 자리

현석화는 "호당 그림값이 A급에 속하는 여류화가"(23쪽)로 묘사되는 성공한 중년 여성 화가이다. 남편이 먼저 죽은 뒤 아들 지훈과 방배동 저택에 살면서 따로 아틀리에를 두고 그림 작업을 하는 여유롭고도 안정된 생활을 누린다. 그녀 스스로도 "자신의 나이, 위치, 해야 할 일들, 맺어 온 관계들이 모두 제자리에 잘 정돈되어 있는"(82쪽) 상태라는 것을 알고 있으며 이러한 그녀의 외양은 세속적으로는 "남들이 모두 알아주는 화가, 얄팍하고 속된 미모가 아닌 중년의 깊이 있는 용모, 여자든 남자든 흠모할 만한 재능과 명예와 우아한 품격과 경륜이 쌓아 올린 위엄과 부를 가진 여성"(63쪽)으로 표현된다. 반면 이러한 외양에 비해 그녀의 내면은 소설 처음부터 아무런 느낌도 의욕도 없이 공허한 것으로 묘사된다. 여기에서 그녀가 다소 이중적인 삶 속에 놓여 있다는 것에 주목할 필요가 있는데, 겉으로 보기엔 성공한 중년 예술가이지만 그와 동시에 믿었던 남편으로부터 철저히 배신당했다고 생각하는 여성이라는 점에서 그러하다.

현석화는 2년 전 남편이 죽은 뒤 큰 고통을 겪었다고 서술된다. 오랜 세월 완벽하게 사랑해왔다고 믿었던 남편의 자살은 자신이 사실 남편을 다 알지 못했다는 것, 둘의 관계가 불완전했다는 것을 인정하지 않을 수 없게 만들었기 때문이다. 게다가 소설이 진행될수록 현석화와 남편의 관계는 단지 사랑이라고만 할 수 없는 기이하게 폭력적인 관계였음이 드러난다. 현석화는 오랜 시간 나이가 훨씬 많은 남자의 숨겨진 여자로 불륜관계 속에 있었으며 심지어 인공유산으로 인해 불임까지 되었다. 나중에 남자의 부인이 죽고 나서 겨우 결혼을 한 뒤에도 남편이 된 남자는 그녀가 "투항하는 포로"(76쪽)처럼 매달리는 것을 즐겼고, 의처증 증세도 날로 심해져 일상적으로 폭력을 행사했다. 피투성이가 될 정도로 현석화를 때린 후에 성관계를 갖고 '불쌍하다'며 그녀에게 동정을 보내는 남편의 행태는 얼마나 변태적인가.

나이 든 남편의 극심한 의처증과 반복되는 폭력 속에서도 현석화가 남편을 따랐던 것은 서로가 서로에게 상대의 전부이자 "그 사람이 아니면 안 되는 어떤 것을 서로에게 확인시켜"(118쪽) 주는 존재라는 확신이 있었기 때문이다. 그러한 존재에 대한 확신은 한평생 서로 깊이 사랑하며 살았다는 굳은 믿음으로 이어진다.

> "내 남편하고 나하고는 나이 차이가 좀 많았는데, 우리에게 성은 상대의 전부를 삼키는 열락悅樂이기도 했지만, 그 사람이 아니면 안 되는 어떤 것을 서로에게 확인시켜 주기도 했지."
> "그 어떤 것이란 뭐예요?"
> "정신적 힘 같은 것, 적수로서의 힘 말이야."**6**

폭력으로 치닫는 남편의 가부장적 지배욕에의 굴종은 육체적 욕망의 완전한 충족과 자신만이 남편을 꿰뚫어 보고 끝까지 이해할 수 있다는 자신감으로 상쇄된다. 의처증으로 아내를 괴롭히고 휘두르는 것이 남편의 물리적 실체라면, 현석화는 그러한 고통을 견뎌내는 가운데 그 경험을 오히려 자신만의 어떤 절대적 가치로 전이시킨다. 남편을 통해 "정신적 힘"을 키웠으며 자신에게 고통을 가할 수 있는 남편을 상대로 "겨룸의 긴장"(119쪽)을 느끼면서 살아 있음을 확인했다는 현석화의 고백은 이러한 측면에서 이해할 수 있을 것이다. 상당한 사회적 지위와 인지도를 가진 중견 여성 화가가 가정에서는 나이 많은 남편에게 복종하는 젊은 여성의 역할을 수행해왔다는 점은 일견 모순적인 것처럼 보이지만, 두 사람이 서로에게 사랑을 통한 완전한 결합과 충족감을 줄 수 있는 유일무이한 존재라는 현석화의 절대적 믿음은 이를 어느 정도 납득할 수 있게 해준다. 그러나 이유를 알 수 없는 남편의 갑작스러운 자살은 그러한 절대적 믿음이 허상이었다는 사실, 남편의 지배욕과 통제욕 속에서 '투항하는 포로'를 연기하는 굴종을 감내할 수 있게 만들었던 그 믿음, 완벽한 결합에 대한 믿음이 착각에 불과했다는 것을 깨닫게 해준다.

남편의 자살 이후 2년간 현석화는 공허와 무상함, 타성에 젖은 생활을 이어간다. 남편으로 상징되는 '정신적 힘'과 '겨룸의 긴장'을 잃어버린 그녀는 그저 일상에 매몰된다. 흥미로운 것은 자신을 확인하게 해준 유일무이한 열정의 대상과 완전한 합일에의 충족감이 사라지면서 동시에 자신이 그동안 해온 예술에 대해서도 의심하기 시작했다는 것. 절대적이고 완벽한 관계라고 믿었던 남편과의 삶이 '진실'이 아니라 착각에 지나지 않았음을 깨닫자 자신의 예술과 삶 전체의 진실성에 대해서까지 확신을 잃게 된 것이다. 그녀는 자신의 예술 역시 '기만이나 위선, 타협, 거짓'이 섞인 상태라는 것을 드러내며 시니컬한 태도를 취한다.

"전시회가 재미없다고 하신 것도 그런 맥락입니까?"

"뿐만 아니라, 자기 작품을 할 때도 기만이나 위선, 타협, 거짓이 얼마든지 섞여들 수 있지요. 내가 내년에 전시회를 한다면, 사람들이 가지고 있는 내 작품들을 모두 거두어들여 걸어 놓고, 내 마음의 총구로 한 방 한 방 총을 쏘아서 남는 작품이 몇 개나 되는지 확인하고 싶군요."[7]

이 대목은 남편의 (사고사로 위장된) 자살에 관해 자신이 알고 있는 것은 그저 남편의 "팩트"(31쪽)에 불과하며, 정말 알고 싶은 것은 남편의 '진실'이라는 현석화의 외침과 상통한다. 더는 자신의 예술에 대해 확신이 없어진 현석화는 타성에 젖은 예술계에 대해서도 미련이 없어진 듯, 진실이 아닌 것과 적당히 타협하는 삶에서 벗어날 수 있는 계기만을 기다리며 살아갈 뿐이다.

소연을 만난 것이 마치 운명적인 사랑인 것처럼 보이지만, 사실 현석화는 소연이라는 존재를 알기 이전부터 이미 동력을 잃고 공허해진 삶과 생활 속에서 자신의 내면을 다시 절박하게 만들어줄 어떤 대상을 찾고 있었다. 자신이 그러한 대상을 찾고 있다는 것을 안 순간, 이미 현석화는 일상이 "생활의 일부분이었음에도 마치 더 이상 그 자리로 되돌아갈 수 없는 허물"(13쪽)처럼 보이고, "다른 세계로부터의" "부름"(13쪽)을 받았다고 느끼는 것이다.

현석화는 남편의 자살이 가져온 위기를 타개하기 위해 더는 타협이 없는 삶을 꿈꾸게 된다. 진실이라고 믿어왔던 것이 거짓이 되는 환멸 없이, 사실일 뿐인데도 진실이라고 민어버리는 기만 없이, 자신의 가장 완전한 본질 속에서 타자와의 완벽한 결합을 시도하는 것만이 이러한 무상함을 극복하게 해줄 것이라 생각한다. 사랑과 열정의 결의를 다지고 이를 제약하는 모든 생활의 요구를 거부하는 것이 남편의 죽음이 가져온 위기에서 대응의 실마리가 되는 것이다. 현석화가 "삶이란, 중요한 것을 가지기 위해서 덜 중요한 것을 참는 게 아닐까요"(18쪽)라는 누군가의 말에 "덜 중요한 것을 관통할 수만 있다면 참을 필요가 있겠어요?"(18쪽)라고 대꾸할 때, 이는 이런 비타협적이고 급진적인 태도를 간결하게 요약한다. 현석화는 다음과 같이 덧붙인다. "삶이 나를 통해 스스로를 보여주는 것이겠죠. 기요틴처럼 무자비하게."(18쪽) 소설이 쓰일 당시 문화계의 품위 있는 중년 여성에게서 쉽게 기대하기 어려웠을 이러한 극단적 발언은 현석화의 위기 타개가 사회적 통념에 비추어 지극히 불온하고 불편한 양상으로 전개될 것임을 예고한다.

3. '사랑'의 의미와 '절대'의 실험

소설 속에서 현석화가 남편이 자살하기 전까지 그를 따랐던 것은 "사랑의 절대"(126쪽)를 믿었기 때문이라고 서술된다. 사람들이 일반적으로 가능하다고 생각하는 것의 경계를 초월하는 사랑의 경지이지만, 현석화는 결국 남편에게서 그러한 절대적 사랑을 얻는 데 실패했다는 사실 때문에 심각한 좌절감에 빠진다.

"그게 네 병이다. 사람이 사람에게 어떻게 그 이상 더 마음을 줄 수 있겠니? 다른 부부들은 너네 부부의 십 분의 일도 못 되는 마음을 주고받으면서도 그러려니 하고 살아가는데."

"그건 사랑의 절대를 믿지 않기 때문이야. 난 남편에게서 그걸 얻지 못했어. 실패한 거야."[8]

자신이 믿었던 '절대', 자신을 지배하고 폭력을 휘둘러도 변하지 않았던 '사랑의 절대'를 근본적으로 훼손한 남편의 자살에 현석화는 어떻게 대응하는가? 이러한 실패를 극복하려는 사람이 보일 수 있는 가장 알기 쉬운 반응은 사랑의 절대를 보장해줄 새로운 남편을 찾는 것일 터이다. 그러나 현석화는 절대적 사랑을 주지 못한 남편의 실패를 만회하려는 듯이, 이번에는 스스로 남편의 자리에 서는 것으로 새로운 사랑의 모험을 시작한다. 소설 초반에 현석화가 남편으로 변하여 남편의 전처와 성관계를 하는 상상 속에서 "내 몸의 어떤 부분이 영원한 남성으로 전환"(34쪽)되었다고 고백하는 것은 아주 긴 시간 두 여자를 아내와 연인으로서 독점하고 지배하던 남편의 자리에 자신이 대신 가보고자 하는 무의식이 이미 오래전부터 존재하고 있었음을 보여준다. 그리고 이러한 자리바꿈의 욕망은 남편의 죽음 이후 나이 어린 여자 소연을 애인으로 삼음으로써 실현된다. 현석화는 소연을 상대로 하여 사랑의 절대성을 향한 새로운 실험을 시작한다. 그것은 '인생의 마지막 도박'이다. 첫 번째 도박이 '사랑의 절대를 실현해줄 남자를 만나는' 데 있었다면, 두 번째 도

박은 '한 여성에게 사랑의 절대를 실현해줄 수 있는가'에 그 성패가 달려 있다.[9]

이때 현석화는 소연이 갖고 있는 개인적 매력, 고유성이나 특성 때문에 사랑에 빠진 것이 아니라 '소연'이라는 인물로 외화된 어떤 존재를 선택한 것처럼 서술된다. 소연이 소연 자체로서 그럴 만한 치명적 매력이 있는 대상이 아니라는 것은 현석화도 인지하고 있다. 현석화는 소연을 만나기 전부터 알 수 없는 설렘으로 휘청거렸으며 아들의 여자친구인 소연을 그저 스쳐 지나가듯 본 것만으로도 "번제의 희생물을 찾아낸 것일까?"(27쪽)라고 느꼈던 것이다. 소연이 어떤 구체적 개인이 아니라 현석화가 찾는 무언가를 대표하는 존재라는 점은 "그녀는 그녀가 아니었다. '그녀'는 현 여사가 인생에서 다시는 돌이킬 수 없는 모든 것"(62쪽)이라는 서술에서도 잘 드러난다.

> 야수: 그러려면 더 맹목적이 되어야 해. 그녀는 너에게서 절대성을 끌어내 줄 뿐이지, 그녀 자신이 완벽하고 절대적인 존재는 아니야.[10]

여기에서 필연적으로 이런 질문이 발생할 수밖에 없다. 왜 소연이었을까? 물론 우리가 누군가를 사랑할 때 왜 그 사람이어야 하는지 굳이 그 이유를 따지는 것만큼 무용한 질문은 없을 것이다. 이유는 '너'에게 있는 것이 아니라 '나'에게 있기 때문이다. 누군가를 강렬히 욕망할 때 욕망의 크기가 강렬하면 강렬할수록 사실 그 욕망은 대상이 아니라 자기 자신의 어떤 심연에서부터 출발한 것일 확률이 높다. 그렇다면 '절대'를 실험할 대상을 기다리고 있던 현석화의 내면은 왜 그 대상으로서 소연을 낙점한 것일까?

중년의 여성 예술가 현석화에게 '절대'를 가장 '절대'답게 만들어줄 수 있는 것은 어떤 존재일까. 사랑의 절대성을 가장 극적으로 증명할 수 있는 것은, 바로 금기 또한 가장 강력하게 작동하여 사랑 자체가 존재에 대한 위협이 되는 경우가 아닐까. 동성인 데다 의붓아들 지훈의 여자친구인 소연은 그러한 조건을 완벽하게 갖추었다. 특히 소연이 지훈의 여자친구라는 데에서 현석화는 이미 '금기'가 불러일으키는 야릇한 흥분을 느낀 바 있다. 현석화가 이후 소연과 자신이 사랑하는 관계임을 털어놓음으로써 지훈에게 돌이킬 수 없는 상처를 입히는 데서도 알 수 있듯이, 현석화와 소연의 사랑은 본인들뿐만 아니라 주변 사람들에게까지 치명적인 타격을 입힌다. 현석화는 이 모든 것에도 불구하고, 혹은 이 모든 것 때문에, 소연을 향해 저돌적으로 달려가 소연을 장악하려 하고 그녀와의 완전한 합일을 갈망한다. 소연을 만나기 전부터 그 어떤 것도 참지 않고 "덜 중요한 것을 관통"(18쪽)하겠다고 공언한 현석화는 바로 사회가 정한 통념적·인습적인 것과 가장 격렬하게 부딪히는 자리, 자기 자신의 가장 고유한 욕망과 세상의 현실적 요구가 가장 거세게 충돌하는 지점을 찾아 절대의 실험 장소로 삼은 것이다.

그렇다면 소연과의 동성애 관계 속에서 이루어지는 '절대'에 대한 실험은 물론 일반적인 연애 관계에서의 과도한 집착이나 육체적 탐닉 정도로 해석될 수는 없을 것이다. 작품 곳곳에서 현석화와 소연의 사랑을 묘사하는 표현들, 이를 테면 "균형을 저버리고 이미 가파르게 기울어져 있어, 나비가 꿀을 탐하듯 그렇게, 치명적 추락이 주는 현기증"(35쪽), "죽음으로 몰아가고픈 충동"(180쪽), "죽음에 이르는 병"(120쪽) 등은 그녀의 감정이 이미 사랑의 한계를 초과하여 절대를 향한 존재를 건 열망이나 '데카당스'한 자기파괴적 욕망혹은 죽음 충동에 가깝다는 것을 암시한다. 이처럼 현석화가 남편의 자리로 이동하여 절대적 사랑의 주체로서 자신의 전 존재를 걸고 자기를 증명하고자 한다면 이는 대체 어떤 의미를 지니는 것일까?

여기에서 소연에 대한 현석화의 사랑이 가지는 심층적 의미를 살피기 위해서는 특히 소연과 현석화, 두 사람의 관계에 대한 묘사와 그 비유적 층위를 상세히 분석할 필요가 있다. 현석화는 소연을 처음 만나러 가는 날 얼굴 화장을 한다. 그것은 한 번도 온전히 그려진 적 없는 자신의 심연의 얼굴을 드러내는 예술적 창조의 행위로 비유된다.

> 부인은 이제까지 한 번도 밖으로 끌어내어 본 적이 없는 자기 심연의 얼굴을, 그림을 그릴 때와 같은 촉수로 더듬어, 사람들이 현석화라고 알고 있는 그 얼굴 위에 새로이 그려 넣을 참이었다.
>
> 그것은 형상이라기보다 격렬한 소용돌이를 이루고 있는 의식과 기억 저 너머의 원초적 존재감, 여성도 남성도 아닌, 선도 악도 절망도 희망도 사랑도 상처도 순간도 영원도 아닌, 그러나 동시에 그 모든 것일 수 있는……. [11]

현석화가 처음 소연을 만났을 때 떠올리는 것이 바로 예술적 향유와 죽음의 유혹을 결합한 신화적 형상 '사이렌'이라는 점도 의미심장하다. 동시에 그 '사이렌'의 목소리는 조각가가 최고의 미적 형상으로 빚어낼 수 있는 "가장 좋은 양질의 진흙"(70쪽)으로 묘사되기도 한다.

> '네'라는 말이 지닌 긍정적인 뜻과 함께, 싱싱하고 부드럽고 여물고 단아한 그 목소리의 음질이, 마치 조각가가 그것을 만지면 만질수록 미치도록 빠져들게 되는 가장 좋은 양질의 진흙처럼 느껴졌다. 아니면 수많은 용사들의 귀를 홀려, 그 목숨을 에게 해(海)에 바치게 한 마법의 소리인 사이렌을 연상시키기도 했다. [12]

이러한 연상과 그 속에 함축된 예술적 함의는 소연을 감각하며 묘사하는 "방랑하는 혼들에게 미혹당하는 기쁨을 주며, 한없이 깊은 곳으로 데려가는 소리, 마법처럼 모든 것이 가능해지는 곳, 존재와 존재가 완전히 하나로 포개어질 수 있는 곳"(74쪽)과 같은 낭만주의적 표현을 통해 더욱 강화되고, 이제 현석화와 소연의 만남은 '목숨을 바치게 한 마법의 소리'를 내는 사이렌과 사이렌의 노래에 홀려 목숨을 바치는 용사의 이야기, 즉 아도르노의 어법을 빌린다면 자기보존의 욕망마저 초월하는 예술의 본질에 대한 이야기로 해석할 수 있게 된다. [13] 물론 현석화는 단순히 수동적으로 사이렌의 마력에 매혹되어 끌려가는 것이 아니라 스스로 사이렌의 노래에 홀릴 준비를 하고, 소연을 사이렌으로서 불러들였다고 보는 것이 더 옳을 것이다.

절대의 실험이 예술적 층위에서 읽힐 수 있다는 것은 문화부 기자인 소연이 관람한 〈바베트의 만찬〉의 줄거리가 작품 초반부터 무려 다섯 페이지에 걸쳐 상세하게 소개된다는 점에서도 강하게 암시된다. 그 내용은 이러하다. 세상을 떠난 목사 아버지의 뒤를 이어 봉사하며 사는 두 딸 마르티나와 필리파의 집에 프랑스 내전 중 가족을 잃은 바베트란 여자가 피신하러 온다. 바베트는 오랜 시간 헌신적으로 두 딸을 도와 봉사했지만, 사실 그녀는 파리 최고급 레스토랑의 수석 요리사였고 가난한 시골 마을에서는 그러한 정통 요리를 해볼 수 없음에 늘 고독해했다. 자신의 본질을 실현하지 못한 채 오직 배를 곯게 하지 않기 위한 음식만을 만드는 평범한 가정부로 살 수밖에 없었던 것이다. 그러던 어느 날 우연히 산 복권이 당첨되자 바베트는 가진 모든 재산을 다 털어서 최고의 만찬을 마련하고 빈털터리가 되지만 기적 같은 행복을 누린 것으로 영화는 끝이 난다. 시골 노인들이 한 번도 맛보지 못한, 예술로 승화시킨 프랑스 만찬을 차려냄으로써 다시 빈털터리가 되었으나 그것은 그녀에게 극도의 황홀과 기쁨을 주는 일이었다. "요리는 그녀에게 혼신을 다하게 하는 예술"(42쪽)이었기 때문이다. 하나의 예술로서 요리를 했던 최고의 수석 요리사 바베트, 전쟁으로 인해 생존을 위한 평범한 밥상만을 차려내야 하는 일상 속에서 무기력과 공허함을 느끼던 그녀가 재산을 다 털어 차린 마지막 만찬은 예술을 위해 자기가 가진 모든 것을 버릴 수 있는 예술가의 욕망을 보여준다. 그 욕망이 소연에 대한 현석화의 욕망을 암시하는 것임은 쉽게 알 수 있다.

> 여기에 있기 위해 나는 자존심에게 무릎을 꿇었고, 내
> 아들의 천진함을 여지없이 짓밟았어. 살아 있기 위해서,
> 숨을 쉬기 위해서, 너에게 다가가기 위해 나는 악마에게
> 오른팔을 떼어 주었어. [14]

현석화가 악마에게 자신의 인생을 저당 잡히고 그 대가로
얻어낸 것은 무엇인가? 여기에 대한 답을 단지 '소연'이라고
말하기 전에, 예술의 창조를 위해 악마에게 자신을 판 작곡
가 이야기를 담은 토마스 만의 예술가소설《파우스트 박사》
를 떠올릴 수 있을 것이다.《그녀의 여자》에서 현석화를 한
층 충동으로 모는 '야수'와의 대화는 토마스 만의《파우스트
박사》에서 레버퀸이 '악마'와 대화하는 장면과 상당히 유사
하며, 원하는 것을 얻기 위해 악마에게 자신의 중요한 것을
바쳤다는 모티프 역시 동일하다. 악마의 손에 자기를 제물로
바친 현석화와 아드리안 레버퀸 사이의 이러한 유사성을 염
두에 둔다면, 소연을 통한 '절대'의 실험은 곧 현석화가 예술
가로서 자신이 추구하는 어떤 경지를 향해 나아가는 것임을
유추할 수 있다. 아들 지훈은 현석화를 "어떤 부류의 특별한
인간이 지닌 순수의 소실점"(275쪽) 자체이자 "어떤 것을 삼
켜도 그 갈망을 끌 수가 없는 끝모를 굶주림"(275쪽)을 가진
존재로 묘사하는데, 이런 현석화의 모습은 전통적인 예술가
소설에서 보통 사람들과는 확연히 다른 존재인 '타고난 예술
가의 전형'으로 보이게끔 한다.

이와 같은 해석을 뒷받침하듯이 둘의 사랑 행위는 예술적 행위와 환유적이고 은유적인 방식으로 연결된다. 둘은 언제나 현석화의 작업실, 아틀리에 안에서 사랑을 나눈다. 소연을 어루만지는 현석화의 손길은 "손은 물감을 듬뿍 묻힌 붓이 빈 캔버스를 어루듯"(163쪽) 그림을 그리는 화가의 손길로 유비되고, 사랑의 행위 끝에 소연은 현석화에 대해 "예술가로서의 그녀는 나를 단숨에 정복하고 굴복시키는 왕"(163쪽)과 같았다고 표현함으로써 그들의 사랑을 예술적 행위와 동궤에 놓는다.

또한 현석화는 줄리아 크리스테바의 《사랑의 역사》를 펼쳐놓고 읽으며 소연을 누드모델로 하여 "지금까지 화가들이 누드에서 한 번도 끌어내 보지 못한 그 무엇"(96쪽)을 끌어낼 수 있을 것이라 생각한다.

> "너의 벗은 몸은 묘한 충동을 일으킨다."
> "어떤?"
> "지금까지 화가들이 누드에서 한 번도 끌어내 보지 못한 그 무엇을 끌어낼 수 있을 것 같아……."
> "모델이 되어 드릴까요?"[15]

> "몸에 대해 생각나는 것이 있으면 뭐든지 말해 봐."
> 엄격한 스승 같은 눈빛으로 그녀가 명령했다. 어리광을 피울 틈이 전혀 없었다. [16]

위 대목은 특히 시사적이다. 창조적 주체로서의 남성 예술가와 자신의 예술에 영감을 주는 뮤즈로서의 어린 여성, 그 사이의 전통적이고 전형적인 구도가 현석화와 소연 사이에서 나타나고 있기 때문이다. 나이 많은 남자의 지배 속에서 굴종을 감내하는 애인이자 아내의 역할을 하던 현석화가 남편의 죽음 이후 소연을 만나 스스로 남편의 위치로 자리바꿈하는 것은[17] 예술적 의미론의 층위에서 볼 때는 예술적 창조의 과정에서 언제나 대상적이고 매개적인 자리에 있던 여성이 예술적 창조의 주체로 등극하는, 그리하여 전통적인 예술가소설이나 예술가상의 구도가 전복되는 것에 대한 상징적 기표로 읽어볼 수 있을 것이다.

4. '절대'의 완성과 그 아이러니

소연은 현석화의 엄청난 열정에 점점 질려 그녀에게서 벗어나고 싶다는 생각을 한다. 애초부터 소연은 독특하고 강렬한 인상의 현석화에게 끌리긴 했지만 어렵게 얻은 기자라는 직업, 집안의 생계를 책임져야 한다는 가장의 책임감, '정상적'으로 보이는 안정적 삶을 살고 싶다는 '생활인'으로서의 욕망을 버리지 못한다. "결혼, 임신, 안정된 생활. 그런 것을 아주 놓아 버리기엔 내 나이가 아직 너무 젊지 않은가"(162쪽)라는 말에서도 드러나듯, 생활인으로서의 갈등은 끊임없이 소연을 따라다닌다. 뜨겁고 강렬한 충동으로 다가오는 현석화에게 불가항력적으로 끌리면서도 이 유혹에 투항하는 일이 자신의 생활과 삶을 뿌리째 흔들어놓을 수 있음을 분명히 인지하고 있다. 이는 동성애적 관계에 대한 소연과 현석화의 상반된 태도에서도 드러나는데, 현석화는 '어린 동성이자 지훈의 여자친구'인 소연이 금기의 대상이라는 점에서 흥분을 느끼지만, 소연은 오히려 동성이기 때문에 둘의 관계를 의심받지 않을 수 있다고 생각한다. 흥미로운 것은 자신을 밀어내고 결혼해서 가정을 꾸리고 아이를 낳는 평범한 삶을 살고 싶어 하는 소연을 보고 현석화가 더 큰 희열을 느끼며 집착한다는 점이다.

> 가슴에서 피가 펑펑 쏟는 것 같았다. 피를 펑펑 쏟음으로써 사랑에게 온전히 자신을 파먹힌다는 희열에 몸을 떨면서 현 여사는 다시 소연의 전화번호를 눌렀다. 바로 이 순간의 자기를, 그것도 지금 당장, 고스란히 소연에게 보여 주고 싶었다. 나의 이 고통이 너를 사랑하는 내 마음의 징표이다. 앞으로 나는 지금보다 더 아름답고 순수할 자신이 없다. 이 고통이 나를 죽음에 이르게 한다 해도 후회하지 않을 거다. [18]

자신을 밀어내면 밀어낼수록 소연을 더 사랑하고, 그로 인해 고통스러워하면서도 그렇게 고통을 느끼는 자기 자신을 두고 "나는 지금보다 더 아름답고 순수할 자신이 없다"고 생각하며 희열에 휩싸이는 현석화의 모습은 그녀가 이 사랑을 통해 최종적으로 도달하고자 하는 지점, **절대**의 지점이 어디인지를 짐작하게 해준다. 스스로가 아름다움의 화신 혹은 예술 그 자체가 된다는 환영에서 오는 희열로 해석해도 무리는 아닐 것이다. '아름다움'과 '순수'라는 가치가 현석화에게 어떤 의미를 지니는지는 에로스와 프시케의 사랑을 그린 〈폭풍〉이라는 그림에 관한 대화에서도 잘 드러난다. 현석화는 뉴욕 메트로폴리탄 뮤지엄에서 본 이 작품이 구현하고 있는 "신적인 아름다움"(205쪽)을 이야기한다. 그 "완벽한 아름다움"(205쪽) 앞에서 자신은 몇 년간 붓을 잡을 수 없을 정도였으며 그러한 아름다움은 더는 누구도 그려낼 수 없다는 사실에 절망했다는 것이다.

> "화가로서 내가 입은 상처는, 두 인물의 육체성으로 묘사된 완벽한 아름다움이었어. 신들로부터 훔쳐낸 그런 아름다움은 그 화가가 그토록 완벽하게 사실주의적 기법을 구사할 수 있었기 때문이지. 그 후 나는 몇 년 동안 붓을 잡을 수 없었어. 누가 보더라도 상처를 입을 만큼의 아름다움을 사실 기법으로 그려낼 수 없다면, 붓을 잡지 말아야 한다고 생각했지. (후략)"[19]

'인간' 예술가인 현석화가 결코 그려낼 수 없었던 신적인 아름다움에 대한 동경, 그리고 거기에 도달하지 못하는 절망감을 겹쳐 놓고 읽을 때 그녀가 소연과의 관계에서 "앞으로 나는 지금보다 더 아름답고 순수할 자신이 없다. 이 고통이 나를 죽음에 이르게 한다 해도 후회하지 않을 거다"(262쪽)라고 독백하며 황홀감을 느끼는 이유를 알 수 있게 된다. 이후 현석화와 소연이 밀월여행을 떠난 자신들을 '폭풍 속의 에로스와 프시케'에 비유할 때 그 이유는 좀 더 명확해진다.

모든 예술이 꿈꾸는 가장 궁극적인 가치인 '아름다움'이란 신의 것이며, 인간이 구현하기엔 너무 멀리 있다. 인간을 경멸하는 신적인 아름다움에 다다르기 위해서 예술가들은 자기 자신을 죽음으로 몰아넣기도 하고 파괴적인 열정에 자신을 빠뜨리기도 한다. 그것은 사람이 사람에게 줄 수 없는 "사랑의 절대"(126쪽)이다.

> "이미 멈췄어요. 지금 선생님을 사로잡고 있는 것은 제가 아니라, 선생님 자신 속에 있는 어떤 환영이에요. (후략)"[20]

소연은 현석화가 단지 환영에 빠졌을 뿐이라고 말하며 연인관계를 청산하기를 원한다. 현석화의 사랑은 진정한 절대가 아니라 가짜에의 현혹에 불과하다는 것이다. 현석화는 점차 사랑이 식어가는 가운데 생활인으로서의 일상을 찾아가려는 소연을 보면서 결국 자살로 생을 마감한다. 그러나 이 자살은 환멸의 절망이 아니라 '절대'의 완성으로서의 자살이다. 현석화는 자신이 꿈꾸었던 '절대'를 실현하기 위해서 스스로 목숨을 끊은 것이다. 소연뿐 아니라 현석화도—친구와의 대화에서 이미 자신도 이제 지쳤다라고 말하는 데서도 드러나듯이—시간이 지나면 모든 것이 익숙해지고 아무리 강렬한 감정이라도 인간의 유한한 육체 속에서는 퇴색되거나 사그라들 수밖에 없다는 것을 알고 있다. 그러므로 가장 아름답고 순수한 순간, 그 절정에 스스로 목숨을 끊을 때에만 결코 '환영'이 되지 않고 '절대'로서 완성될 수 있다.

그녀에게 나는 절대라는 환영이었어. 환영이 스러지기
전에 그녀는 육체를 버림으로써, 자신에게서 끌어낸 절대
를 저 세상으로 이어 놓았어. [21]

현석화는 절정의 순간에 목숨을 끊음으로써 스스로 아
름다움과 순수함 그 자체가 된다. 그렇게 하여 그녀가 이루
고자 한 '절대'는 예술가의 삶과 존재 자체가 미적인 작품
으로 완성되는 방식으로 실현된다. 그 대가는 혹독하다. 그
녀가 꿈꾸던 이상, 절대적 사랑, 혹은 절대적이고 신적인 아
름다움으로서의 예술적 가치가 완전히 실현되는 순간, 예술
가 자신은 파괴되어야 하기 때문이다. 실재하는 예술가 현석
화, 인간의 육체를 가진 예술가 현석화, '호당 그림값이 A급
인 여류화가' 현석화는 완전하게 파괴되었으며, 거기에 바로
이 '절대'의 아이러니가 존재한다. 자살은 모든 비본질적인
것을 기요틴처럼 무자비하게 관통하겠다는 현석화의 의지가
몰고 온 마지막 귀결이다. [22] 그런 의미에서 집에 걸린 자신의
그림─무려 500호짜리 대작을 현석화가 스스로 파괴하는 마
지막 장면은 이러한 '절대'의 아이러니를 상징적인 차원에서
재현한다. 신적인 아름다움의 실현은 불철저한 지상의 예술
을 파괴할 것을 요구한다.

어찌 된 셈인지 벽에 걸린 500호짜리 그림을 향해 화병
을 집어던지고 닥치는 대로 물건을 부수는 건 현 여사 자
기였고, 지훈이 이를 말리려고 애쓰고 있었다. [23]

여기에는 또 하나의 아이러니가 있다. 그것은 남편의 자살로 훼손된 절대가 현석화의 자살로 완성된다는 것. 남편의 자살이 자신의 속내를 숨기고 사고로 위장하여 떠나버림으로써 사랑의 절대를 향한 현석화의 열망을 배반한 사건이었다면, 현석화에게 자살은 삶을 그 최고의 순간에 완성한다는, 더 나아가 자신이 이룩한 절대를 증명하고 선포한다는 적극적 의미를 지닌다. 이 지점에서 다소 긴 분량이지만 〈베니스에서의 죽음〉 속 아셴바하와 현석화의 마지막을 겹쳐 읽어보자. 앞서 언급했듯이 《그녀의 여자》와 뚜렷한 공통점을 보이는 〈베니스에서의 죽음〉의 아셴바하의 죽음과 현석화의 죽음을 비교해본다면, 후자가 상징하는 독특한 소설적 의미가 더 잘 드러날 것이기 때문이다. 또한 예술가소설의 고전이자 남성 예술가가 주인공인 〈베니스에서의 죽음〉과의 비교를 통해서 《그녀의 여자》의 새롭고 낯선 시도가 한층 명확해질 수 있을 것이다.

다시 줄거리를 소개하자면, 시민들에게 존경받는 소설가 아셴바하는 베니스로 휴양을 갔다가 미소년 타치오에게 알 수 없는 열정을 느끼고 전염병이 돌고 있다는 것을 알면서도 그를 따라다니느라 결국 병에 걸려 숨을 거둔다. 후반부 에피소드에서 아셴바하는 타치오에 대한 열정이 절정에 이르러 기이한 축제의 꿈—'피리와 북소리가 울리며 사람들이 윤무를 추는 제식'의 꿈—을 꾸는데, 이는 현석화가 마지막에 '푸른색과 흰색의 깃발이 촘촘히 꽂혀 펄럭이고 피에로가 자신을 유혹하는 비현실적인 장례식 꿈'을 꾸는 장면과 유사하다. 현석화의 꿈은 아셴바흐의 꿈을 환기하며, 《그녀의 여자》

와 〈베니스에서의 죽음〉 사이의 대응 관계를 더욱 강화한다.

두 소설의 세목 사이의 유사성은 여기서 그치지 않는다. "정말이지 그 아이는 형용할 수 없을 만큼 아름다웠다. 아셴바하는 이미 여러 번 그랬듯이 고통을 느끼면서, 말이란 감각적인 아름다움을 찬미할 수만 있을 뿐 재현할 수 없다는 것을 통감했다"[24]와 같은 서술은 아름다움을 재현할 수 없는 '인간 예술가'로서의 한계에 대한 인식을 드러내며 신적 아름다움 앞에서 절망을 느끼는 현석화를 떠오르게 하고, "사랑에 빠진 아셴바하는 혹시 타치오가 떠나버릴 수도 있다는 사실 이외에는 아무것도 걱정하지 않았기 때문이었다. 만일 그런 일이 일어난다면 자기가 더 이상 살아갈 수 없을 거라는 사실을 인식하고도 그는 별로 놀라지도 않았다"[25]라는 구절은 목숨을 걸고서 소연을 사랑한다는 현석화의 절규와도 같게 읽힌다. 이렇게 본다면 현석화의 죽음과 아셴바하의 죽음은 아름다움을 좇다가 자기 자신을 상실한 예술가의 비극이라는 측면에서 거의 동일 선상에 있는 것처럼 보인다.

그러나 두 주인공 사이에 상당한 차이가 있다는 것도 부정할 수 없다. 토마스 만의 소설에서는 아셴바하의 죽음, 사실은 자살에 가까운 이 죽음이 무엇보다 '파멸의 과정' 혹은 '전락의 과정'으로서 부각된다. 물론 여기에는 예술가가 빠져드는 관능에의 탐닉과 열정이 전적으로 부정적으로 묘사된다고 할 수는 없지만, 어쨌든 이 작품은 전체적으로 예술가가 이성과 성찰성을 잃어버리고 비이성적인 열정에 탐닉했을 때 벌어지는 결과를 경고하는 데 강조점을 두고 있는 것으로 보인다.[26] 게다가 소설이 이야기하는 예술가의 광기와 열정에는 어딘가 분명하지 않은 데가 있다. 그 비이성적 열정의 대상인 타치오에 대한 아셴바하의 동성애적 사랑은 미완성으로 끝난다.[27] 아셴바하는 타치오를 몰래 따라다니고 그에게 집착하지만 타치오와 말 한번 나눠보지 못하고 어떤 실제적인 교류도 하지 못한다. 애초에 타치오는 아셴바하라는 남성의 존재 자체를 모르며, 당연히 그가 자신을 따라다니다가 죽음을 맞이했다는 것은 더더욱 알 리가 없다. 아셴바하는 타치오를 따라다니는 그림자, 유령에 불과했던 것이다. 역으로 아셴바하에게 타치오라는 인물은 이름조차 불분명한 존재다. '타치오'라는 이름은 아셴바하가 곁에서 엿들은 폴란드어 발음을 통해 상상적으로 지어낸 이름일 뿐이고, 그 소년의 진짜 이름은 끝까지 알 수 없다. 타치오는 처음부터 끝까지 '환영'이었다.

그렇기에 아셴바하는 타치오에 대한 열망으로 결국 죽음까지 이르렀지만 그 죽음은 열정이 끝까지 불살라진 결과로 나타난 것이 아니라 소심하게 속으로 억제된 가운데 일어난 것이라는 점에서 사실 다소 허망한 것이며, 그 '허망함'은 토마스 만이 어느 정도 의도한 것이라고 할 수 있다. 열정이라는 것의 '부질없음', 비이성적 열정의 허무함. 그러나 동시에 이것은 모두 아셴바하의 마음속에서만 일어난 일, 즉 타치오와는 어떤 접촉도 없이 그저 아셴바하 혼자서 꾸는 꿈이자 '환영'에 불과하기에 아셴바하의 '명예'는 그대로 유지된다. 오로지 아셴바하의 내면에서 진행되는 열정과 파국의 드라마는 외부 세계에는 전혀 알려지지 않고, 그렇기에 아셴바하가 어이없는 죽음을 맞이하고 나서도 그를 향한 시민들의 존경은 그대로 지켜지고, 아셴바흐의 장례도 그에 걸맞은 장중함 속에서 치러진다.[28] 이런 의미에서 아셴바흐의 죽음은 비이성적 열정의 결과이면서, 동시에 그 열정의 파괴적인 효과를 조용히 덮어버리는 역할을 한다. 죽음을 통해 아셴바흐는 존경받는 시민적 작가로서의 위치를 회복한다. 그런데 이렇듯 조용한 죽음 속에서 아셴바흐의 사회적 명예가 지켜질 수 있었던 것은 그 자신이 관능에 대한 예술가적 욕망에 빠져드는 가운데에서도 이에 대한 부정적인 사회적 시선을 의식하여 그 누구에게도 자신의 열정을 털어놓지 않고 철저히 자기 내면의 일로 숨긴 덕택이었다.

그러나 현석화는 예술가소설이 다뤄온 오랜 딜레마, 도덕과 감성 혹은 생활과 예술의 대립 구도에서 이보다 훨씬 더 비타협적이고 급진적인 태도를 취한다. 현석화의 욕망은 아셴바흐의 그것에 비해 훨씬 외향적이며 때와 장소를 가리지 않고 거침없이 자기를 드러낸다. 현석화의 자살은 사고로 위장한 남편의 자살도, 불운한 전염병으로 치장된 아셴바흐의 조용한 죽음도 아니다. 현석화의 자살은 앞서 말한 것처럼 소연을 향한 자기 증명과 공개적 선언에 가깝다. 자살 후 그녀의 작업실에 선 앰뷸런스, 그것을 본 사람들의 수군거림, "화가라지요?" "왜 그랬대요?"(340쪽) 사람들의 가십으로 전락한 그녀의 죽음.

이 모든 상황에서 현석화가 세속적 현실 세계의 사람들 사이에서 누리던 위엄은 복구되지 않으며, 서영은 또한 그러한 복구에는 관심이 없어 보인다. 소연은 스스로를 '환영'일 뿐이라고 말하지만, 타치오와는 달리 자신이 현석화의 의지와 결단 속에서 '절대'의 자리에 가 있다는 것을 분명히 의식한다. 현석화는 스스로 변명의 여지나 빠져나갈 구멍이 없도록 자신을 '어쩔 수 없이 현혹된 자'가 아니라 상대에게 두려움을 일으킬 정도로 거침없이 '현혹하는 자'로 정체화한다. 뜻하지 않게 강렬한 열정에 이끌려 수동적으로 죽음의 늪에 빠져드는 듯한 아셴바하와 달리, 현석화는 소연을 비롯하여 주변 사람들을 두렵게 하는 강렬한 욕망의 힘으로 죽음을 향해, 혹은 절대적 순수와 신적인 아름다움을 향해 돌진한다. 서영은은 현석화라는 여성을 통해 남성 중심적 예술가소설 전통의 전복을 꾀할 뿐만 아니라, 현석화를 아셴바하보다 훨씬 더 급진적인 의미에서 예술가적 인물로 형상화한다. 그런데 여기에는 또 다른 의미의 전복이 숨어 있다.

그 전복의 의미는 작품 마지막에 비중 있게 등장하는 영화인 〈페드라〉에 있다. 이 영화의 인용은 단지 금지된 사랑으로 인한 파국을 보여주는 장치 그 이상의 의미를 담고 있다. 〈페드라〉는 소연이 심포지엄에서 관람하는 영화로, 소설 속에 그 줄거리가 자세히 설명되어 있을뿐더러 마지막 만남에서 소연이 관계 정리를 요구하면서 자신은 〈페드라〉의 주인공들처럼 사랑할 수 없기 때문이라고 말할 만큼 비중 있게 다뤄진다. 그 내용을 잠시 살펴보자면, 그리스 선박왕 타노스의 젊은 부인인 페드라는 의붓아들 알렉시스와 사랑에 빠지고 그 사랑에 정직하고자 이를 타노스에게 고백하고 자살한다. 알렉시스 역시 아버지의 매질에도 페드라를 사랑한다고 말하며 차를 몰다가 죽음을 선택한다. 작품 첫 장부터 한 페이지 분량으로 페르세포네 신화를 인용할 정도로, 신화를 작품에 적극적으로 활용한 작가의 태도를 고려해본다면 영화 〈페드라〉가 파이드라 신화를 각색한 것이라는 점도 그냥 지나칠 수는 없을 것이다.

파이드라는 남편 테세우스의 아들인 히폴리토스를 사랑하지만, 히폴리토스는 의붓어머니인 파이드라에게 전혀 관심이 없으며 오히려 그녀의 부도덕함을 질타한다. 앙심을 품은 파이드라는 남편 테세우스에게 히폴리토스가 자신을 겁탈하려 했다고 거짓으로 고발한 뒤 자살하고, 히폴리토스는 분노한 테세우스가 보낸 마차에 치여 즉사한다. '비도덕적인 애욕'으로 모든 것을 파멸에 이르게 한 파이드라의 그릇된 정념은 이로써 완전히 처벌받지만, 〈페드라〉에서는 금지된 사랑과 죽음이라는 모티프만 공유한 채 나머지 모든 의미는 전복된다. 파이드라는 여성의 욕망에 대한 모든 부정적 관념이 집결하여 만들어진 신화적 인물이지만, 영화는 원래의 신화 속 여성의 욕망에 대한 부정적 뉘앙스를 전복한다. 페드라는 자신의 원형인 파이드라처럼 애욕의 충동을 조절하지 못해 파멸에 이른 것이 아니라, 스스로 정직한 파멸을 선택함으로써 자신의 진정한 욕망을 신념으로 지킨 것으로 형상화된다. 현석화가 완성한 '절대'의 의미가 여기에 겹쳐지는 것은 우연이 아닐 것이다. 그런 의미에서 현석화라는 여성 예술가의 형상은 여성의 욕망의 부정성을 체현하는 신화 페드라에 대한 반대상이자 안티테제가 아닐까.

서영은은 삶의 이원화, 즉 '예술과 생활의 대립'이라는 예술가소설의 기본 전제를 그리면서 그 바탕을 이루는 낭만적 예술의 이념을 극한으로까지 밀어붙인다. 생활과의 어떤 타협도 허용하지 않으면서 오로지 예술을 위해 삶에 대한 전면적 위반을 감행하는 태도—'절대'로서의 예술을 상대적인 것이 완벽하게 지배하는 이 세속적 세계에서 이를 초극할 수 있는 유일한 종교로 보는 태도가 바로 그것이다. 그러한 낭만적 예술의 이념이 이미 황혼에 이른 21세기의 벽두에. 그러나 이것은 묘하게도 시대착오적으로 느껴지지는 않는데, 전통적인 예술가소설의 이념 속에서 오랫동안 암묵적으로 당연시되던 예술적 주체의 남성성, 신의 아름다움을 구현할 수 있는 창조성을 이어받은 남성 예술가에 관한 관념 그리고 그 배후에 어른거리는 가부장적 지배의 그림자를 걷어냄으로써 예술가소설의 장르를 갱신하고 있기 때문이다.

8장은 다음 논문을 바탕으로 했다.

오자은, 〈'절대'와 '환영' 사이: '예술가소설'로 읽는 서영은의 《그녀의 여자》〉, 《현대소설연구》 91호, 한국현대소설학회, 2023.

1 서영은, 〈먼 그대〉, 《먼 그대》, 2018, 새움, 54쪽.

2 조윤아, 〈서영은 중단편소설 연구: 반도덕적 행동 인물을 중심으로〉, 《현대문학의 연구》 32호, 한국문학연구학회, 2007, 507면.

3 김미현, 〈위반의 타자성〉, 《현대소설연구》 17호, 한국현대소설학회, 2002, 55면.

4 이 소설의 단행본 해설을 쓴 김정란은 《베니스에서의 죽음》의 소설적 장치와 닮아 있다고 간단히 지적한 바 있는데, 서영은이 작가 후기를 통해 김정란의 해설에 고마움을 표한 것으로 보아 서영은도 이를 인지한 것으로 여겨진다.

5 서영은, 《그녀의 여자》, 문학사상사, 2000, 205쪽. 이후 본문 안의 짧은 인용은 괄호 안 쪽수로 표기.

6 위의 책, 118쪽.

7 위의 책, 18쪽.

8 위의 책, 126쪽.

9 김은하는 현석화가 연하의 여성과 연애하는 전형적인 남성적 주체로서의 행태를 보인다는 점에 대해 다음과 같이 지적한다. "둘의 사랑은 생물학적 성별이 동일한데도 불구하고 이성애를 닮아 있다. (중략) 사회적으로 성공한 화가인 현 여사는 경제적으로 취약한 상태인 소연에게 무능한 오빠나 아버지를 대신해 경제적 후원을 아끼지 않기 때문이다. 또한 이성애적 구애의 상징인 꽃상자나 선물을 바치는 식으로 그녀를 숭배할 뿐만 아니라 핸드폰을 사 주고 사사건건 감시하며, 급기야 자신의 집 앞에 방을 얻어줌으로써 그녀가 자신의 시선 바깥으로 도망가지 못하도록 통제한다."(김은하, 〈순교자 여성과 모호한 젠더〉, 《작가세계》 가

을 호, 2004, 112면.) 이후 서술하겠지만 특히 소연을 감시하고 통제하는 현석화는 의처증을 품고 폭력을 행사하는 남편을 떠오르게 한다. 두 여성 간의 사랑, '동성애'를 이러한 식으로 형상화했다는 점은 이 소설의 아쉬운 점으로 언급될 수 있을 것이다.

10 서영은, 앞의 책, 115쪽.

11 위의 책, 19쪽.

12 위의 책, 70쪽.

13 아도르노는 《계몽의 변증법》에서 바다를 건너는 배 위의 사람들을 아름다운 노래로 현혹시켜 바다에 빠뜨리고 제물로 삼는 요정 사이렌과 그에 맞선 오디세우스의 이야기를 다룬다. 이때 바다를 건너는 오디세우스는 이성을 통해 자기보존을 꾀하면서 신화적 세계를 파괴하는 계몽적 주체의 원형이다. 아도르노에 따르면 생존을 위한 이성의 가장 중요한 원칙 가운데 하나는 자본 축적에 매몰된 근대의 부르주아적 주체가 그러하듯이 금욕주의, 즉 행복의 포기이다. 아름다운 노래를 부르는 사이렌이 오디세우스의 목숨을 위협하는 신화적 존재 가운데 하나로 등장하는 것도 이러한 맥락에서 해석된다. 사이렌의 아름다운 노래가 주는 치명적인 유혹을 뚫고 살아남기 위해 오디세우스는 스스로를 돛대에 묶고, 유혹이 커질 때마다 그를 묶고 있는 밧줄은 더 강하게 조여진다. 이는 생존 자체가 지상 목적이 된 주체에게 온전한 예술적 향유는 불가능하다는 것을 상징하는 장면이지만 동시에 그만큼 얼마나 예술이 자기보존의 욕망마저 뒤흔들 수 있는 강력한 힘을 갖고 있는가를 이야기하는 것이기도 하다. 인간에게 자기보존의 목적

에서 벗어난 단 하나의 활동이 있다면 바로 예술이며 아도르노는 개인의 고유한 정체성을 되찾을 수 있는 힘을 예술에서 찾는다.

14 서영은, 앞의 책, 88쪽.

15 위의 책, 96쪽.

16 위의 책, 160쪽.

17 현석화는 소연을 만난 뒤 때로 남편의 감각에 빙의되는 듯한 경험을 한다. 예를 들면 "남편이 닥치는 대로 던지고 부수고 두드려대던 때의 그 착란에 가까운 분노가 자신의 몸을 통해 되살아"(위의 책, 77쪽)나기도 한다.

18 위의 책, 261~262쪽.

19 위의 책, 205쪽.

20 위의 책, 325~326쪽.

21 위의 책, 341쪽.

22 이미 파괴의 조짐은 소연을 만나는 동안 차츰차츰 뚜렷해지고 있었다. 현석화는 소연의 경제적 어려움을 해결해주기 위해 평소라면 절대 하지 않았을 그림 세일즈를 하거나 그동안 지켜온 점잖은 화가로서의 체면은 접어둔 채 자신의 그림을 맡겨놓고 고리의 빚을 얻는다. 미술계 인사들과의 약속 역시 소연과의 만남 때문에 번번이 어기거나 해서 신임을 잃는다.

23 서영은, 앞의 책, 328쪽.

24 토마스 만, 박동자 옮김, 〈베니스에서의 죽음〉, 안삼환 외 옮김, 《토니오 크뢰거·트리스탄·베니스에서의 죽음》, 민음사, 2022, 491쪽.

25 위의 책, 495~496쪽.

26 홍길표, 〈현대의 예술가상에 관한 소고: 토마스 만의 초기 단편소설 〈토니오크뢰거〉, 〈트리스탄〉, 〈베니스에서의 죽음〉을 중심으로〉, 《독어독문학》 100집, 한국독어독문학회, 2006, 61면.

27 장성현, 〈《베니스에서의 죽음》에 나타난 토마스 만의 동성애의 은폐와 폭로의 역학〉, 《독어독문학》 70집, 한국독어독문학회, 1999, 135면.

28 같은 곳 참조.

9장

'건널 수 없는 강'은
결코 건너지 않는 사랑

런 아직은 살아 있어요. 살아 있는 건 변화하게 마련 아녜요. 우리도 최소

증거로라도 무슨 변화가 좀 있어얄 게 아녜요?" 나는 목이 긴 여자를 생각

깨가 되어 흐르는 그 유려하고도 따스한 고장에 내 얼굴을 묻을 수 있었

을 못 도망칠 줄 알구. 나도 한번 도망쳐 보일 테다. 더러운 거짓이 기둥목

집구석을. 나를 자유롭게 ──── 부터 나를 자유롭게 하라. 물색 중인 완전

들로부터, 엄마가 ────────────────── 부탁해준 인공의 순결로

막대한 지참금 ─────────── 고 할머니의 불길한 저

세 하라. 나는 내 ───────────── 음악 듣고, 영화 보고,

푼돈 모아 만 ──────────────── 을 초대할 수

고 정결한 새 ────────────── 가 태어난 고

로운 인생을 ──────── 《밝은 밤》의 여자들 ──── 내 세상의 슬

군. 거창한 ──────────────

슬픔. 그 말 ───────────────── 으로 울려퍼졌다

으리라곤, ───────────── 갑자기 시인이

묻지 않으세요? 이 ──────────── 쩝잖은 편지

강렬하게 되살아날 ──────── 선생님 때문이

게 사랑할 수 있는 자 ──────────

. 호의는 고맙지만 자기 ─── 에 놓인 삶 ─── 신경 써서 만년 문

요." 그 여자는 정말이지 온갖 역할을 다해 ──── 것이었다. 목욕탕에 갈 때

에서부터 가끔씩 토해내는 딸의 자잘한 신경질 쓰레받기, 팝송을 좋아하

지. "엄마 눈에…… 제가 마치 괴물처럼 비춰든 것 같은데요." 우혜는 턱

데 그러는 동안 딸과 어머니의 눈길이 얽혔다.

게든 영원히 살아있는 나가 되고 싶다. 아니 죽어서도 살 그러한 일을 하

라도 좋으니 문학작품을 남기고 싶다. 남이 읽고 언제까지라도 잊지 않

고 싶다. 그래서 나는 그런 업적을 남기기 위하여 앞으로 험하디 험한 먼

잡기 위하여 죽도록 노력하리라.

1. 시대의 마음: '무해함'을 열망하는 것

도래하기만 하면 새천년이 열릴 것 같은 느낌이었던 2000년, 무언가 폭발할 것 같았던 새 시대에 대한 그때의 열망은 밀레니엄 세대나 Y2K 같은 '예스러운' 단어로 남았고, 그 이후로 벌써 20여 년이 흘렀다. 그동안 한국 사회는 얼마나 또 변했을까. 지난 20여 년 동안 한국 사회를 거쳐 간 키워드들은 다양하다. 최근의 4차 산업혁명이나 메타버스, 생성형 AI 같이 어딘가 '금속성'이 느껴지는 키워드들이 이 사회의 체계나 외연의 변화를 설명하기 위한 물리적인 언어에 속한다면, 사회를 살아가는 사람들의 마음이나 정서, 내면에 관한 키워드로 꼽을 수 있는 것들엔 무엇이 있을까. 2020년을 기준으로 전후 몇 년간의 사정을 고려해본다면 그것은 아마도 '무해함'이 아닐까 싶다.

인터넷 검색창에 '무해함'을 쳐보면 쉽게 알 수 있다. 당연하지만 2016년이나 2017년까지만 해도 '무해함'은 '인체에 무해함'이나 '독성'과 같은 단어들과 어울려 쓰였다. 변화가 감지된 것은 그로부터 몇 년이 지나면서. '무해한 사이', '무해한 남자', '무해한 연애'……. 인간이 인간과 관계 맺을 때 파생되는 많은 감정과 사연들에 '무해한'이라는 형용사를 붙이는 경우가 무척이나 많아졌다. 세상에 얼마나 유해한 것이 많기에 이러한 형용사가 유행인가 싶지만, 한편으로는 '무해함'에 대한 집단적인 열망에 반발하면서 '무해함'이라는 정서란 결국 트렌드에 부합하도록 아기자기하게 잘 만든 문화 상품일 뿐이라고 말하는 사람들도 있다. '세상의 이면은 일부러 보지 않은 채 예쁘게 말하는 천진한 언어'일 뿐이라는 것. 가만히 들여다보면 여기에는 '무해함'이라는 단어가 여성적인 언어로 범주화되고 있다는 것까지 알 수 있다. 안온하고 다정하고 무해함을 사랑하는 여자들 그리고 그러한 여자들을 세상 물정 모르고 부드럽고 말랑말랑한 것들만 좇는 존재들이라고 비난하는 또 다른 입장들. 작은 생채기에도 큰 소리로 우는 아이들처럼 보는 시선들.

'무해함'이라는 시대의 키워드에 대해서는 다양한 입장이 존재하겠지만 일단 이 글에서 중요한 것은 바로 '누가 먼저 무해함이라는 단어를 말했는가'이다. 뉴스만 보아도 묻지마 살인이나 끔찍한 성폭행, 근친 살인, 온갖 사건 사고들이 난무하는 2000년대의 한국 사람들에게 타인에게 상처 내지 않으려 노력하는 따뜻함이나 다정함 같은 것에 대한 열망이 있었으리라는 것은 당연하다. 여성들의 입장에서는 더욱 그렇다. 2000년대의 가장 뜨거운 사건인 '미투'를 군이 언급하지 않더라도 성폭력, 데이트 폭력이나 스토킹처럼 일상에서 벌어지는 범죄 속에서 자기보존의 불안과 공포에 시달리다 보면 나에게 도움은 못 되어도 적어도 해는 안 끼치는, 상처는 안 주는, 관계의 '최저선'에 대한 기대란 꽤 컸을 것이다.

그러나 아직 모호하게 존재하여 언어화되지 않았던 그 마음에 누가 '무해함'이라는 이름을 붙인 것일까. 이름을 붙인 순간 그 단어는 폭발적으로 힘을 키워갔다. 미처 분명하게 언어화하지 못했던 마음을 명확하게 발화할 수 있게 되었으므로. 시작을 따져본다면 분명 여기이다. 최은영의《내게 무해한 사람》. 소설집《쇼코의 미소》이후 발간된 두 번째 소설집이다. 최근 한국 문단에서 작품성과 대중성 모두를 갖춘 작가로서 평가받는 최은영은 《쇼코의 미소》로 '10만 부 돌파'라는 경이로운 기록을 세웠다. 결코 쉽게 쓰이거나 읽히는 책이 아님에도 폭발적인 인기였다. 이후 《밝은 밤》, 《아주 희미한 빛으로도》와 같은 소설을 펴내며 작가로서의 완전한 입지를 굳혔다.

'무해함'이라는 단어의 대중적 생명력은 《내게 무해한 사람》의 인기에서부터 시작되었겠지만 굳이 이 작품만을 꼽지 않더라도 최은영의 소설들은 대체로 모두 비슷한 분위기와 정서를 지닌다. 자기복제를 한다는 뜻이 아니라, 최은영의 작품 세계 전체에 어떤 정서가 일관되게 존재하고 있으며 이를 가장 잘 표현해 줄 수 있는 단어로 '무해함'이 선택되었다고 보는 것이 적합할 것이다. 실제로 보통 소설집의 제목은 그 안에 실린 단편 중 하나의 제목을 붙이는 경우가 많지만 《내게 무해한 사람》은 소설집 안에 실린 단편 제목과 무관하게 독립적이다. 그렇기에 '무해함'은 작가가 선택한, 이 소설들이 말하고자 하는 바를 가장 잘 담아낼 수 있는 단어이자 이 소설들 전편을 흐르는 정서적 키워드로 존재하게 된다.

여자를 만나면 물어보고 싶었다. 어떻게 자신을 싫어하지 않을 수 있었는지. 피 한 방울 섞이지 않은 군식구에, 예쁘지도 않고 잔병치레도 많은 작은 아이를 어떻게 싫어하지 않을 수 있었는지. 자기 생활을 어떻게 내어줄 수 있었는지 묻고 싶었다. [1]

그 자리에 앉아서 여자는 혜인에게 이런저런 이야기를 했다. 사람들이 이애는 누구예요, 물어보면 조카예요, 라고 답하면서도 언제나 충분한 대답을 하지 못한 느낌이었다고. 혜인과 최대한 먼 곳까지 가보고 싶었지만 여력이 되지 않아 가장 멀리 간 곳이 속리산 법주사였다고. 그것이 여자에게는 아주 중요한 일이었다는 듯이 여자는 우리가 가장 멀리 간 곳이야, 법주사, 라고 몇 번을 말했다. 그러자 차가운 계곡물과, 계곡 근처의 음식점에서 같이 전골 음식을 먹었던 것, 그리고 매미가 쉴새없이 울던 소리가 떠올랐고, 혜인은 여자와 자신이 이제 예전처럼 함께할 수 없으리라는 사실을 실감할 수 있었다. [2]

단편 〈손길〉은 숙모와 시조카라는, 한국 소설에서 '의미 있는 관계'로서 등장한 적이 거의 없었다고 단정해도 과언이 아닐 만큼 낯선 사이에서 벌어지는 감정의 드라마가 중심을 이룬다. 시가에서 떠맡긴 군식구인 시조카를 데려다 키우면서도 자신의 삶을 기꺼이 내주고 사랑을 주었던 숙모에 대한 기억. 보통 쉽게 친해지기 어려운 사이인 '맡아서 키운 군식구'를 정말 마음의 친구로 받아들인 숙모, 그 여자와 나눈 사랑의 기억은 혜인이 성인이 되어서도 강렬하게 자리한다. 갑자기 삼촌이 죽은 뒤 연락이 끊긴 숙모에 대해 '어떻게 나에게 그럴 수가 있는지, 우리 사이가 그것밖에 되지 않는 것인지' 하는 그리움 섞인 원망도 있었지만, 평생을 명랑하고 밝은 사람으로 남에게 웃음만 주며 살았던 숙모의 입장에서는 더는 그런 방식으로 유쾌하게 타인을 대할 수 없다는 것을 알았을 때 택할 수밖에 없었던 불가피한 단절이었음을 이해한다. 숙모는 한 인간이 다른 인간과 맞닿을 때 발생할 수밖에 없는 필연적인 생채기들을 최소화하고자 타인 앞에 몸을 한껏 웅크릴 줄 아는 사람이기 때문이다. 유한한 인간이기에 어쩔 수 없이 나를 낙담하게 하고 상처 입힐 수 있겠지만 그럼에도 불구하고 어떤 위로와 위안은 오로지 사람이 사람에게만 줄 수 있다는 것.

흥미로운 것은 이 소설의 숙모와 혜인처럼, 최은영 소설들 속 관계에서 가장 독특한 부분은 대부분 인생에서 한때 가장 솔직한 마음을 공유했으나 이제는 어쩔 수 없이 끊겨버린 존재들에 대한 이해라는 점이다. 보통 세상은 끝까지 가는 우정, 끝까지 함께하는 연대, 끝까지 책임지는 사랑의 가치를 높게 쳐주지만 최은영의 소설에서 다루는 관계의 의미는 이와 사뭇 다르다. 이제는 멀어졌지만, 연락이 끊겼지만, 예전처럼 돌아갈 수는 없지만, 각자의 삶을 살고 있지만, 한때 가장 나 자신에 가까웠던 타인에 대한 현재의 이해를 보여준다는 점에서 독특하다.

그러니까 '무해함'을 그저 세상의 치열하고 어두운 이면은 외면하고 천진하고 예쁜 언어로 아름답게 가공한 감정이라고 치부한다면, 그것은 '무해함'을 그리고 그 '무해함'이라는 단어를 선택한 대중의 마음을 납작하게 생각한 것 아닐까. '무해함'은 인간과 다른 인간이 관계 맺는 한 방식에 붙인 새로운 이름이기 때문이다.

2. '책임질 수 있는 자'의 폭력

장편소설 《밝은 밤》은 천문대 연구원 지연이 이혼한 뒤 어렸을 때 살던 지역인 '희령'에 내려가 연락이 끊겼던 외할머니를 우연히 다시 만나게 되고, 외할머니로부터 자신의 외가 집안의 여자들—증조할머니, 할머니, 엄마, 지연 자신에 이르는 4세대 여자들의 기억을 마치 아라비안나이트처럼 전해 듣는 소설이다. 한번에 그 장구한 역사를 다 말할 수는 없을 테니, 지연이 외할머니를 만날 때마다 조금씩 이야기는 이어진다. 엄마와 할머니 사이가 안 좋다는 것, 그 이유에는 지연의 언니가 어렸을 때 죽은 사고와 관련 있다는 것 외에는 사실 할머니에 대해 어떤 짐작이나 추측도 해본 적 없고 관심도 없던 지연은 의외로 할머니가 들려주는 옛날 이야기에 푹 빠져버린다. 외할머니는 적어도 지연에게는 셰에라자드인 셈이다.

오랫동안 보관해둔 사진과 편지를 꺼내며 하나씩 풀어가는 이야기는 한국사의 한 부분을 드러내며 거의 백 년에 가까운 시간에 걸쳐져 있다. 중심인물은 지연의 증조모 그리고 증조모와 우정을 나눈 새비 아주머니이다. 증조모는 백정의 딸로 양민의 눈도 마주치면 안 될 정도로 엄청난 차별 속에서 어린 시절을 보냈다. 그런 증조모가 신분의 차를 넘어 양민과 결혼하게 된 데에는 사연이 있다. 증조부가 우연히 증조모를 만나 알 수 없는 끌림을 느끼게 되고, 당시 일본의 강제 위안부 징집에 끌려갈 것이 뻔한 백정의 딸을 구하기 위해 혼인신고를 하고 함께 개성으로 떠났기 때문이었다. 당연히 집안의 허락을 받지 못한 결혼이었다. 증조부의 집안은 천주교도 박해로 고초를 겪은 내력이 있었지만, 증조부의 아버지는 '성경에도 백정은 안 나온다'며 결혼에 반대했다. 증조부는 '인간은 귀천이 없다는 것을 교회에서 배워 알았다'고 맞받아쳤지만 소용없는 일이었기에 그길로 증조모를 데리고 개성으로 도망친다.

아픈 노모를 버리고 떠나기를 망설이는 증조모를 위해 증조부는 대신 노모를 보살필 사람을 구했는데 그가 바로 새비 아저씨였고 그의 아내가 새비 아주머니였다. 하지만 노모가 얼마 가지 않아 숨을 거두어 새비 아저씨 내외도 개성으로 오게 되고, 새비 아주머니와 증조모의 우정이 이때부터 시작된다. 이들은 서로의 고향 지역명을 따서, '새비야', '삼천아'라고 부른다. 증조모는 새비 아주머니에겐 '내 친구 삼천이'가 된 것이다. 아무도 놀아주지 않았던 백정의 딸을 진짜 친구로 맞아준 새비. 백정의 딸이라는 사실을 아는 순간 개성에서 만난 모든 사람들이 삼천에게 등을 돌렸지만 새비만은 예외였다. 개성에서 이들은 가족처럼 함께 산다. 증조부와 증조모의 딸, 그러니까 지연의 할머니인 영옥을 자신들의 딸처럼 귀하게 여겨준 것도 새비 내외였고 몸이 약한 새비 아주머니가 딸 희자를 낳자 몸조리를 해준 것도 삼천, 즉 증조모였다.

그러나 개성에서의 행복도 잠시, 일하러 히로시마에 갔다가 원폭 피해를 입은 새비 아저씨는 귀국하여 가족들을 이끌고 고향으로 내려갈 수밖에 없었고 삼천과 새비는 그길로 이별하게 된 것이다. 이후 새비 아저씨는 피폭 후유증으로 세상을 떠나고, 새비 아주머니와 희자는 고향에 남았으나 새비 아주머니의 오빠가 사상범으로 오인받아 총살당한 사건 때문에 대구 고모님 집으로 피난길에 오르게 된다. 시어머니가 빨갱이 친정을 가진 며느리를 집에서 내쫓았기 때문이다. 새비 모녀는 피난 도중 개성에서 삼천의 집에 들르지만 새비 아주머니 오빠의 일을 들은 증조부는 이들을 '단 며칠만' 재워주기로 하고 이 일은 증조모, 삼천의 마음속에 오래 미안함으로 남는다.

그러나 상황은 바뀌어 증조부와 증조모, 영옥 역시 피난을 가게 되었고 결국 찾아간 곳은 새비 모녀가 머무는 대구였다. 증조부는 국군에 자원입대했고 남은 삼천 모녀는 새비 아주머니의 고모댁, 수선집을 운영하던 박명숙의 집에서 한동안 따뜻한 시간을 보낸다. 명숙 할머니는 영옥을 각별히 귀엽게 여기고 우정을 쌓지만 증조부가 돌아와 고향인 희령으로 가야 한다고 하여 이들은 생이별을 한다.

삼천과 새비가 어울려 잠시나마 함께 생활하던 시절은 이것으로 끝이 난다. 이제 이들은 가끔 편지를 주고받거나 어쩌다가 겨우 큰마음을 먹고 한 번씩 만나는 것으로 인연을 이어갈 수밖에 없게 된다. 서로의 거리가 멀어진 이유도 있지만 생활 환경도 너무나 크게 달라졌기 때문이다. 새비 아주머니의 딸인 희자는 이화여대 수학과에 수석으로 입학하여 대학생이 되었지만 삼천의 딸 영옥은 상급학교에 진학도 못 했고 증조부의 강권으로 원치 않은 남자와 결혼할 수밖에 없었다. 심지어 그 남자는 북에 처자가 있는 유부남이었음에도 그 사실을 알면서 증조부는 결혼을 시켰다는 것이 문제. 늘 '영옥이 데려가는 남자만 있다면 아무라도 좋다'고 말하던 말버릇처럼 증조부는 딸의 결혼을 대충 해치워버린 것이다. 나중에 북에서 처자가 내려오자 영옥은 딸 미선(지연의 엄마)만을 데리고 남자와 헤어진다.

세월은 흘러 새비 아주머니가 결국 지병으로 세상을 떠나고 그녀의 임종을 같이 지켜본 자리가 모두 한자리에 함께한 마지막 시간이 된다. 희자는 독일로 유학을 가서 유명한 암호학자가 되고 영옥은 딸 미선을 홀로 키우며 결혼까지 시킨다. 그러나 미선의 큰딸 정연, 그러니까 지연의 언니가 어려서 사고로 죽고 영옥이 그 일에 대해 건넸던 말 한마디가 미선의 마음을 다치게 해 두 사람은 영영 소식도 끊긴 채 살아간다. 그러다가 영옥은 희령에서 미선의 둘째 딸인 지연, 자신의 둘째 손녀를 다시 만나게 된 것이다. 그 만남이 바로 이 소설의 '현재'이다.

증조모-할머니-어머니-지연에 이르기까지 4세대에 걸쳐 이야기가 진행되는 등 한국 소설에서 보기 드문 **여성 가족사 소설**의 면모를 갖추고 있기에 줄거리와 등장인물이 꽤 복잡하지만, 결국 중요한 것은 새비 아주머니와 증조모 삼천의 오랜 시간에 걸친 우정과 연대의 이야기이다. 여기에서 삼천과 새비의 인연이 시작된 것은 바로 삼천의 남편, 지연의 증조부 덕분이다. 가족의 반대를 무릅쓰고 삼천과 결혼을 해 개성으로 떠났기 때문인데, 거기에서 증조부의 가장 친한 친구였던 새비 아저씨, 새비 아주머니와의 긴 인연이 시작되었다.

이렇게만 본다면 증조부는 다시없을 운명적인 사랑의 주인공이자 그 운명을 희생으로 지켜낸 고귀한 인물이다. 신분

차이가 나는 여자와 결혼하여 비참한 운명에서 꺼내주었으며 그녀를 끝까지 책임지지 않았는가. 그러나 엄청난 운명으로 맺어진 이 부부는 인연의 강렬한 시작과는 달리 데면데면하고 피폐한 결혼생활을 보낸다. 심지어 증조부는 마지막엔 증조모와 외동딸 영옥, 두 모녀에게 저주 섞인 원망을 들으며 생을 마친다.

> 할머니는 증조부에게서 작은 선물 하나도 받은 기억이 없었다. 피난 갈 때도 그는 가장 좋은 자리에서 잠을 잤고 어떤 것도 딸에게 양보하지 않았다. (중략) 할머니는 배려하는 남자, 아내와의 관계에서 손익을 따지지 않는 남자를 자신의 배우자로 상상하지 못했다. 할머니는 기대하고 실망하는 대신 그 안에 주저앉아 포기하는 편을 선택했다. 그편이 훨씬 쉬웠기 때문이었다. [3]

증조부는 그렇게 어렵게 부부의 인연을 맺은 아내를 한 번도 귀하게 여기지 않았으며 또한 백정의 딸이라고 무시하는 시대 식구들로부터 적극적으로 그녀를 보호해주지 않는다. 피난 갈 때조차 가장 좋은 자리만을 차지하는 이기심. 딸에게 작은 선물 한번 한 적 없는 매정함. 가장 친밀한 관계에서도 손익을 따져 자신에게 유리한 대로 행동하는 냉정함. 어리고 힘없는 백정의 딸이 군인들에게 끌려갈까 봐 결혼을 결심하고, 그녀를 지켜주기 위해 부모 형제까지 버리며 고향을 떠난 증조부의 마음에 무슨 변화가 있었던 것일까?

마음의 변화가 있었던 것은 아니다. 결혼생활 동안 다른 여자가 생긴 것도 아니다. 아내를 사랑하지 않은 것도 아니다. 기복은 있었지만 어쨌든 증조부는 가장으로서 가족을 부양하기 위해 성실히 일했으며 고된 노동이나 험한 일도 마다하지 않았다. 그는 변한 것이 아니라 오히려 그녀를 구했고 또 그녀의 인생을 '책임졌기 때문에' 그녀를 무심하게 그리고 적당히 함부로 대했다. 이러한 역설은 어디에서 발생한 것일까.

그는 순교자 이야기를 들으며 자란 사람이었다. 가진 모든 것을, 목숨까지도 버려 천주에 대한 사랑을 지키려 했던 그들의 이야기에 감화를 받았다. 그는 증조모를 알게 되면서, 그녀가 사는 모습을 보고서 그녀를 위해 모든 것을 버릴 준비를 했다. 너를 구하기 위해 내 인생을 희생하겠다는 마음이었다.

그 결과로 그는 평생을 억울함과 울화와 죄책감을 안고 살아야 했다. 자기가 그렇게 대단한 사람이 아니라는 걸 부모를 떠날 때만 해도 몰랐던 것이다. 아니, 그는 평생을 몰랐다. [4]

증조모를 구하기 위해 모든 것을 버리고 그녀와 고향을 떠난 것은 사실이었다. '너를 구하기 위해 내 인생을 희생하겠다는 마음'도 진심이었다. 그러나 그와 동시에 '너를 구하기 위해 내 인생을 희생'했다는 그만큼의 반대급부를 요구했다. 증조부는 '너를 위해 나를 희생할 수 있는 나 자신'을 얻었지만 실제로 그의 내면은 그만큼 희생적일 수 없었다. 어쩌면 당연한 것인지도 모른다. '나를 버려 너를 구한다'는 식의 헌신이 유한한 인간에게 정말로 가능한 일일까? 그렇기에 증조부는 평생 억울했으며 그녀를 책임진 대가로 그녀에게서 다른 보상들을 얻고자 했다. 이를테면 자신에 대한 끝없는 순종, 가부장으로서의 무조건적 권위. 배려와 존중이 없어도 아내는 자연스럽게 인내해야만 했다. 증조부는 많은 것을 희생해서 그녀를 끝까지 책임졌기 때문에, 자신은 응당 그러한 순종과 인내를 받을 만하다고 생각한 것이었다.

심지어는 그녀가 백정의 딸이라는 사실조차 결혼생활에서 약점으로 삼았다. 그녀는 그와 결혼함으로써 양민 신분이 되었기에 그에게 평생 감사해야 할 일이었다. 일반적인 시선에서 볼 때 양민 남자가 오로지 사랑 하나로 백정 여자와 결혼하는 것은 엄청난 희생이었기 때문이다.

"나는 너를 돕기 위해 모든 걸 버렸는데, 왜 그만큼의 대접을 안 해주고 내 기분을 맞춰주지 않는 거지?"(61쪽)라는 의구심은 끝까지 증조부를 따라다녔다. 증조모는 그러한 증조부를 맞춰주기 위해, 결혼생활을 유지하기 위해 '그래도 그는 자신을 구했다'는 사실을 되새겨야 했다. 그러지 않고서는 증조부와의 결혼생활을 견뎌내기 어려웠기 때문이다. 그는 나를 책임졌고, 그렇기에 나 역시 그가 본인의 희생에 억울해하지 않도록 최선을 다해 따라야 한다는 생각으로 증조모는 자신을 달랬던 것이다.

증조모는 할머니에게 그런 이야기를 자주 했다. 그래도 그때 군인들에게 끌려가지 않았던 건 너희 아버지 덕분이라고. 그대로 병든 어머니 곁에 남았더라면 자신도 동네의 힘없는 집 여자애들과 함께 끌려갔으리라고 말이다. 증조모는 할머니에게 그 이야기를 끊임없이 했다. 증조부가 가장 최악이었던 순간마다. 그래도 너희 아버지는 나를 구했어. 그래도 너희 아버지는 나를 구했어. [5]

그러나 문제는 앞서 말한 것처럼, '엄청나게 큰 책임을 졌다'는 그 절대적인 이유 때문에 증조부는 끊임없이 가족들에게 자잘한 폭력을 저지르고 그 폭력은 가족 내에서 용인된다. 딸과의 관계도 마찬가지였다. 영옥이 백정 외가를 두었어도 양민인 이유는 증조부가 양민이었기 때문이고 그렇기에 아버지의 덕을 본 영옥 역시 아버지에게 순종해야 했다. 아내와의 관계는 더했다. 남편의 형, 아주버님을 위해 밥을 짓고 찬을 쟁반에 담고 밥상을 내려던 순간, 백정의 딸이라고 무시하던 동네 꼬마가 밥상을 내려쳐서 흰 쌀밥이 바닥에 쏟아지던 그때 증조모에겐 아무 잘못이 없음을 알면서도 오로지 형님을 위해 밥을 다시 해오라고 아내를 독촉했던 증조부. 깨진 사발 조각이 발에 박혀 피를 철철 흘리는 것을 알면서도 아프지 않느냐는 말 한마디 묻지 않은 채 방에 앉아서 새 밥상을 받는 폭력적인 무관심. 꼭 때려야만 폭력은 아닌 것이다. 이런 일상에서의 잔인한 무관심이 지속되다가 두 모녀와 증조부의 사이가 결정적으로 멀어지게 된 것은 증조부가 딸 영옥의 결혼에 대해 엄청난 폭력을 저질렀기 때문이었다. 그것이 폭력이라는 사실조차 인지하지 못한 채로.

'영옥이 데려가겠다는 남자만 있으면 누구라도 괜찮다'는 말을 입버릇처럼 했던 증조부는 정말 아무 남자와 딸을 결혼시킨다. 북에서 온 남자였으니 증조부 본인과는 대화가 잘 통했을 것이다. 그러나 영옥의 의사는 존중되지 못했고, 무엇보다 그 남자는 이미 북에 처자식을 둔 유부남이었다. 그 사실을 알면서도 큰 문제가 되리라고 생각하지 못한 채 영옥을 결혼시켰다. 어떻게 이렇게 말도 안 되는 결혼이 가능했을까.

혹시 증조부의 마음 깊은 곳엔 아내를 볼 때마다 늘 '백정인 주제에 양민처럼 군다'고 생각했던 것처럼, 딸에 대해서도 외가가 백정이니 어느 정도 손해 보는 결혼은 감수해야 한다는 이상한 셈속이 놓여 있던 것은 아닐까. 북에서 내려와서 생활력 강하니 처자식 먹여 살릴 걱정이 크게 없다면 '약간 기우는 딸'을 내주어도 손해는 아니라는 식의 우스운 계산법 같은. 그런 것이 아니라면 북에 두고 온 남편의 처자식이 자신을 찾아오고, 남편은 그 처자식을 택해 떠나버린 비참한 영옥의 상황을 쉽게 묵인하는 증조부의 태도를 설명할 수 없다. 남편과 본처가 부부로 기입되어 있는 호적에 딸을 올린 채, 정작 자신은 호적에 이름도 없는 존재로 홀로 딸을 키워야 했던 영옥에게 증조부는 이렇게 말한다. 남자 마음 하나 잡지 못해서 빼앗긴 것이니 아쉬울 것 없다고.

— 남자 마음 하나 잡지를 못해서 빼앗겼으니 아쉬울 것도 없다.

(중략)

— 한번 더 그런 말 했다가는 당신 내 손에 죽습니다.

영옥이한테 그따위 소리 할 거면 내 눈앞에서 꺼지
란 말입니다.

— 네가 뭔데 감히 나한테 그따위 말을 하는 기야? 내
가 아니었으면 넌⋯⋯

— 기래요, 당신 없이 나 살기 어려웠을 깁니다. 내 그
래 당신 고마움 모르는 사람 아니요. 내 당신 그늘
아래서 여태 별 탈 없이 살았으니. 기래서 내를 빚
쟁이 대하듯 했시까. 내레 당신한테 기렇게 빚을 졌
다구.

— 어디 서방 앞에서![6]

증조모는 증조부의 폭언을 듣고 "한번 더 그런 말 했다가
는 당신 내 손에 죽습니다"라며 처음으로 맞대응을 한다. 아
마 딸에 관한 일이 아니었으면 평소처럼 끝까지 참았을 터였
다. 이어서 증조부는 '널 단 한 번도 친 적 없다'는 말로 자신
의 무결함을 증명하려 하지만 이미 그는 너무나 많은 폭력을
저지르고 말았다. 백정의 딸을 구하기 위해 가족마저 등지고
개성으로 도망친 그 숭고하고 희생적인 소년은 어디로 갔는
가. 그 소년을 사라지게 한 것은 다른 것이 아니라 자신이 누
군가의 삶을 구할 수 있고 구했다는 생각, 누군가를 책임질
수 있고 책임졌다는 과도한 자기 확신이었다.

한 인간이 다른 인간의 인생을 책임진다는 것은 사실상
허구에 가까운 말이다. 만약 그런 일이 가능한 것인 줄 알았
다면 그것은 혹시 누군가를 먹여 살리는 것, 부양하는 것이
존재와 인생을 책임진다는 것과 동일한 말인 줄 알고 착각한

것이 아닐까. 처자를 부양하는 일이 한 인간이 한 인간을 책임진다는 것과 동의어는 아니다. 무언가 더 대단한 일을 해야만 '책임졌다'고 말할 수 있는 것이 아니라, 애초에 인간은 다른 인간을 완전히 책임질 수 없다는 이야기를 하고자 하는 것이다. 본질적으로 불가능한 일이다. 그렇기에 그 엄청난 일을 자신이 해내고 있다고 착각하는 데에서 폭력은 필연적으로 발생할 수밖에 없다. 애초에 불가능한 일인데 그것을 자기가 하고 있다고 믿는 자의 오만. 자신이 누군가를 완전히 '책임진 자'라고 생각하는 순간, 그 사람은 책임지는 자의 권능을 행사하게 된다. 바로 그 대전제 아래서 무수히 자잘한 폭력이 용인된다. 너무나 큰 것을 해줬기 때문에 일상의 작은 폭력들은 그러려니 하고 이해받을 만한 것이 된다.

상대의 입장에서도 마찬가지이다. 나를 책임졌으니, 나를 구해줬으니, 나를 먹여 살리고 있으니, 그만큼의 대가를 치러야 한다는 강박에 사로잡힐 수밖에 없다. 그러나 일방적으로 '누군가 나를 책임진다'라는 명제 아래에서 과연 평등한 사랑이 가능한가. 한 인간이 한 인간을 책임진다는 말은 얼마나 평등한 사랑의 모색을 불가능하게 만드는가. 이렇게 본다면 증조부의 삶도 일면 가엾고 쓸쓸한 것이 된다. 내가 너를 책임졌기 때문에 그에 상응하는 대접을 받아야 한다, 받아내어야 한다……. 내가 한 희생을 상쇄하는 보답을 얻어내어야 자신의 인생이 가치 있어지는 것이라 느낄 수밖에 없었기 때문이다.

동시에 여기에서 생각해야 할 것은 타인을 책임질 수 있는 존재로 자신을 상상할 수 있는 것도 일종의 특권일 수 있다는 점이다. 증조부는 양민이자 남성이었고, 원가족과 자신을 지지해주는 친구들이 있었으며, 당시 사회가 원하는 노동력을 제공할 수 있는 물리적 힘도 충분했다. 게다가 여성들과 달리 비교적 안전한 이동의 자유도 있었다. 그러나 그렇게 그에게 주어진 현실적인 힘들이 타인을 책임질 수 있는 초월적인 능력으로 치환될 수 있는 것은 아니다. 다만 그는 그가 소유한 힘으로 인해 그러한 초월적인 능력을 상상할 수 있었다. 증조부가 증조모에게 그러했듯이, "내가 아니었으면 넌……"(249쪽)이라고 단언할 수 있는 마음의 태도가 바로 여기에서 나온 것이다.

그러나 자신이 누군가를 완전히 책임졌으며 그렇기에 자신이 아니었다면 그 누군가는 이 세상을 독립적으로 살아나갈 수 없는 존재였다고 생각한다면, 그것은 타인의 인생을 얼마나 납작하게 상상한 것인가. '책임지는 자'와 '책임지는 자의 그늘 아래 있는 자'라는 착각이 주는 수직적 관계의 빈약성은 평등하고 호혜적인 관계를 상상하기 어렵게 만든다. 여기에서 아주 오랫동안 우리 사회의 남성과 여성의 관계에서 작동해왔던 빈약한 구조를 떠올린다면 그것은 결코 과장된 생각은 아닐 것이다.

그렇다면 이제는 반대로, 자신이 감히 누군가를 책임질 수 있는 존재라고 상상해본 적도 없고, '책임지는 자'의 자리에 단 한 번도 자신을 올려 세워 본 일도 없었던 이들의 관계에 대해 이야기해보자. 서로를 결코 책임지지 못하는 사람들의 사랑과 우정에 대해.

3. 책임질 수 없는 존재들의 책임질 수 없는 사랑

앞서 언급했듯이 증조모, 그러니까 삼천이 새비 아주머니와 친구가 된 것은 증조부 덕분이었다. 자세히 말하면 증조부가 새비 내외와의 인연을 적극적으로 맺어줬다기보다는 증조모를 위안부 징집에서 구하기 위해 결혼하여 개성으로 떠났고 그곳에서 새비 내외와 함께했기 때문이다. 백정의 딸인 증조모에게 이동의 자유가 있을 리 없었고, 개성으로의 안전한 이주는 양민 남성과 혼인했기에 가능한 일이었다. 개성으로의 이동에는 증조모의 어떤 의지나 의사도 관여되지 않았다. 결과적으로 새비 아주머니를 만난 곳이기에 개성은 각별한 장소가 되었지만 이후에도 증조모가 어디로 가든, 어디에서 새 터전을 꾸리든, 그것은 증조부의 의사에 따른 것이었을 뿐 증조모는 아무런 결정권이 없었다.

그러나 그것은 새비 아주머니에게도 마찬가지의 일이었다. 새비 아주머니와 새비 아저씨는 증조부와 증조모와는 달리 부부 사이가 매우 다정했지만 그럼에도 역시 이동에 대한 결정권은 새비 아저씨에게 있었다. 이를테면 이런 것이다. 새비 아저씨가 건강이 안 좋아져 고향으로 돌아가게 되면서 결국 개성에서 한 가족처럼 살던 이들도 이별하게 된다. 모든 이동의 결정권이 남편이자 가장에게 있었고 아내와 자식들은 그 결정을 따라 이동할 수밖에 없었기 때문에 사실 증조모와 새비 아주머니는 시한부적인 관계였다. 나중에 '언제 어디서 보자'는 약속 같은 것을 조금도 할 수 없는 사이. 미래를 조금도 예측할 수 없는 만남. 갑자기 또 무슨 일이 벌어

져 생떼 같은 이별을 할지 알 수 없기에 이들은 서로가 서로
의 인생에서 물리적으로 고정된 어떤 역할을 하기 어렵다는
것을 안다. 그것을 앞선 지면에서 설명한 단어로 바꿔보자
면, 서로가 서로에게 어떤 '책임'도 질 수 없는 관계라는 것
을 알았다는 뜻이다. 그래서 한시적인 관계였다.

　새비 아주머니가 시댁에서 쫓겨나 딸 희자를 데리고 개
성으로 왔을 때 딱 며칠만 머물다가 떠나라고 한 것도 증조
부였다. 새비 아주머니의 오빠가 총살당했기 때문에 사상범
으로 오인될 수 있는 상황이어서였다. 단호하게 '며칠만입니
다'라고 말하는 증조부 앞에서 증조모는 아무 말도 하지 못
했고 아끼는 친구를 지켜주지 못했다. 남편의 말 한마디에
가장 친한 친구를 당장 내일이 어떨지 모르는 사지의 피난길
로 떠나보내야 하는 증조모. 바깥의 시선으로 본다면 무능하
고 무력한 관계일지도 모른다. 증조모에겐 남편의 말을 거스
를 힘이 없었고 거스를 시도조차 할 수 없었다. 새비 아주머
니 역시 증조모의 처지를 알았기에 그런 것을 기대할 수도
없는 관계였다.

　정말로 며칠만 머물다 대구 고모댁으로 떠날 수밖에 없었
기에 증조모와 새비 아주머니는 또다시 이별을 한다. 관계의
지속성을 스스로 결정할 수 없는 관계, 언제나 남편들의 결
정에 따라 이리저리 이동하며 만남과 이별을 반복해야 하는
관계. 그럼에도 불구하고 이들은 서로의 한계 속에서 함께할
때 최선을 다한다. 서로의 운명을 구하거나 책임지는 거창한
일들을 꿈꿀 수는 없지만 그렇기에 일상의 삶 속에서 자잘
한 배려와 이해를 교환한다. '내가 너에게 해줄 것이 이것밖

엔 없어'라는 겸허한 우정의 태도 속에는 각자의 삶을 자신의 의지대로 바꾸거나 함부로 개입하는 일 없이, 각자의 한계 속에서 상대방을 귀하게 보살피고자 하는 섬세함이 있다. 희자를 낳은 새비 아주머니의 산간을 해주는 일. 지친 산모가 눈을 붙이도록 밤에 신생아를 돌봐주는 일, 서로의 딸들에게 여자라고 배움을 포기하지 말고 살 것을 마음으로부터 응원하는 일 같은 것들.

이들은 자신의 의지대로 지속적인 관계를 유지할 수 있는 사람들이 아니었기에 끊임없는 단절을 경험한다. 의지 밖에서 일어나는 갑작스러운 단절의 고통을 생각해본다면, 차라리 만나지 않는 것이 낫지 않았을까 싶을 수 있겠지만 증조모와 새비 아주머니는 아픔을 겪더라도 서로를 알게 된 것을 축복이라 여긴다.

　　"새비 아주머니는 엄마의 상처였어. 그렇지만 자랑이기도 했지. 엄마를 크게 넘어뜨렸지만, 매번 털고 일어날 힘이 되어주기도 했으니까. 엄마가 새비 아주머니를 떠올리며 가장 많이 했던 얘기는 이거였어. 새비가 나를 얼마나 귀애해줬는지 몰라, 새비가 나를 얼마나 애지중지했는지 몰라. 새비 아주머니를 만나 아픈 일이 많았는데도, 새비 아주머니를 기억하는 엄마의 표정을 늘 환했어. 꼭 다른 세상에 있는 사람처럼 말이야. 새비 아주머니를 만나지 않았더라면 그런 상처 같은 거 받지 않아도 됐겠지만 그래도 엄마는……."[7]

증조모의 딸, 그러니까 지연의 할머니인 영옥과 새비 아주머니의 딸 희자와의 관계 역시 그러했다. 일반적인 시선에서는 십 년 가까이 얼굴조차 보지 못한 사이를 친구라고 할 수도 없다고 말할 수 있을지도 모른다. 그러나 시골의 어머니가 고된 노동으로 보내준 학비를 받아 대학 생활을 하는 희자 입장에선 쉽게 영옥이 사는 곳에 갈 수 없었고, 영옥 역시 하루 벌어 하루 먹고사는 처지에 자유롭게 시간을 내서 서울로 올라갈 수도 없는 일이었다. 정말 친하고 가까운 사이였으면 무리를 해서라도 만날 수 있지 않았겠냐고 물을 수도 있겠지만, 사회 속에서 이들은 무엇보다 가난했기에 매일매일 일을 나가야 했고 그래서 몸이 약하고 쉽게 아팠다. 마음대로 이동할 여력과 자유 시간이 없었으며 그래서 결혼식에도 오지 못하는 그런 사이가 되었다.

외부의 시선으로 본다면 이들은 그저 인생의 어느 한때를 잠시 함께 보냈던 사람들이다. 가족도 아니었고 끝까지 함께하지도 못했으며 안부를 주고받지 못한 시간도 너무나 길었다. 경조사에도 오고 가지 못했고 그나마 희자와 영옥의 관계는 희자가 유학을 가고 생활 환경의 차이가 나면서 끊어졌다. 여기에는 영옥의 자격지심도 있었다. 뻔한 이야기이다. 친구 사이에도 사는 형편이 달라지면 멀어진다는 말. "어마이, 우리 지나간 일 잡고 살지 맙시다. 개성에서의 일 난 다 잊었어"(217쪽) 같은 체념 섞인 포기의 마음은 그런 데에서 온 것이다. 또한 대구에서 잠깐 같이 살았던 새비 아주머니의 고모인 명숙 할머니는 그렇게 영옥을 이뻐했으면서도 증조모와 영옥이 대구를 떠난 뒤에는 죽는 날까지 다시 한번 만나지도 못한다. 명숙 할머니가 죽은 뒤 시간이 지나서야 비로소 영옥이 그 죽음을 알게 될 정도였으니. 그들은 현실에서는 '지나간 사람'이 될 수밖에 없기 때문이다.

희자는 명숙 할머니의 죽음에 대해 영옥에게 이렇게 말한다. "할마이가 돌아가시기 전에 언니에게 알리지 말라고 당부하셨어. 할마이는 언니에게 지나간 사람이라고. 지나간 사람이 언니 발목을 잡을 수는 없다고. 혹시나 언니 몸조리에 지장 주면 안 된다고 말이야."(222쪽) 영옥의 결혼 준비에 자신의 투병 사실이 방해가 될까 봐 알리지도 못하게 하는 명숙 할머니의 조심스러움. 명숙 할머니는 대구에서 영옥을 떠나보내면서 이것이 영영 이별일 수밖에 없음을 직감했던 것이다. 더는 아무것도 해줄 수 없는 처지에 어떠한 부담도 영옥에게 주어서는 안 된다는, 차라리 '지나간 사람'으로 서로 남기를 원하는 신중한 배려는 어쩌면 약자들이 사랑하는 방식일지도 모른다. 여기에서 약자는 외부의 힘과 물리적인 환경에 따라 삶의 방향이 쉽게 바뀔 수밖에 없는 사람들을 말한다. 자신의 의지대로 삶을 통제하기 어려운 사람들.

그렇다면 이들은 아무것도 아닌 관계인가. 보통 우리는 끝까지 책임지는 관계, 끝까지 같이 가는 관계에 대해 많은 의미 부여를 하곤 한다. 우정도 마찬가지이다. 서로의 삶에 끝까지 각자의 영향력을 행사하며 함께 가는 굳건한 우정 같은 것들을 우리는 그동안 동경해왔다. 그러나 세상에는 그러한 대단한 우정이나 사랑의 목록에 오르지 못한, 끝까지 함께하지 못하고 그저 마음속에만 간직할 수밖에 없어 멀어져버린 관계들이 더 많을 것이다. 이 세상에는 어쩔 수 없이 외력에 의해 여기저기 휩쓸릴 수밖에 없는 사람들이 더 많기 때문에. 그러한 약자들의 관계 맺음의 방식에 대해서 우리는 어떤 생각을 해왔을까.

4. 한 번 스쳐간 자리에 남은 온기에 대하여

그래, 우린 끝이 났어. 마지막으로 영옥이 언니를 보고 오던 길에 했던 그 날카로운 다짐조차도 영옥이 언니와 내가 나눴던 마음을 잘라낼 수 없다는 것을 이제는 알아요. 우리가 서로를 영원히 알아낼 수 없으리라는 사실은 젊은 나를 절망하게 했지만 어찌된 일인지 지금의 내게는 위안이 되네요. [8]

희자는 이후 독일로 건너가 유명한 암호학자가 되고 영옥이네 가족들과의 기억은 먼 과거로 보낸 채 성공한 이방인으로서의 삶을 산다. 김치공장에서 배추에 속을 넣는 일을 하는 영옥과 기호학자로 명망을 높여 다큐멘터리의 주인공이 된 희자가 서로 안부조차 알 수 없는 사이가 된 것은 어쩌면 세상의 셈법으로는 당연한 일인지도 모른다. 영옥도 끊긴 인연을 수긍하고 손녀에게 들려주는 먼 과거의 기억에서만 희자의 이름을 소환했을 뿐. 희자를 현실 속 인물로 다시 불러온 것은 손녀 지연이었다. 영옥에게 과거의 이야기들을 듣고 인터넷에서 학교 홈페이지를 찾아 희자에게 메일을 보낸 것. 위에 인용한 편지는 지연의 메일에 희자가 보낸 답장의 일부이다. "그래, 우린 끝이 났어"라는 인정에서 둘은 갈라섰다. 그러나 희자는 덧붙인다. "우리가 서로를 영원히 알아낼 수 없으리라는 사실은 젊은 나를 절망하게 했지만 어찌된 일인지 지금의 내게는 위안이 되네요"라고.

《밝은 밤》 외에도 최은영의 소설 속 주인공들은 대부분 한때 서로 깊은 교감을 나누었으나 이제는 멀어진 약한 사람들이다. 보통 우리는 상대를 끝까지 책임지지 않는 관계에 대해서는 사소하거나 하찮게 보는 태도를 취한다. 책임지지도 못할 거면서 어설픈 애정으로 타인의 삶에 개입하지 말 것. 차라리 무관심으로 일관하는 것이 그나마 더 책임감 있는 태도가 아닌가 하는 냉소. 인생의 어느 한 장에서 머물다 먼 풍경처럼 멀어져버리는 인연들이란 얼마나 덧없는 것인가 하는 체념.

그러나 멀어진 그들은 아무도 몰라주던 주인공의 마음을 한때나마 읽어주었던 유일한 존재였다. 이제는 사라졌고 죽었고 이별했지만, 분명 그들의 어떤 순간에는 그런 진심과 사랑이 존재했다. 계절처럼 인생의 어느 한때에만 머물렀다고 해도 그것이 진심이 아닌 것은 아니다. 다른 단편들도 대부분 그러한 관계에 대한 이야기들이다.

이를테면 〈아주 희미한 빛으로도〉에서 영문학자를 꿈꾸며 뒤늦게 편입한 나이 든 여대생에게는 먼저 그 길을 간 버지니아 울프 전공의 여자 시간강사가 있었고, 〈사라지는, 사라지지 않는〉에서 원가족에게 버려지고 식모살이를 하던 과거의 상처에서 헤어나올 수 없던 기남이 할머니에게는, "부끄러워해도 돼요" [9]라고 말하며 안기던 손자 마이클이 있었다. 〈파종〉에서 도망치듯 한 결혼에 실패하고 딸 하나를 데리고 뒤늦게 작가를 하겠다고 어려운 꿈을 꾸던 주인공에게는 아무것도 하지 말고 글만 쓰라며 곁을 지켜주던 늙은 친정 오빠가 있었다. 〈답신〉에서 남편으로부터 끊임없는 가정 폭력을 당하며 살았던 언니는 자신이 맞는 모습에 분노해 형부를 폭행하고 재판을 받게 된 동생을 모른 척한다. 자신이 동생을 감형시켜줄 목격자임에도 가정을 지키기 위해 동생에게 불리한 증언을 한 것이다. 감옥에 갇힌 동생은 언니를 원망하면서도 생각한다. 그럼에도 불구하고 고작 고등학생이었던 언니가 온종일 피자집에서 아르바이트하며 모은 돈으로 사준 따뜻한 오리털 잠바, 태어나서 처음 입어본 비싼 잠바, 그 오리털 잠바는 진심이었다고.

강자의 관계 맺음의 방식이 끝까지 책임지는 것, 끝까지 관여해서 상대의 삶에 자신의 영향력을 행사하고 상호 침투하는 방식이라면 이런 관계에 대한 의미 부여는 이미 너무 많이 이뤄져왔다. 그리고 그러한 의미 부여가 가리는 관계의 이면도 잊어서는 안 될 것이다. '강함'이라는 것이 '동일화에 대한 욕망'에 기반한다는 것, 즉 자신의 자아를 확장하고자 하는 욕망과 같은 속성이라는 것을 생각해보자. 이때 자아의 확장의 대상, 즉 동일화하고 싶은 대상은 바로 나와 가까운 타인들에서부터 나를 둘러싼 환경, 더 나아가 이 세계일 수도 있다. 그리고 자신을 확장하기 위해 필요한 것이 바로 결국 힘이고 권력이 아닌가. 그러나 우리가 삶에서 만나는 타인들은 나의 자아의 영향력 바깥, 그 너머의 존재들이고 또 그런 존재들이어야 한다.[10]

반면 약한 자들은 단호하고 힘 있게 말하지 못한다. '날 믿어', '내가 책임질게'와 같은 말들. 자신의 가난함과 약함, 초라함이 상대에게 좋지 않은 영향이나 피해를 줄까 봐 잔뜩 몸을 움츠리고 서로 바라보기를 택한다. 아주 신중하고 조심스럽게. '서로 간의 건널 수 없는 강'을 건널 수 없는 대로 두는 것이다. 섣불리 손을 잡고 내가 너를 구해줄 수 있다고 말하며 건너려고 하지 않는 것. 당장이라도 건너가서 상대를 어루만지고, 나는 당신을, 당신의 고통을 이해할 수 있다고 말하고 싶어도 극도로 신중하게 참아내며 멀리서 눈을 떼지 않고 바라보는 것. 거기에도 극기와 같은 큰 사랑이 필요하다.

'무해함'은 영어로 harmless. 말 그대로 '해로움이 없음'이다. 그런데 애초의 용례를 살펴보면 단순히 해가 없는 상태를 뜻하기도 하지만 어떤 영향도 주지 못하는 것, 득도 실도 없어서 사소하며 별 의미 없는 상태를 말하기도 한다. 그리고 그 힘 없음과 사소함, 그러한 사람과 관계에 이토록 커다란 의미를 부여한 데에 우리 시대의 마음이 있다. 한 인간이 다른 인간과 깊이 관여하다가 결국엔 서로를 위한다는 미명 아래 둘 중 더 강한 자가 더 약한 자에게 자기 자신을 바꾸길 명령하고 요구하게 되는 것에 대한 공포와 버거움, 그로부터의 반작용으로 출발한 마음이 아닐까. 인간이 인간과 관계 맺는 여러 가지 방식 가운데 가장 작고 사소하게 여겨진 방식을 택해 굳이 '무해함'이라고 이름 붙이고자 하는 시대의 마음. 그 마음의 옳고 그름을 평가하기 전에 우리가 그 마음 자체를 알아주는 것이 먼저여야 할 것이다. 그리고 그러한

자세에 대해서도 아주 조심스럽게 '무해함'이란 단어를 붙여
본다.

1 최은영, 〈손길〉, 《내게 무해한 사람》, 문학동네, 2022, 228쪽.

2 위의 책, 230쪽.

3 최은영, 《밝은 밤》, 문학동네, 2022, 219~220쪽. 이후 본문 안의 짧은 인용은 괄호 안 쪽수로 표시.

4 위의 책, 60~61쪽.

5 위의 책, 45쪽.

6 위의 책, 248~249쪽.

7 위의 책, 116쪽.

8 위의 책, 334쪽.

9 최은영, 《사라지는, 사라지지 않는》, 《아주 희미한 빛으로도》, 문학동네, 2023, 319쪽.

10 문성원, 〈약함을 향한 윤리: 인간 향상과 타자에 대한 책임〉, 《시대와 철학》, 29권 3호, 한국철학사상연구회, 2018, 113~114면 참조.

참고문헌

기본 자료

공지영, 《무소의 뿔처럼 혼자서 가라》, 오픈하우스, 2011.

김원일, 《노을》, 문학과지성사, 2014.

――, 《마당 깊은 집》, 문학과지성사, 2018.

김향숙, 《수레바퀴 속에서》, 창작과비평사, 1988.

――, 《종이로 만든 집》, 문학과비평사, 1989.

박완서, 《나목》, 세계사, 2012.

――, 《도시의 흉년》 1·2·3권, 세계사, 2012.

――, 《배반의 여름》, 문학동네, 2012.

――, 《부끄러움을 가르칩니다》, 문학동네, 2013.

――, 《엄마의 말뚝》, 세계사, 2012.

서영은, 《그녀의 여자》, 문학사상사, 2000.

――, 《먼 그대》, 2018, 새움.

석정남, 〈불타는 눈물〉, 《월간 대화》, 1976년 12월 호.

――, 〈인간답게 살고 싶다〉, 《월간 대화》, 1976년 11월 호.

――, 《공장의 불빛》, 일월서각, 1984.

신경숙, 《외딴방》, 문학동네, 2017.

은희경, 《마지막 춤은 나와 함께》, 문학동네, 1998.

――, 《새의 선물》, 문학동네, 1997.

이광수, 《무정》, 민음사, 2010.

이문열, 《레테의 연가》, 중앙일보사, 1989.

――, 《젊은 날의 초상》, 민음사, 2018.

장남수, 《빼앗긴 일터》, 창작과비평사, 1984.

조해일, 《겨울여자》 상, 문학과지성사, 1977.

———, 《겨울여자》 하, 문학과지성사, 1977.

최은영, 《내게 무해한 사람》, 문학동네, 2022.

———, 《밝은 밤》, 문학동네, 2022.

———, 《아주 희미한 빛으로도》, 문학동네, 2023.

토마스 만, 안삼환 외 옮김, 《토니오 크뢰거·트리스탄·베니스에서의 죽음》, 민음사, 2022.

논문 및 단행본

강유정, 〈영화 〈겨울여자〉의 여대생과 70년대 한국사회의 감정구조〉, 《대중서사연구》 21권 2호, 대중서사학회, 2015.

게오르크 루카치, 반성완, 김지혜, 정용환 옮김, 《리얼리즘 문학의 실제 비평》, 까치, 1987.

게오르크 짐멜, 김덕영, 윤미애 옮김, 《짐멜의 모더니티 읽기》, 새물결, 2006.

곽승숙, 〈1970년대 신문연재소설의 여성 인물과 '연애' 양상 연구: 《별들의 고향》, 《겨울여자》를 중심으로〉, 《여성학논집》 23권 2호, 이화여자대학교 한국여성연구원, 2006.

권헌익, 〈친근한 이방인〉, 박찬경 외, 《귀신, 간첩, 할머니: 근대에 맞서는 근대》, 현실문화, 2014.

김경숙 외 125명, 《그러나 이제는 어제의 우리가 아니다: 80년대 노동자 생활글 모음》, 돌베개, 1986.

김문환 편역, 《마르쿠제 미학사상》, 문예출판사, 1989.

김미현, 〈위반의 타자성〉, 《현대소설연구》 17호, 한국현대소설학회, 2002.

김서영, 〈《두려운 낯설음》에 나타난 요약의 문제점: 프로이트의 요약을 넘어서〉,《현대정신분석》5권 1호, 한국현대정신분석학회, 2003.

김양선, 〈70년대 노동현실을 여성의 목소리로 기억/기록하기〉,《여성문학연구》37호, 한국여성문학학회, 2016.

김연주, 이재경, 〈근대 '가정주부' 되기 과정과 도시 중산층 가족의 형성: 구술생애사 사례 분석〉,《가족과 문화》25권 2호, 한국가족학회, 2013.

김예림, 〈어떤 영혼들: 산업노동자의 '심리' 혹은 그 너머〉,《상허학보》40호, 상허학회, 2014.

김원,《여공 1970: 그녀들의 反역사》, 이매진, 2005.

김은하, 〈순교자 여성과 모호한 젠더〉,《작가세계》가을 호, 2004.

김재은, 〈민주화 운동과정에서 구성된 주체위치의 '성별화'에 관한 연구(1985~1991): 상징정치 담론분석을 중심으로〉, 서울대 사회학과 석사학위논문, 2003.

김정진, 〈이문열의 창작론 연구:《레테의 연가》의 인물을 중심으로〉,《한국문예비평연구》29권, 한국현대문예비평학회, 2009.

김지혜, 〈1970년대 대중소설의 죄의식 연구: 최인호, 조해일, 조선작 작품을 중심으로〉,《현대소설연구》52호, 현대소설학회, 2013.

김홍중, 〈진정성의 기원과 구조〉,《한국사회학》43집 5호, 한국사회학회, 2009.

———,《마음의 사회학》, 문학동네, 2010.

레너드 카수토, 김재성 옮김,《하드보일드 센티멘털리티》, 무진트리, 2012.

루스 배러클러프, 김원, 노지승 옮김,《여공문학》, 후마니타스, 2017.

린 헌트, 조한욱 옮김,《프랑스 혁명의 가족 로망스》, 새물결, 1999.

문성원, 〈약함을 향한 윤리: 인간 향상과 타자에 대한 책임〉,《시대와 철학》29권 3호, 한국철학사상연구회, 2018.

미하일 바흐친, 전승희 외 옮김,《장편소설과 민중언어》, 창작과비평사,

1998.

박수현, 〈연애관의 탈낭만화: 1970년대~2000년대 연애소설에 나타난 연애관의 비교 연구〉, 《현대문학비평연구》 55권, 현대문학이론 학회, 2013.

박유희, 〈한국영화사에서 '1980년대'가 가지는 의미〉, 《영화연구》 77호, 한국영화학회, 2018.

박종오, 〈공동체 신앙과 씨족 인물의 인격화: 전북 군산시 선유도 사례 를 대상으로〉, 《남도민속연구》 17호, 남도민속학회, 2008.

박해천, 《콘크리트 유토피아》, 자음과모음, 2012.

배선애, 〈1970년대 대중예술에 나타난 대중의 현실과 욕망: 〈별들의 고 향〉, 〈겨울여자〉를 중심으로〉, 《민족문학사연구》 34호, 민족문 학사학회, 2007.

배성인, 〈한국 여성운동의 새로운 지향점: 문화운동을 중심으로〉, 《사 회과학논총》 15호, 명지대학교 사회과학연구소, 1999.

빌헬름 딜타이, 한일섭 옮김, 《체험과 문학》, 중앙일보사, 1979.

서경석, 〈광장에서 보였던 것과 외딴 방에서 안 보이는 것〉, 《사회평론 길》, 1996년 7월 호.

서성민, 〈중산층의 규모와 계층의식의 결정 요인에 관한 연구〉, 서울대 학교 석사학위논문, 2007.

서영채, 《사랑의 문법》, 민음사, 2004.

서울역사박물관[편], 《동대문 시장: 광장, 중부, 방산》, 서울역사박물관, 2012.

─────, 《불이 꺼지지 않는 패션 아이콘: 동대문시장》, 서울역사박물관, 2011.

신수정, 〈박완서 소설에 나타난 동대문 시장의 젠더 정치학과 전후 중 산층 가정의 균열〉, 《한국문예비평연구》 51호, 한국현대문예비 평학회, 2016.

에드워드 랠프, 김덕현, 김현주, 심승희 옮김, 《장소와 장소상실》, 논형,

2005.

오경복, 〈한국 근현대 베스트셀러문학에 나타난 독서의 사회사: 1970
　　　년대 소비적 사랑의 대리체험적 독서〉, 《비교한국학》 13권 1호,
　　　국제비교한국학회, 2005.

오자은, 〈'살'과 '이념': 중산층 남성 성장서사의 무의식: 김원일의 《노
　　　을》을 중심으로〉, 《한국문학연구》 59집, 동국대학교 한국문학
　　　연구소, 2019.

─────, 〈박완서 소설에 나타난 중산층의 정체성 형상화 연구〉, 서울대
　　　학교 박사학위논문, 2017.

─────, 〈여성 경제 주체의 욕망과 여성 가장 되기의 (불)가능성: 박완서
　　　의 《도시의 흉년》을 중심으로〉, 《사이間SAI》 31호, 국제한국문
　　　학문화학회, 2021.

─────, 〈전환기의 내면, 진정성의 분화: 김인숙 소설을 중심으로〉, 《현
　　　대문학의 연구》 62권, 한국문학연구학회, 2017.

─────, 〈중산층 가정의 욕망과 존재방식: 박완서의 〈휘청거리는 오후〉
　　　론〉, 《국어국문학》 164호, 국어국문학회, 2013.

이병렬, 〈일제 식민지 유산과 한국자본주의 발전과의 관계에 대한 소
　　　고〉, 《사회와 문화》 9권 1호, 고려대학교 사회학연구회, 1995.

이보영, 진상범, 문석우, 《성장소설이란 무엇인가》, 청예원, 1999.

이선옥, 〈낭만적 세계관과 여성관의 이원론: 이문열의 《영웅시대》, 《레
　　　테의 연가》를 중심으로〉, 《한국학연구》 4권, 숙명여자대학교,
　　　1995.

이수현, 《《겨울여자》에 나타난 저항과 순응의 이중성〉, 《현대문학의 연
　　　구》 33권, 한국문학연구학회, 2007.

이재복, 〈이문열의 작가 의식과 세계 인식 태도〉, 《비평문학》 66호, 한
　　　국비평문학회, 2017.

이철호, 〈장치(dispositif)로서의 연좌제: 1980년대 이문열의 초기 단편
　　　과 "중산층" 표상〉, 《현대문학의 연구》 56호, 한국문학연구학

회, 2015.

──, 〈황홀과 비하, 한국 교양소설의 두 가지 표정: 이광수와 이문열을 중심으로〉, 《상허학보》 37호, 상허학회, 2013.

이혜령, 〈"여공 문학" 또는 한국 프롤레타리아 여성의 밤: 루스 배러클러프, 《여공 문학: 섹슈얼리티, 폭력 그리고 재현의 문제》〉, 《상허학보》 53호, 상허학회, 2018.

──, 〈포스트 80년대, 비범한 날들의 기억: 신경숙과 김인숙 소설을 중심으로〉, 《비교어문연구》 39권, 비교어문학회, 2015.

자크 랑시에르, 양창렬 옮김, 《무지한 스승: 지적 해방에 대한 다섯 가지 교훈》, 궁리, 2016.

장성규, 〈1980년대 노동자 문집과 서발턴의 자기 재현 전략〉, 《민족문학사연구》 50호, 민족문학사학회·민족문학사연구소, 2012.

──, 〈1980년대 논픽션 양식과 소설 개념의 재편과정 연구〉, 《민족문학사연구》 54호, 민족문학사학회·민족문학사연구소, 2014.

장성현, 〈《베니스에서의 죽음》에 나타난 토마스 만의 동성애의 은폐와 폭로의 역학〉, 《독어독문학》 70집, 한국독어독문학회, 1999.

잭 바바렛, 박형신, 정수남 옮김, 《감정의 거시사회학: 감정은 사회를 어떻게 움직이는가?》, 일신사, 2007.

잭 바바렛 엮음, 박형신 옮김, 《감정과 사회학》, 이학사, 2010.

전신현, 이성식, 〈규범 행위에 있어서 죄책감과 수치심의 역할: 이타 및 일탈행동의 예를 중심으로〉, 《사회와 문화》 9권 1호, 고려대학교 사회학연구회, 1995.

전희경, 《오빠는 필요없다》, 이매진, 2008.

정한아, 〈1970년대 각색 시나리오를 통해 본 여성의 표상방식: 김승옥 시나리오를 중심으로〉, 《스토리앤이미지텔링》 6집, 건국대학교 스토리앤이미지텔링연구소, 2013.

제프 굿윈 외 엮음, 박형신, 이진희 옮김, 《열정적 정치: 감정과 사회운동》, 한울, 2012.

조윤아, 〈서영은 중단편소설 연구: 반도덕적 행동 인물을 중심으로〉, 《현대문학의 연구》 32호, 한국문학연구학회, 2007.

조현준, 《《프랑켄슈타인》에서 나타난 낯선 두려움: 서사구조, 응시, 비체에 대한 정신 분석학적 접근》, 《19세기 영어권 문학》 13권 1호, 19세기영어권문학회, 2009.

존 베벌리, 박정원 옮김, 《하위주체성과 재현》, 그린비, 2013.

지그문트 프로이트, 정장진 옮김, 《예술, 문학, 정신분석》, 열린책들, 2003.

차미령, 〈박완서 소설에 나타난 '주술'과 '생존'의 문제〉, 《대중서사연구》 39호, 대중서사학회, 2016.

천정환, 〈서발턴은 쓸 수 있는가: 1970~80년대 민중의 자기재현과 '민중문학'의 재평가를 위한 일고〉, 《민족문학사연구》 47호, 민족문학사학회, 2011.

프랑코 모레티, 성은애 옮김, 《세상의 이치》, 문학동네, 2005.

함인희, 이동원, 박선웅, 《중산층의 정체성과 소비문화》, 집문당, 2001.

허버트 오를로브스키, 이덕형 옮김, 《독일 교양소설과 허위의식》, 형설출판사, 1996.

홍기령, 〈모녀관계와 여성 욕망 정체감: 크리스테바의 욕망이론-그리스 신화: 데메테르와 페르세포네 최윤의 《굿바이》: 아름다운 사람과 그녀〉, 《시학과 언어학》 2권, 시학과 언어학회, 2001.

홍길표, 〈현대의 예술가상에 관한 소고: 토마스 만의 초기 단편소설 〈토니오크뢰거〉, 〈트리스탄〉, 〈베니스에서의 죽음〉을 중심으로〉, 《독어독문학》 100집, 한국독어독문학회, 2006.

홍두승, 《한국의 중산층》, 서울대학교 출판부, 2005.

홍재범, 〈1970년대 김승옥 시나리오의 대중적 감수성〉, 《한국현대문학연구》 36집, 한국현대문학회, 2012.

기타 자료

"내년 大入定員 7만3백50명 增員", 〈조선일보〉, 1980년 9월 30일.

"詩集 不況을 모른다", 〈경향신문〉, 1987년 5월 29일.

"쑥덕공론", 〈동아일보〉, 1983년 7월 2일.

"좋은 책은 오랫동안 많이 팔린다" 스테디셀러 定着, 〈경향신문〉, 1988년 5월 20일.

〈경향신문〉, 1996년 6월 23일 자 TV 가이드.

〈동아일보〉 1994년 6월 5일 자 하단 광고.

김성국, "한국사회 중산층의 실체와 의식", 〈서울대학교 대학신문〉, 1993년 5월 31일.

김숙희, "졸업 앞둔 여대생들의 고민", 〈조선일보〉, 1984년 6월 21일.

김원일, "文學 風土(문학 풍토) 개선돼야 한다" ②小說(소설)의 통속화, 〈조선일보〉, 1979년 9월 8일.

김주영, "처녀들의 성에 관한 질펀한 수다", 〈매일경제〉, 1998년 9월 24일.

신세미, "살림만 하기는 억울 64%", 〈조선일보〉, 1985년 5월 28일.

심영섭, "'겨울남자' 김추련, '배우 같지 않은 배우, 끼 없는 배우였죠 사실은'", 〈신동아〉, 2004년 8월 26일. https://shindonga.donga.com/people/article/all/13/103742/1

유재천, "'나도 중산층이다' 70%", 〈조선일보〉, 1985년 3월 6일.

이찬희, 〈임신중절은 산모건강 위협한다〉, 《새가정》, 새가정사, 1989년 12월 호.

이흥우, "韓國의 年輪 6회, 漢陽城 아래 아들 비는 母情 500年", 〈조선일보〉, 1976년 2월 28일.

조해일, "나의 책 이야기: 《겨울여자》", 〈동아일보〉, 1990년 9월 13일.

플랫팀 여성 서사 아카이브, "'63살 은희경'은 '27년 전 은희경'에서 무엇을 보았을까", 〈경향신문〉, 2022년 8월 1일. https://www.khan.co.kr/culture/culture-general/article/ 202208011049001

한국영상자료원 DB. https://www.kmdb.or.kr/db/kor/detail/movie/
　　K/03153

홍숙자, "고학력 여성 퇴장 많다", 〈경향신문〉, 1983년 4월 25일.

황병주, "1970 박정희부터 선데이서울까지(14) 고교 평준화", 〈경향신
　　문〉, 2013년 11월 8일.